新蒙元十四皇朝

三 黃沙殘夢 完

許慕羲 著

目錄

十四皇朝

第五十三回　奇離慘案

鐵失、鎖南等行使大逆不道之手段，殺了英宗，復殺害拜住，一面糾集黨羽轉回朝廷，把持政權，一面差按地不花、也先鐵木兒去迎接晉王入朝，受皇帝位。

原來晉王是裕宗真金長孫晉王甘麻剌之嫡子，名也孫鐵木兒。甘麻剌死後，也孫鐵木兒嗣立，坐鎮北邊，與朝廷一向和睦，部下能臣善將如探忒、到剌沙、別烈迷失等，均有謀有略，輔佐晉王，倒異常太平。今見朝廷變故已成如此，諸奸臣來迎他接位，想此機會倒可以替先皇帝復仇，且以一藩王進入國主，又何樂

而不為呢？當下准了鐵失等之請，即擇日起鑾，率領文武向京都而行。按地不花等便先回京入報，眾賊子也便赴郊外三十里迎接晉王入朝。

受禮已畢，晉王欲安住眾賊之心，便首先封也先鐵木兒為右丞相，其餘均居顯職，鐵失諸人亦總參朝政。於是諸逆賊歡天喜地地，快樂得了不得。

其中尤其是也先鐵木兒格外地高興，以為此番迎接晉王完全是他的功勞，簡直是目中無人，居然驕橫百露。在京中每日娛樂歡酒自豪，並命家奴在外處去物色美女歌童，作他長日的快樂，把主子也不放在心上。他想晉王是我們迎接來的，凡事須聽我們的調度，倒這麼一想，百事都不怕了。除每日與諸逆互相娛樂外，不免橫徵暴斂，削刮小民，弄得四境嘵嘵，八方荊棘。晉王初即位亦不暇問，以致彼等肆無忌憚地越發胡為。

其中發生一件奇離慘案，待小子當此空兒來敘敘清楚。

且說英宗時御醫朱炳謙，任職多年，人極誠樸可敬，又兼醫理擅長，朝廷上下諸臣無不見而尊敬。英宗被弒後，亦欲尋個機會殺死謀亂奸賊，唯孤掌難鳴，只好忍辱至今，不復入朝。常坐家中閒玩，兒女自娛。

其夫人姚氏，年過三十，而猶風姿卓絕不減當年。朱太醫閨中之樂固融融也，膝下一女一子，女名小翠，年方二八，其風韻之美麗，比其母猶過十倍，年十三即能詩詞歌賦，吟詠終日。朱太醫夫婦不啻愛若掌上明珠。其子尚且數齡，亦具聰明之相。

一日適當朱太醫之生辰，小翠姐弟拜祝之後，又有一班親戚友朋前來道賀，內中有姚夫人娘家之嫂氏數人，及侄男侄女，又有朱太醫之姐妹家屬，熱熱鬧鬧地歡聚一堂。

朱太醫樂得喜笑顏開，忙著給他們安排酒席。姚夫人亦左右照顧，東西問詢，忙個不了。唯有小翠小姐年已及笄，因有諸位表兄，不便出屋相見，只獨自坐在深閨憑窗觀書。

外面賓客盈堂，笑語喧聲，聾人耳鼓。移時酒席齊備，還是朱太醫提議：「今日都是內親，好在人多不繁，我們大家坐在一起，以便敘談好麼？」諸親極端贊成。於是僕人端整好了，大家團團而坐。

姚夫人之大嫂即開口道：「今日這樣歡喜，為何小翠侄女老不見面呢？」

二嫂亦異道：「是呀，怎麼不出來見見我們幾個舅母及表姐妹呢？」於是你一句我一句地，把姚夫人倒弄得不好回答。

還是張家姨媽懂得這個意思，便附著二舅母的耳邊道：「因為有俊臣、俊明兩個表侄兒在這裡，所以不便出來啦。」

大舅母最先竊聽了，大笑道：「這算甚麼啦！他表兄妹從小就在一起玩慣了的，現在卻要多些事體了。」便問姚夫人道：「這小丫頭藏在甚麼地方？叫她出來見見吧！」

姚夫人道：「誰叫她藏著呢？她自己不好意思出來見客了，獨自坐在屋子裡窗下看書呀！」

幾個舅母一定要叫僕子去請小姐出來，殊不知小姐偏偏不肯。朱太醫便道：「這小孩子的脾氣是使慣了的，她要怎樣便怎樣，我們只顧吃我們的，不須管她吧！」

諸舅母看她實在不肯出來，便道：「我吃了酒去看她去。」於是大眾你一杯我一杯地輾轉相勸。

唯有這俊明生來就不好酒，不像俊臣那樣老誠，他的天資亦聰明不過，風流倜儻，在書生中要算頂漂亮的了。平素即愛慕小翠小姐的才學，他比小姐剛大一歲，幼小時候都在一起玩耍，現在大家長成，只好分離不見，常欲尋個事體見見面，總沒有良好的機會。及到今天朱姑丈的生日，始藉故來賀，以期一會。誰知小姐怕羞偏不肯出，心中異常念念。

此時見他們正吃酒吃得高興，便假言前去小解。遂乘勢溜到後院，走到小姐住屋的窗下。

好在窗中間有一塊玻璃窗兒，便探首一望，正見小姐埋首看書，拿著羊毫圈點注釋，俊明看得久了，不覺失聲道：「翠妹久違了，今朝特來望你。」

小翠正在凝思觀看，不覺聽人在窗外談話，一驚道：「是誰人這樣膽大！」隨即抬頭一看，見是俊明表哥，一時間面紅耳赤，講不出話來。

本來小姐平素雖把世界上的人看不上眼，唯有這個自幼相聚才貌出眾的俊明哥，倒有些心上心下的放不了。但硬著女兒家的面皮，不便主持這些事體，只好背地裡寄情於詩詞上便了。今日無故之間見著了面，正有些說不出的話兒來，他倆兩對眼珠兒呆呆向著。

這俊明心裡因恐外面席上找他，便先微笑道：「翠妹，幾年不見，倒有些辨不清楚了。」

小翠道：「俊哥也有幾年不到我們家裡來了。」

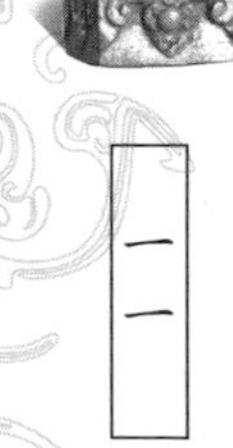

俊明道：「我來是來的，因姑母說你年長了，不便出來見我啦！」

小翠微笑道：「這也難怪得。但是俊哥今日走了，幾時再來呢？」

俊明笑道：「只要妹妹肯見我，我便常常來的。」

小翠聽他說這句話有意思，便紅起臉來。俊明看她的臉兒，愈泛著桃花嫩色，秋水欲滴之態，心中倒有些不安起來，一時間忍不住說道：「妹妹啊！我是愛慕你極了。你覺得怎樣呢？」

小翠的臉兒一發紅了起來，但是心裡究竟要把所欲言的話表示個明白。她雖是低著了頭，亦硬著臉道：「我的心恐怕你也想得著吧！」

俊明此時雖欲乘勢到小姐房中去坐坐，又怕外面找了進來反為不美，便告辭道：「今日倉卒相見，不便暢談，恐外面姑丈姑母尋找我，暫時我出去了，以後有機會，當再來看望妹妹啦！」

此時外間正鬧得熱騰騰的，俊明便退步向外走，小翠亦伸頭望著他去遠了，方才回坐。自此日起，小翠心裡一天一天地不安起來。

卻說俊明走入席間，姚氏便先問道：「侄兒到何處去來，我們都把好菜吃完了。」

大嫂便笑道：「阿喲喲，姑太太說得這樣可憐啦！他們孩子間隨便他走去，管他做甚麼？」

二姨媽道：「到底還是姑母痛愛些。」說著，便夾一大塊菜叫俊明吃。俊明勉強應付著了。

朱太醫復起興道：「我們吃這些酒，實在沒有味道，我行個酒令出來吧！」

俊臣先道：「好的，好的。」

大嫂子道：「這孩子聽見有酒吃，什麼原形都露出來了。」說得大家笑個不住。

朱太醫說道：「我們不要說閒話吧。我現在出一個令，叫將軍令，在坐的人，每個要說出一句古句，內中要包含有將軍和酒字，說不出的罰酒三杯。」

大嫂子首先叫道：「啊喲，我一樣都不懂得，怎說得出呀！」

大姨媽道：「我們倆只好罰酒吧！」

朱太醫道：「不管說得出說不出，有條例在此，遵照便了。」

姚夫人道：「那麼，你就先說吧！」

朱太醫想了一想道：「我先說一句你們聽聽。」便隨拈一句道：「溫酒斬華雄。」

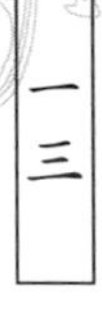

大姨媽便道：「什麼叫溫酒斬華雄？我們不懂。」

朱太醫便解釋道：「從前關雲長戰呂布的時候，呂布的先鋒華雄來罵戰，這邊袁紹等的聯軍都戰他不過，關公便應聲而出。曹操說且慢，先給你吃杯酒壯壯膽再去。關公說把這杯酒慢吃著，待斬了華雄再吃不遲。於是出去一刻工夫，便提華雄的首級獻之帳下。此時這一杯酒還溫溫的，所以叫做溫酒斬華雄了。」

大嫂子笑道：「這也算數，第二就該俊臣說了。」

俊臣便說道：「酒醉破番兵。」

大嫂子笑道：「這孩子又說些什麼？」

朱太醫道：「這是宋時岳武穆手下一員部將牛皋的一段故事，我卻不願意嚕哩嚕蘇的了！」

大嫂子道：「不講我也不聽。」便指著大姨媽道：「我們吃我們的菜吧！不去管他們。」於是第三要二姨媽說了。

二姨媽想想道：「張飛計奪天蕩山，不是大吃其酒麼？」

朱太醫道：「好的好的，那末要該二嫂子說了。」

二嫂子道：「我說不來，不算我吧！」

朱太醫道：「不行，無論如何要說一句出來，你又不可以同大嫂子大姨媽相提並論的。」

三姨媽也道：「二嫂子不必客氣吧！就隨便說一個出來，消消門面便了。」

二嫂子沒法，只得瞎說道：「李太白斗酒論詩。」

俊臣便笑道：「二嬸嬸該罰了。」

二嫂子道：「為什麼呀？」

朱太醫道：「你說的只是酒，不關將軍的事體。李太白是個文人呀！」

二嫂子紅了臉道：「罰酒吧！」說罷便吃了三大杯酒。

這一次就該大嫂子了，但是大嫂先已說明願吃酒的，便自動地吃了三杯酒。大姨媽也爭著先吃三杯酒，免得再去嚕蘇了。這一下便該俊明說了。

俊明這許多時想著心事，一語不發，任他們說得天花亂墜，他一句也不曾聽清楚，此時叫他說了，他便慌張道：「姑丈怎樣說呀？」

姚夫人便笑道：「這孩子怎麼呆成這樣了，你姑丈行的將軍令，你沒聽著麼？」

俊明假意道：「聽是聽清楚的，不過內中的規則忘記了咧！」

朱太醫又把將軍令的規則說了一次，俊明便想想道：「我說一個看要得麼？」

二姨媽便接口道：「這個孩子說出來總會不錯的。」

俊明道：「不相干，還是說出來審察一下吧！」

大嫂子急道：「快說啦！還在嚕蘇什麼？」

當下俊明便拈一句道：「煮酒論英雄。」

朱太醫讚道：「很好，很好。」

二嫂子便嗔道：「我說的倒要罰酒，這孩子說的倒稱讚得不得了。我卻要聽聽是什麼意思。」

朱太醫道：「二嫂說的因為不切題。俊侄兒說的倒卻恰好，所以不罰他了。」

二嫂氣道：「我不懂甚麼切題不切題，你要把他說出的這個玩意兒解釋清楚了，我就佩服。」

朱太醫沒法，只得叫俊明道：「你快替你二嬸娘說說清楚吧！」

俊明便向二嫂子道：「從前三國的時候，曹孟德虎踞中原，那時候劉備還在他部下，有一天，曹孟德青梅煮酒，請劉備同飲，便談論天下的英雄有幾人，所以便叫煮酒論英雄啊！方才姑丈說的，又要拈著酒，又要拈著將軍，這不是都有麼？」

二嫂聽完，只得不言語了。於是大家吃了一會兒菜。不知不覺天快黑起來了，僕子掌起燈來，一時間客堂裡面顯得光彩異常。大嫂子便首先說道：「天黑了，我們還要回家去啦。」

俊臣道：「那麼就不用再吃吧！」

朱太醫同姚夫人齊聲道：「嫂嫂你慌什麼？橫豎又難得來的，今晚就委屈著宿一夜吧！」

俊明道：「天倒還早呢！就遲一些回去也不要緊的。」

二嫂子道：「孩子家總是想貪玩，你不怕煩你姑丈姑母麼？」

姚夫人哪裡肯聽他們要去的話，便逼著他們吃酒，俊臣再三推辭，說恐怕家嚴在屋裡盼望。

朱太醫道：「大哥哥本來要請他賞駕的，他又生起病來，依我想，移時就叫俊臣回去照應照應便了。」

大姨媽、二姨媽都說要得的，就這樣辦吧！當下俊明心中暗暗歡喜，巴不得就宿在姑丈這裡。大家又吃起酒來。

二姨媽說道：「小翠這個丫頭，今天肚皮餓得麼？」

來的。」

姚夫人道：「她自在裡面吃著呢！好在她又吃不了些什麼，所以她不肯出來的。」

這時朱太醫叫僕人上大菜來，還是大嫂嫂不客氣，招呼著眾人便吃。俊明有心事在心，遂又起身說小解，便溜到小姐窗口邊張望時，見小翠在梳妝臺旁整理衣服。

因為天黑了，裡面看外面是很不容易的，俊明恨不得大著膽到她房裡去，又見丫頭們時出時進，怕碰見反覺不美，當下想來想去，便一直跑到書房裡去，拿張紙寫了幾句，重新來到窗口，向著小翠的肩頭上，把紙團拋進去，恰恰中在小翠的頸上，小翠一驚，見是一個紙團，便明白了，忙撿起來背地裡一看，微微地一笑。

此時眾丫頭都未來，便也書了幾字，走至窗前，看見俊明的人影，將紙團拋出。俊明黑暗中摸著一看，見寫著「仔細」二字，不由得喜出望外，依舊跑到客堂裡來混著吃酒。

此刻大嫂嫂同大姨媽都吃得醉人一般，姚夫人還逼著再吃三杯，俊臣苦苦地擋住才不吃了，於是俊臣看天色大黑，聽得已交二鼓，便先告辭回家。

眾人也不願意再吃，朱太醫只得擺上點心，各人吃了一些，方才下席。

俊明乘著忙亂的時候，已到後院溜了幾趟了，誰也不知道他們的心事來。朱太醫又陪著他們鬥了幾副牌，姚夫人便安置眾舅母、姨媽等睡覺，俊明安在書房後間，派兩個僕人服侍睡了。朱太醫同夫人也歸房安宿。小翠的房間原是裡外兩間的，小翠住內間，丫頭住外間，距書房只隔一個院子。

且說俊明到了書房裡，哪裡還睡得著？便合衣靠在床上，靜聽萬籟俱寂，鼓交三下，抬起一望，窗外竹葉柳枝，被月色映著，隱隱微動。此時欲起身走去，又怕僕役睡覺未酣，復又擁被危坐。

一直聽得天交四鼓，方才靜聲下床，整好衣服，將燈兒吹滅，徐徐地踱到後院去。見各房燈火俱熄，只有各處傳來的呼聲，相映成雷。

俊明躡足躡手地走到小翠的房門，心中猛然想起，尚有丫頭在內，此門必然關閉，急忙輕輕兒用手一推，方知是半關著的，便側著身子，閃進裡面去。

房內被窗外月色照著，一丫頭橫臥床上，酣睡如雷。復走到裡面一間，伸頸一望，見小姐斜靠床牆，閉目而臥，一支琉璃燈半明半暗，俊明到此時不由得不進去了。

第五十四回　良臣除奸

俊明一人走至小翠房中，見小翠斜床臥褥，閉目假寐，一盞琉璃燈閃出一片淡綠色，映在小翠的鵝蛋臉兒上，越顯出粉綠姿態，不由得俊明心爽神怡，側耳聽聽，四壁無聲，便輕輕地走到床邊上一坐，用手兒微微搖著小翠肩頭，道：「妹妹，你睡著了麼？」

小翠聞聲，徐徐睜開眼兒道：「我候你許久了！你將外面的門關著麼？」

俊明道：「已經關著了。」

小翠便要下床來，俊明哪裡肯要她下來，用雙手扶住她肩頭道：「妹妹你就

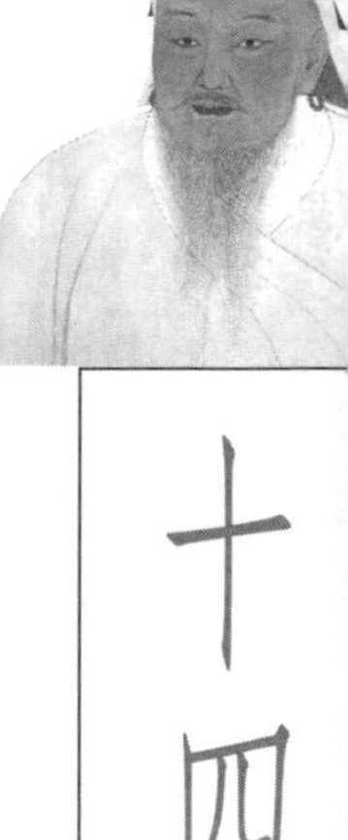

這樣吧，我在此同你說說。」

小翠只得依舊靠著，問他道：「這麼許久，你在我們家裡也不來一下，真個使我……」

俊明忙安慰道：「這也是沒有辦法的。我前幾次來過，都在外面客堂裡，不曾進得裡面來，不知妹妹在內也知道麼？」

小翠道：「我哪裡會知道外面的事呢！我每天連外廳的門還走不到，只在這個繡閣兒就算完了！」

小翠一方面說話，一方面現出懊惱的樣子。

俊明連忙用好言安慰道：「妹妹不必這樣煩悶吧！我們倆的終身事，我已經向母親說過了，可是不曾給姑父、姑母說得，預料總可以成功吧！」

小翠的臉兒微紅道：「這也看各人的命運罷了！」

他倆在此黑夜無人的地方，談了許久的話兒，都不覺得有什麼嫌疑了，俊明心裡不住地思量，要怎樣說出心事才好。小翠也懶越越地向著他，說不出一句話，像煞找一句話頭也找不到，就這樣沉默了半個時兒。

還是俊明大著膽，輕輕地親了一個甜蜜的吻，於是他乘勢就靠在她的身旁，不住地談著情話。

但是小翠姑娘平常被禮教束縛慣了，像今晚這樣的做作，恐怕她心中還免不了憂慮吧，所以俊明幾番要求她的話，她總是猶豫不決。無如俊明到了此時，再也不能忍耐了，便千妹妹萬妹妹地吻著，死也不放。

在小翠的心裡呢，總記著些父母教訓的話，什麼烈女節婦啊，什麼貞操道德啊，牽連不斷地放在心裡，但被俊明哥兒鬧到這步田地，卻也萬難制止得了。禮教再嚴，兒女間總難逃出這個真情，遂不知不覺地受著俊明的魔力，軟綿綿地服從他了。俊明從容就事，不覺天光微亮。

小翠姑娘深恐眾僕婢起早，被人睹見反為不美，又兼姑娘們初次受驚，心中異常恐懼，便催促俊明回書房去。俊明亦有些慌忙，遂收拾衣履，又向著姑娘吻了一回。

姑娘復叮嚀囑咐，眼中顯出微微的淚珠兒來。俊明安慰一陣，珍重而別。此時幸外間屋子裡丫頭尚未醒，便輕輕走出。小翠將門關上後，入帳假寐。

次早姚夫人又宴請眾嫂子、姨媽、侄兒女歡聚一堂，只有俊明沉悶不樂。姚夫人問道：「侄兒今天為何精神不快？」

大嫂子便接口道：「想這孩子昨天在席上吃得多些，便成了這個樣兒。」

二嫂道：「讓他早點回家，請個大夫瞧瞧，免得大哥哥要著急啦！」

俊明道：「不要緊兒，等一會兒就行了。」

大嫂子亦說道：「讓他去坐坐，索性娘兒們一起回去。」

二姨媽說：「很好，免得一人走在路上也是不穩妥的。」於是大眾吃好了飯，閒談了一會兒，大家便要到小翠姐房中坐坐，看看這個侄女兒藏著裡面也是怪難過的。姚夫人便上前領路，到後院走去，留俊明哥兒同朱太醫在書房裡閒敘。俊明微微地笑著，也就不同去了。

再說小翠自俊明走後，差不多有一個多時辰，心鹿兒才不跳了。這時天尚未大明，便倚著床合眼坐了一些兒，就聽外間丫頭起床。小姐也乘此時起來，梳洗已畢，略進點心。

不一時外廳裡招呼早膳，姚夫人本意今天大表哥已去，可以叫小翠同來吃飯了，便命丫頭去關照她出去。小翠心想：就是一個俊明哥倒不要緊的，但是於面子上又覺得不好出去，索性就在裡面吃了。姚夫人知道她女兒不肯出來，只得甘休，俟大家用膳畢，才到後院來看小翠。

這時先有丫頭僕子報告，小翠便在繡房門口相迎。大嫂子一見，便歡喜得什麼樣兒似的，說道：「姑娘幾年不見，已長到這樣乖覺了。」大家就在房裡你誇我獎，倒把小翠說得難為情起來。

二姨媽又把小翠繡房裡做的針線賞識了一回，方才由姚夫人領路到花園玩耍。眾人都有興趣，獨獨大嫂子心慌要回家去，只得離別眾人和二嫂子。俊明一路先回，並約緩幾日請姚夫人和小翠到大嫂子屋裡去玩耍，並當著了哥哥的生日，以便大家熱鬧一回。

姚夫人領諾，直送至門口面別。唯俊明倒有些不願意去的意思，卻也說不出來。只好向著後院望望，老著頭皮前去。這邊幾位姨媽亦去的去，留的留，倒暫時不去管他。

卻說朝廷之中，也先鐵木兒掌握大權，鐵失、鎖南等均位列顯職，凡機密大事皆是他們把持，把個晉王倒不放在心上。朝中稍有點忠心的臣子，都切齒痛恨。晉王即位以來，亦看不慣他們那種驕橫的樣子，心中便存下治伏他們的念頭，但是時機未熟，不好發作，凡事都忍受過去。

也先鐵木兒等見皇帝這樣的寬容，便愈加放肆。除把持朝政外，又廣設園囿

遍徵美女，以充姬妾。京內外良家婦女，只要生得標緻的，均被他的爪牙收錄進去，受冤屈的也沒奈何得他。於是，他在朝中斥責賢良，在私第縱酒好色，鬧得內外荒涼，怨聲四起。

最殘忍的一次，他把民間幼女尚未滿十三四者，強迫姦污，拿幼女的哭聲作他娛耳的音樂。受事之家還要跪求哀懇，才給你放出，否則，經他獸欲發洩後，便棄之如遺，家庭裡倒沒有法去找尋了。所以平常民家的女兒少婦，都是深鎖閨門，最難得看見的。

再說有一日，正值天氣晴明，日暖風和，也先鐵木兒忽發遊興，便命家丁數十名攜帶弓箭，出郊外打獵尋樂。當下眾家丁收拾前往，道經里許，也先鐵木兒坐在馬上興高采烈，讚美道：「久不外遊，江山又覺一變。」大加賞識，不覺揚鞭狂笑，立馬高眺。

時見東面影影有四輪車一輛經過，上面蓋滿繡圍，後面有數名從僕護送，一看便知道是名門的內眷。移時覺得那車子看見這邊人眾的模樣，便風馳電掣向西而去。

也先鐵木兒是個貪色之徒，心想那車裡要是女眷，或者總有一個好看的，就拿來消遣消遣也是好的啦！當下遂命家丁前去將那繡車趕來。眾惡奴得令，一擁而上，不一時就把車兒拖到也先鐵木兒面前。

幾名護送家丁齊齊地跪著討恩。也先鐵木兒忙呼揭起繡圍，舉目一看，不覺心中大喜，原來裡面坐著一婦一女，都生得美豔如花。婦人年雖三十餘，而風流瀟灑之氣溢於眉宇，其女不過二八之年，正是含苞未放。

也先鐵木兒看不忍釋，呆呆地向著，如醉如癡。幸被一家丁呼道：「大王若喜歡他們，就打發這些狗才自己回去便了。」

也先鐵木兒方回過臉兒笑道：「就這樣吧！」說時，眾惡奴便驅促數名家丁滾去。

眾家丁哀求道：「這是朱太醫的內眷，是要到親戚家去的，求大王赦了吧！」惡奴哪裡聽你，硬強迫著車夫蜂擁而去。家丁無法，只得回去報信。

卻說車內婦女是誰？這便是所表過的姚夫人和小翠姑娘。今天因為要到大舅那裡去做生日，道從此地經過，不幸正逢著魔王打獵，眾家丁早已知道厲害的，忙命車夫推起。誰知惡奴人多，青天白日地搶了去。姚氏母女在車內嚇得魂飛魄散，抱住痛哭。

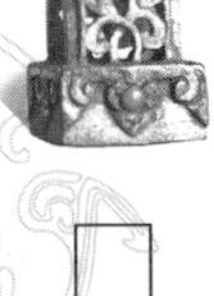

不一時只聽見熱鬧異常，男女笑謔之聲不絕於耳。一惡奴呼車夫放下，將繡圍揭起，原來已經進了相府。

姚氏母女被惡奴拉出，關在一間密室，被許多無恥婦女圍住，勸她順從相爺，不失夫人之位。姚夫人哪裡肯聽。那些婦女尚諄諄相勸，姚夫人聽得發火，索性一人吐了幾口。眾婦人看不能挽回心意，也就恨氣出去。

姚夫人母女自分必死。誰知沒有片刻，就見一個很魁梧的人走來，涎眉涎眼笑嘻嘻向著她母女輕狂。小翠小姐已經嚇得不敢作聲，姚夫人便雙倒眉豎，指著罵道：「無恥的匹夫，搶人妻女，自有神天鑒察。你們這些狗才，作惡多端，總有一天不得好死。」千狗豺萬狗豺地罵個不休。

這人便是也先鐵木兒，聽她罵了一番，倒也不去理她，又走進身去，便欲擁抱，不留意被姚夫人狠狠地擊了一耳光。

這一下把也先鐵木兒打起火了，遂發怒道：「賤婦！到了這時還敢抵抗我麼？」便呼來惡婦數人，把她母女衣服剝去，用帶捆在床上，也先鐵木兒便先老後少淫汙一回。

姚氏母女掙扎不動，只得痛哭流涕，任他侮辱。事畢，仍用惡婦強進飲食。

她母女倒無可奈何，尤其是小翠姑娘又驚又怕，時時想念著俊明來救她，弄得死也不能活也不得。

這時候再說朱太醫自得家丁回報，大驚失色，遂前去外面打聽，就便設法。明知也先鐵木兒平常強姦婦女的行為，若是不從，便把你弄死。想她母女自然是不會損節的，恐怕犧牲了性命。又去相府裡屬員當面討情，請他向相爺說幾句好話，把母女放出。

聽得這些人道：「你快回去準備酒席吧！聽裡面的人說，你的女兒已經同相爺在一塊兒了，你的妻子說不定也同相爺要好啦！」

朱太醫一聞此言，氣得星火亂冒，直跑到中書省方面去告控，但中書省也不敢在虎頭搔癢，竟置之不理。

朱太醫沒法，想救人要緊，況且姚氏母女是他最疼愛的，俊明和些姨表亦忙著設法施救，結果還是俊明用錢買通相府屬員替他講情，兼之也先鐵木兒強汙三夜已覺得厭了，方才釋放她母女出外。朱太醫一見之下，恨也先鐵木兒入骨，誓必設法報仇。

小翠姑娘回家悲痛不已，自思失身於賊子，有何面目立於人世，便思尋死

了之，幸得僕婢施救，多方勸慰。俊明聽說，自己又背地去勸說道：「妹妹受辱，這是我遲來施救的原故，想妹妹那時是無法可設了，未必外人不能原諒你的麼！」左勸右慰，方才把她尋死的念頭打消，一面朱太醫暗中設法復仇。

當時朝廷上下都是也先鐵木兒、鐵失、鎖南等的爪牙，告也無從入手。可巧這時候有一位大大的救星，便是安邦定國的一個功臣，他也是一位王爺，名叫買奴。從前輔佐英宗多顯功績，後來英宗被弒，他孤掌難鳴，便投往晉王府請求討逆。唯那時晉王尚未正位，便未打草驚蛇，於是買奴就在晉王部下當了職事。

此時見也先鐵木兒等欺君罔上，侮慢朝臣，久欲奏聞晉王下詔討伐，未得其便。可巧朱太醫與買奴素識，便去報告也先鐵木兒搶劫妻女等事。買奴聞言，怒髮衝冠，道：「有這等事？我不殺此賊，誓不再列於朝！」

朱太醫亦百般要求替他復仇，於是二人商量一回，買奴道：「這些逆賊罪惡多端，死尚有餘，依我看，只是拿奸淫等事奏聞主上治罪，似覺題目太小，不如還是從討逆入手，方好一網打盡。」

朱太醫道：「全仗大力。」

買奴自朱太醫回去後，便微服入宮，謁見晉王，拜畢，晉王賜坐一旁，問道：「卿有何事？一一奏來。」

賈奴道：「請陛下摒退左右，臣有密奏。」

晉王准奏，即退去左右侍從。

賈奴奏道：「陛下忘了弒君之賊麼？」

晉王道：「朕自時刻留心，卿有何法？」

賈奴道：「也先鐵木兒、鐵失等大逆不道，弒先皇，誅大臣，本欲黃袍加身，只恐人心未服。其迎接陛下者，都是不出本心，望陛下早圖良策誅滅奸黨，恐他日勢大，陛下反為所制矣。」

晉王道：「這班逆賊！朕久有此心，奈所託無人。卿既有心，請為朕助。」

賈奴奏道：「為國除害，雖死不辭。」

晉王問道：「究於何時舉行？」

賈奴道：「此事在急，就是今夜便佳，否則走洩風聲，反為不美。」

晉王應諾，遂手詔命晉邸護衛前去圍捉奸黨，便道：「煩卿替朕一勞。」當下賈奴領詔，帶領數千衛兵星夜圍住各奸黨府邸。

是時也先鐵木兒早已得左右言賈奴密報一切，只意姦淫之事。心想，既放出

她母女，也無佐證，怕他何用？當下不及提防。

也是奸臣惡貫滿盈，遂為買奴拿住，又分派衛侍，前去將鐵失、鎖南、按地不花、失禿兒、赤斤鐵木兒、完者禿滿等家口一併拿住。

買奴深夜奏聞晉王，即下詔分三等治罪。天明便將也先鐵木兒、鐵失等一干奸人正法，家屬充軍，其他附和之臣罷職為民，重者羈押獄中，期滿充軍。可恨一班奸人身雖治罪，人民尤怨太輕，有露屍七日，百姓便溺其體，以消蓄恨。

朱太醫、俊明等亦額手稱慶，嗣後便將小翠與俊明婚配，有情人終成眷屬，留此一片佳話，這且不必細表。

且說買奴將奸黨正法後，奏聞聖上，晉王慰勞有加，遂擇日在京正位，是為泰定帝。追尊皇考晉王為皇帝，廟號顯宗，皇妣弘吉剌氏為宣懿淑聖皇后，復尊先皇為睿宗皇帝，廟號英宗。改元為泰定元年。

朝廷之臣論功行賞，其第一功勞便要算買奴，泰定帝封他為泰寧王，受爵五千戶。其餘，旭邁傑、倒剌沙為中書左丞。知樞密院事馬某沙，御史大夫紐澤，宣政院使鎖禿，應加授光祿大夫，各賜金銀鈔有差。追贈故丞相拜住為太師，爵東平王，諡忠獻，稱為清忠一德功臣，提其子答兒麻沙思為宗仁衛親軍都指揮使，復起用鐵木迭兒所罷斥之忠良李謙亨、成珪、王毅、高昉、張志弼等，均封原職。

於是人心大定，一面冊立弘吉剌氏，名叫巴巴罕為皇后，並立皇子阿速吉八為皇太子。會浙江行省左丞趙簡，請開經筵及擇師傅，令太子及諸王大臣子孫受學。泰定乃命平章政事張珪，翰林學士承旨忽都兒都魯迷失，學士吳證，集賢直學士鄧文原，以《帝範》、《資治通鑑》、《大學衍義》、《貞觀政要》等書，指日進講。

泰定帝便覺內外安寧。唯立皇太子之日，忽然天大風雨，四面晦霾，官民頗覺驚疑。

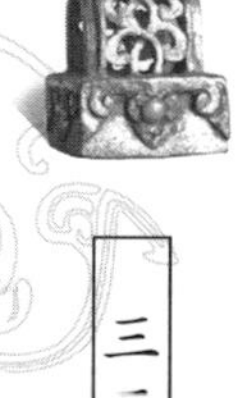

第五十五回　天生尤物

泰定帝即位改元之後，冊定巴巴罕皇后，又立皇子阿剌吉八為皇太子。冊立皇太子那一天，本來是好好的天氣，到了宣冊的時候，忽然大風雷雨，四面陰霾，朗朗的紅日被雲翳遮蔽住了，幾乎伸手不見五指。京城內的官民不免因此相顧失色，私下議論，都以為不是佳兆。

唯有那泰定帝絕不措意，非但不加修省，還選中了兩個美人作為妃嬪。那兩個美人究是甚等之人，如何能邀泰定帝寵愛，冊為妃嬪呢？

原來這兩個美人本是一對姊妹花，長名必罕，次名速哥答里，都生得婀娜娉

婷，如花如玉，令人一見魂銷，要算兩個尤物。這兩個都是弘吉剌氏，乃是巴巴罕皇后的從堂姊妹，其父名叫買住罕，曾經封為袞王。

那必罕自十八歲上嫁了個丈夫，少年夫妻倒也甚是恩愛。無如紅顏命薄，嫁了過去不上一載，其夫即以暴病而亡。剩下了必罕孤鸞寡鵠，又在盛年之時，未免臨妝嗟嘆，對月淒涼，常常的自悲命薄，要想挑選個得意人兒，重行改適，免得辜負了青春年少，如水韶華。無奈身出貴胄，服尚未終，不便即行改適。因此常常的搔首弄姿，招惹些遊蜂浪蝶，暗地裡遂了心願。

那個速哥答里，年紀雖輕於必罕，今年僅有一十七歲，但是天生尤物，情竇早開，不待其父替她選擇佳婿，已是自由戀愛，賞識了家中一個年輕俊僕，私下裡鶼鶼鰈鰈，甚是恩愛。

其父買住罕本是個糊塗人物，終日裡除了呼盧喝雉，只要一杯在手，便已萬事都了，兒女之事哪裡還有心情去問那閒帳。況且這一對姊妹花千伶百俐，能言善辯，有什麼私情之事，也遮掩得絕無痕跡，不使父親知道。即使買住罕在外面聽得些不相干的言語，回家之時加以詰問，她們也能指東說西，洗刷得乾乾淨淨。買住罕乃是無用之人，也就閉著眼睛，任她們胡鬧去了。因此姊妹兩人，膽子愈弄愈大，竟至醜聲四布，京城裡面，沒有一個不知道必罕和速哥答里姊妹兩人是肉身布施，來者不拒的了。

泰定帝在藩邸的時候，早已知道這兩位小姨是實行戀愛主義的大名家。又聞得她們生就的千嬌百媚，和古時的西施、王嬙不相上下，因此食指大動，久思一嘗異味。無如身在藩邸，不能如願以償。現在身登九五，為天下主，自然可以為所欲為，不愁不能遂其平生之願了。誰料即位之後，偏偏遇著政事繁雜，一日萬機，宵旰勤勞，沒有空閒工夫了此心願。況且宮廷裡面也有一定的規矩，外戚之親雖然有入宮朝覲的一條例子，但是不遇著佳時令節和慶賀典禮，也不能輕易出入，所以泰定帝總有瞻仰這兩位內姨的意思，恰因沒有相會，也就只得暫時忍耐，等到有了機緣，再償心願了。

恰巧這一次舉行冊立皇太子的大典，無論中外懿戚、在朝命婦，都應入宮朝賀。這必罕和速哥答里乃是兩位皇姨，自然要到宮內向皇后行禮致賀了。偏生那皇后巴巴罕一時興致勃發，趁著諸命婦入宮朝賀，便在昭陽院內大排筵宴，歡然暢飲。

正在觥籌交錯，釵飛釧舞，飲至半酣的時候，忽然近侍前來報道：「聖上駕到。」皇后巴巴罕聞報，忙離了鳳座，率領陪宴的諸命婦前去迎接聖駕。

那些命婦雖是久膺封誥，每逢歲時令節也曾入宮朝覲，就是在宮筵宴，也曾經過多次，但是都是陪著皇后妃嬪，互相酬酢，從來沒有見過皇帝。今天忽然御駕降臨，雖然喜見天顏，卻不免倉皇失措，欲前且卻，很有些不能自主的光景。唯有必罕與速哥答里從容不迫，如若無事，隨了皇后起身離筵，迎將出來，俯伏在地，口稱：「臣妾等不知聖駕降臨，迎接來遲，切望恕罪。」

泰定帝這次前來，本因打聽得皇后在宮內大排筵宴，和諸命婦歡呼飲酒，料知必罕與速哥答里兩位皇姨必然在此，所以在朝中料理了幾件政事，匆匆地命駕來至昭陽院，要想趁著這個機會和兩位皇姨親近一番，以遂心願。

御輦方抵昭陽院門前，已見皇后巴巴罕領著一群婦女，如蜂蝶飛舞一般列成兩行，俯伏在宮門之前、輦道之旁，高呼迎駕。泰定帝坐在御輦裡面，早已留心注視，見追隨皇后身後的許多命婦，環肥燕瘦，釵光鬢影，鮮妍異常，比到六宮粉黛，已覺耳目一新，心內早就十分高興。再看到皇后身旁，有兩個妙齡女子，隨同著俯伏於地，那一種輕盈體態，綽約豐神，令人一見，自爾魂銷。

泰定帝瞧著這對美人，不禁目眩神移，料知是必罕和速哥答里兩位皇姨，連忙定了一定心神，滿面含歡地下了御輦，向皇后笑道：「卿今日肆筵設席，以樂嘉賓，朕倒來攪擾你們了。」一面說道，一面扶起了皇后，相偕入內。必罕姊妹同了諸命婦，也一齊起身跟隨泰定帝和皇后同進昭陽院。

皇后指著酒筵道：「陛下不嫌剩酒殘肴，何妨一同入席，寬用杯呢？」

泰定帝本要趁這機會和必罕姊妹親近一番，聽了皇后的話，正合心懷，便含笑點頭道：「朕此時覺得酒興勃發，要和卿等暢談縱飲，但是眾卿不可因有朕在座，便要拘牽禮節，必須略去儀文，方才暢快。」說著，便在上首坐下，吩咐皇后與眾命婦各歸原位，仍舊飲酒。

眾人奉了旨意，哪敢有違？便請皇后與泰定帝並肩而坐，各人皆歸自己的原位置。

那必罕和速哥答里原先是陪著皇后坐在一席的，現在多了個泰定帝坐在上面，兩人只得分向左右，一同入席。好在姊妹二人都是性情豪爽，不拘形跡，雖有皇帝在座，倒也大大方方，從容談笑，一毫沒有拘束。

泰定帝見她們姊妹落落大方，心下更是歡喜，便一面飲酒，一面賞鑒二人的容光。只見必罕生得豐容盛鬋，態度華腴，恰因喪了丈夫，穿著一身素服，愈加

覺得雅淡宜人。再瞧那速哥答里，恰生得身材玲瓏，體態窈窕，娉娉婷婷，大有凌風飛舞，輕盈婀娜之致。泰定帝看了兩人的容貌，不禁暗中讚美道：「果然名不虛傳，這姊妹二人都生得一般美麗，恰又各人有各人的佳處。那必罕體態豐盈，堂皇富麗，不亞於唐宮的楊玉環。那速哥答里生得身材適中，腰肢纖細，玲瓏嬌小，好似漢宮的趙飛燕。倘若令她作掌舞，定然也堪勝任的。」

泰定帝暗暗地品評一番，又偷偷地回過御目，打量皇后巴巴罕。卻見她莊嚴端重，儀態萬方，體格豐腴，風度清華，好似花中的牡丹一般，足以冠冕群芳，真不愧為一國的母儀。泰定帝將三人品評了一回，心中想道：「皇后的丰神，比如牡丹，為花中之王；必罕風韻雅淡，好似梅花；速哥答里美豔絕倫，好比花中的芍藥，朕能得這三個人朝夕盤桓，六宮粉黛可以視同糞土了。」心中想著，早已暗暗出神，呆呆地坐在那裡，不言不語，也不飲酒，也不用菜，好似失了知覺一般。

皇后巴巴罕何等聰慧，瞧了泰定帝失神落魄的樣兒，早就知道他的意思。略一沉吟，便打定了主見，要借必罕和速哥答里籠絡泰定帝，使他鑽入圈套，娛情酒色，自己方可施行挾制手段，竊弄政權，擅作威福。主張既定，早向必罕與速哥答里使個眼色，以目示意。

必罕姊妹自幼便和皇后十分要好，三個人串通一氣，有什麼心腹之事，各不相瞞，互相商酌，所以覺得格外投機。

那皇后巴巴罕本來是個精明強幹、素有大志的人，雖然身居巾幗，恰素具雄飛之願。自從泰定帝由藩邸入承大統，冊立為后以後，便有心要想弄權竊柄，學那唐朝武則天的行為。恰因泰定帝秉性剛強，不像唐高宗這樣的闇弱，不敢肆行無忌，心內正想設法使泰定帝沉迷酒色，無心親理朝政，自己就可竊弄大權了。

她這意見蓄在胸中，已有多時，必罕姊妹有時進宮探望，巴巴罕早就將自己的志願暗中告知她們。必罕姊妹也是個不甘雌伏的女子，聽了巴巴罕的言語，自然只有贊成，並無反對。三個早已秘密商酌妥當，要用一種狐媚手段迷惑泰定帝，待他將本性失去，然後暗中取事。此時巴巴罕向二人以目示意，便是叫她們乘機進行的暗號。必罕姊妹瞧見巴巴罕的模樣，已是心領神會，兩人都將螓首點了幾點，表示她們已經明白，即當進行的意思。

巴巴罕得了二人的暗示，便向泰定帝說道：「陛下難道有什麼朝政縈心麼？為何神情落寞，不似往日的高興呢？」

泰定帝經巴巴罕這一責問，方把飛越的神魂重又收回，慌忙舉起金杯一飲而盡，道：「現在政治清明，四海賓服，哪有什麼朝事縈心？朕因世際昇平，要想做個無憂天子，與卿等共享快樂，想覓取幾樁歡娛之事，一時恰又想不起來，所以偶然出神。不料為卿所見，便疑朕有朝事縈心了。」

巴巴罕聽了，微微含笑道：「陛下洪福齊天，時和世泰，正該尋歡作樂，方不負這大好光陰。但是古時善能自尋樂處的君王，無不徵歌選色，御嬪盈庭。臣妾幼年誦讀詩書，那漢朝的武帝，要算是千古雄主，他尚寵愛李夫人；唐朝的玄宗，可說是一代的明君，他也寵愛楊貴妃。可見古來的英明之主、聖賢之君，沒有一個不貪戀女色的。只要能夠乾剛獨斷，不為酒色迷惑，使政治清明，人民樂業，自然可以天下太平，克臻上理了。」

泰定帝聽了巴巴罕的一番話說，正合他的意思，但還不肯將自己急色的情形顯露出來，故意和她辯論道：「據你這番議論，凡是為君的都可以徵歌選色，荒淫恣肆，不用顧忌了。為什麼秦始皇、隋煬帝又都以縱欲亡國，不但自身被弒，還要被後世之人唾罵他為昏庸之君、亡國之主，直到如今還被人家毀罵不休呢？可見你的說話，也是一偏之見，不能成為的確不磨、正當不移的議論。」

巴巴罕不待泰定帝說畢，便笑著辯論道：「陛下的言語，固是不錯！但是沒有聽明臣妾的意思，所以有這番責備。須知臣妾所講的是雄才大略之主，並不是昏庸無道之君。臣妾要陛下所學的乃是漢武帝、唐玄宗，並不願陛下去做那秦始皇、隋煬帝這樣敗國亡家、遺臭萬年的昏君。陛下倘能飲酒而不為酒所醉，好色而不為色所迷，縱使杯不離手，美女滿前，朝廷的政事絕不貽誤，民間的疾若時刻留心，自然時和世泰，天下大治了。何至於像秦始皇的二世而亡，隋煬帝的身弒國滅呢？」

泰定帝此時的一顆心已為巴巴罕所迷惑，覺得她的話說句句入耳，語語合意，不由得喜歡到極點，舉起大杯子來，接連飲了三大杯，笑顏逐開地極口稱讚道：「皇后的一番議論，可算是博通今古，能識大體，把那外廷諫臣的迂腐的話說一概打破，迅掃淨盡。從此以後，朕也可以脫去許多束縛，免得一有舉動，就被那些臺諫諸臣前來絮聒不休。」說著，又舉起金杯，飲了一杯，拍著手縱聲狂笑，那種情形，大有手舞足蹈，欣喜無度的樣兒。

必罕姊妹眼見泰定帝那種快樂忘形的態度，不禁要笑將起來，卻又不敢放出聲來，只得低了頭，用手中拿著的粉紅絲巾掩住櫻唇，竭力忍耐住了。但是笑聲

雖然忍住，兩人的面色已是紅暈起來，又怕被泰定帝見了要吃罪不起，只得將身體斜側一邊，低垂著粉頸，以避泰定帝的目光。

那兩旁席上的諸命婦，初時見泰定帝手舞足蹈，縱聲狂笑，已覺好生奇怪。後來見必罕姊妹紅暈雙頰，忍笑不住的情形，更加內心詫異。大家都眼巴巴地望定她姊妹二人，猜疑不止。

必罕和速哥答里雖然十分大方，此時被諸命婦目不轉睛地注視著，那數十道眼光集中在自己身上，好像如今的機關槍一般，十分厲害，如何禁受得住呢？因此，姊妹二人更加倉皇失措，竟有些不能存身起來。

獨有皇后巴巴罕見泰定帝已經入了圈套，自己的計策已有一半成功，所以神閒氣定的很是從容。眼看著必罕和速哥答里局促不安的神情，唯恐略不小心露出破綻，使自己預定的策劃不能進行，那就枉費心血，未免可惜了。當下連連飛了幾個眼風，向必罕笑道：「我瞧你姊妹兩人坐在席上很不安靜，想必是要去更衣。好在皇上早有聖諭，命你們不必拘守禮節。你們儘管到後宮轉動一會兒，再來侍候皇上飲酒便了。」

口中說著，又接連使了幾個眼色，意思是叫她姊妹趁著今天的大好機會，趕緊按著平日商議已定的計策，把泰定帝引誘上鉤。

必罕和速哥答里暗中得了巴巴罕的命令，便一齊立起身向泰定帝告了罪，又對皇后行了一禮，一先一後地嫋嫋婷婷往後宮行去。

泰定帝見必罕姊妹已去，哪裡還安坐得住，也就身不由己地離開御座，跟蹤而去，巴巴罕見泰定帝已隨定必罕姊妹匆匆地奔向後宮，料得自己的計策一定成功，便和眾命婦閒談了一會兒，又飲過了兩巡酒，知道時間已到，泰定帝此刻必然十分得趣，自己正可趕去使出手段，要脅一番，日後就可以把個皇帝玩弄於股掌之上了，因此絕不停留，也假託更衣，直向後宮行去。

第五十六回　美人計

皇后巴巴罕見泰定帝追隨必罕姊妹前往後宮，料知他們已經成就了好事，遂即託詞更衣，也向後宮而來。

那泰定帝不料皇后追蹤而至，連宮門也忘記關閉，到了後宮不由分說，便現出急色兒的行徑，向必罕姊妹求歡。必罕姊妹本來與巴巴罕商議定了，要用美人計捉弄泰定帝。現在見他前來，自然移舟就岸，一拍即合，並沒什麼半推半就的張致。泰定帝於一時之間能得兩個美人任他玩弄，真是得意忘形，快樂到了極點，哪裡還想得到皇后竟會前來。所以一時大意，沒有關閉宮門。

皇后巴巴罕到了宮內，見必罕正在那裡對著鏡子整理雲鬢，速哥答里還倚在床前整理衣裙。泰定帝卻坐在床上正要起身，不想皇后巴巴罕匆匆跨入，見了必罕姊妹的神情，早已現出一股驚異之色，連連問道：「你們這是什麼緣故？難道白日裡還脫了衣服睡覺麼？」

必罕姊妹見問，故意現出不勝驚慌的模樣，一個對著鏡子呆立不動，一個手拈衣帶低首無語。

皇后巴巴罕又故意向床上看了一眼，見泰定帝正將御衣整理停妥，要趿履下床，便趨前一步，把泰定帝攬住道：「好！好！陛下身為一國之主，竟在青天白日強姦一個新喪丈夫的孀婦和一個未出閨門的處女，這是什麼話說呢？況且必罕姊妹都是我的堂妹，她們二人因為國有大典，入宮朝賀，乃是盡那臣妾的職分，陛下如何趁她們更衣的時候，竟做出這強暴的行為？倘若姊妹二人回歸家中，被我叔父袞王問明情由，這事如何得了？我叔父的情性最是倔強，他若知道這事，必定要怪我做姊姊的不照料妹妹，倒反串通了陛下捉弄她們了。陛下現在做出這樣事來，倒要想個主意代我洗刷乾淨，免擔這血海干係方好。」

泰定帝突然之間見皇后走來撞破了好事，面上已覺十分慚愧。如今聽了她滔滔汩汩的一番言語，更覺沒有話說可以回答，直急得汗流滿面，低著頭一句話也講不出來。

皇后巴巴罕見泰定帝那種局促的神氣，心內更加得計，便不待他開口，又逼進一步道：「陛下做出了這樣事情，不是默默無言可以了結的。好在現有眾命婦在此，待我去把她們請來，講明此事的始末情由，叫眾命婦做個見證，到得後來事情發覺，被我叔父袞王知道，我就沒有干係了。」一面說著，一面舉步向外，要去叫眾命婦前來作證。

此時泰定帝被皇后巴巴罕當面發作，弄得如癡如呆，一無主意，像木雕泥塑的神像一般，坐在床上一動也不敢動。皇后巴巴罕要去叫眾命婦前來作證，他也不加阻攔。

還是必罕和速哥答里兩人生來伶俐活潑，知道此事萬不能任皇后去叫眾命婦前來作證，姊妹二人不約而同地趕向皇后面前，雙膝跪下，一個抱住了皇后的一條腿，一個牽住了皇后的衣裙，苦苦地哀告道：

「臣妾姊妹前來更衣，不料皇上跟蹤而至，天威咫尺，哪敢違背聖命自取罪戾，只得一任皇上所為，要怎樣就是怎樣。如今已被皇后撞破，只求俯念姊妹之

情，不要張揚出去，使我姊妹不能做人。倘蒙皇后鴻恩，免於追究，我姊妹二人願為犬馬，以報大德。如果皇后不肯開恩，定要把這件事情宣揚出去，我姊妹二人也不敢怨恨皇后，但是從此以後醜聲四布，也無面目出外見人，只得三尺白綾了此殘生了。」

說著，一齊嗚嗚咽咽，跪在皇后面前，不肯起身。

皇后被她姊妹纏住，不能動彈，只急得跺腳道：「這事我也知道不能怪你姊妹二人，都是皇上的不是，也並不是我不能寬容你們，一定要出你的醜，唯恐此時若不聲張，後來被袞王查究出來，我也脫不了干係。所以你們雖再三哀求，我實難以應允。」說到此處，又要掙扎著出外。

必罕和速哥答里見皇后不肯開恩，更加著急，便回頭向泰定帝說道：「這事是萬歲逼著我姊妹做的，如今我們哀求皇后到如此地步，萬歲因何在一旁坐視，竟不幫助我們央求皇后呢？」

泰定帝此時心神略定，聽了她姊妹的話，心內方才省悟，便趿著鞋立將起來，對定皇后恭恭敬敬地作了一個揖，道：「這事要求皇后恕朕一時之錯，大度包容，不要張揚罷。須知這件事情，倘若傳將開去，非但她們姊妹難以見人，就是朕躬也要為臣民所恥笑的。望你寬宏大量，不要計較罷！」

說著，嬉皮涎臉的連連作揖，又回轉身來，把擱在御案上的一頂平天冠隨手取過，替皇后巴巴罕戴在香雲之上，道：「卿如將這樁事情代朕遮掩過去，不至張揚到朝廷上面，朕的皇位情願讓給於你，從此以後，一切政權都聽憑卿的意思處斷就是了。」

巴巴罕用這美人計籠絡泰定帝，原是要竊弄政權的，現在泰定帝滿口答應一切朝政都憑她的意思處斷，已是隨心所欲，如願以償了，但是還怕泰定帝一時事急，雖然當面允許，將來還有反覆，便又故意說道：「妾是女流之輩，如何能替代陛下去做皇帝？況且陛下此時因要遮掩這段醜事，不得已出此下策，日後事過情遷，哪裡還肯履行這個條約呢？」

泰定帝道：「卿可不用疑心，朕既已出言允許，決無翻悔之理。從來說的，一言已出，駟馬難追。就是平常之人也要言而有信，何況朕貴為天子，哪有戲言？卿如不能相信，好在必罕與速哥答里姊妹都在這裡，朕可當面立誓，叫她二人證盟。日後朕若翻悔，有她姊妹二人作證，朕還能夠不履行條約嗎？」一面說，一面對天立誓道：「朕蒙皇后寬洪大量，代為遮掩，從此而後，政由皇后，

祭則寡人，皇天后土，實鑒此盟，如有翻悔，不得善終。」

泰定帝立罷了誓，巴巴罕連忙阻止道：「陛下只要實踐所言，不失信用就是了，何用起這重誓呢？」一邊說，一邊扶起必罕姊妹道：「你們一雙姊妹已經皇上臨御，自然要列入妃嬪之數了，但是你們本是我的堂妹，原係貴戚之親，不比外面選進來的嬪御，皇上既然抬愛你們，自然要名正言順地冊為貴妃，方才不失體統，否則與普通的妃嬪一樣，豈不使我面上也沒有光彩嗎？」

泰定帝本來深愛必罕姊妹，早就存了冊立二人為妃之意，唯恐皇后巴巴罕要拈酸吃醋，一時之間不便說出。現在聽得巴巴罕反要自己冊立二人為妃，正是求之不得的事情，忙忙滿口答應道：「她二人原是皇姨之貴，如今入宮侍御，自與他人不同，朕於明日早朝，但下旨冊立她們姊妹為貴妃便了。」

巴巴罕見泰定帝事事應允，絕不違拗，自己的心願已償，便也無甚話說，將一天風波立時平靜，便陪同泰定帝，攜帶必罕姊妹仍至前殿，與諸命婦歡呼暢飲。諸命婦哪知就裡，只道皇后與必罕姊妹更衣而來。直待酒筵散後，諸命婦離席謝恩，必罕與速哥答里也和尋常一樣，隨了諸命婦謝了筵，一同退出宮去，回家安息。

到了次日早朝，泰定帝便降了一道聖旨道：「宮政繁重，皇后一人整理，日夜攖心，致於違和，欲求輔佐，共理閫內。茲訪得衮王買住罕生有二女，一名必罕，一名速哥答里，賢明聰慧，才德俱全，堪以輔相皇后，借資助理。況必罕、速哥答里與皇后同出弘吉剌氏，論職分原屬君臣，論親情乃係姊妹，冊為嬪御，共理內政，情意既孚，事理尤允。可命員外郎宋文瓚擬具冊書，平章政事張珪為冊立正使，丞相倒剌沙為冊立副使，欽天監選擇吉日良時，即行冊立。」

此旨下來，滿朝文武只道皇上冊立兩個貴妃，哪裡知道內中還有這段很曲折、很微妙的豔史呢！

那欽天監奉到聖諭，自然不敢怠忽，謹敬將事擇定了一個吉日，冊立貴妃。宋文瓚本是元代的一枝大手筆，早已撰好了一篇典麗矞皇的冊文，由翰林院內供奉學士端楷恭繕。到了冊立的吉日，由平章政事張珪手捧皇封冊文，丞相倒剌沙敬持御寶，排了半副鑾儀，笙簫鼓笛，直到衮王買住罕府邸去冊立貴妃。

此時衮王買住罕身穿朝服，俯伏門前，恭接冊使。張珪、倒剌沙高捧冊寶，直入正廳，面南而立。宣讀過冊文，買住罕三呼謝恩，然後由鑾儀衛抬過兩乘金頂黃幕的鳳輦，請兩位貴妃升輦入宮。必罕、速哥答里早已穿好了貴妃的品服，

由隨身的宮女簇擁著叩謁宗祖，辭別了父母，一同登輦。兩位正副敕使已經先乘了大轎，前去覆旨，然後排開了儀仗，將兩乘鳳輦抬入宮中。由引導贊禮的內監，請兩位貴妃下輦，先至昭陽院朝見皇后巴巴罕，行過了一番儀節，方才引著兩人各歸自己宮院。

那必罕所住的宮院叫做景福宮，速哥答里所住的宮院叫做仁壽宮，各宮裡面自有職事的宮女太監，按照各人的職使前來侍候。

必罕與速哥答里本來時常出入大內，深知宮內的一切規矩，不比初選入的嬪御不明深宮禮節，行動很不方便。她二人卻是一概熟諳，諸事從容，接上御下都合禮統。況且內監宮女盡知這兩位新入宮的貴妃娘娘，乃是正宮皇后的嫡堂姊妹，又是皇上親自選中的兩位貴人，將來必定深得聖心，要在宮中擅攬大權的。所以那些內監宮女都十分趨奉，小心侍候，深恐得罪了兩位貴妃娘娘，只怕等皇上臨幸的時候言語一聲，大家就要吃罪不起了，所以，必罕姊妹竟是一呼百諾，甚是威風。

那泰定帝又因二人容貌美麗，善於承迎，大加寵幸，因此六宮寵愛盡在這兩位新貴妃身上。

皇后巴巴罕一心要想攬權竊柄，泰定帝的臨幸卻全不在心，趁著他戀愛新人之際，便實行當日允許的條約，居然內外交通，大肆行其干預政治的手腕。泰定帝因有盟誓在先，只得裝聾作啞，一任皇后肆行無忌，不敢阻止。

一日，泰定帝因即位改元之後還沒有祭告太廟，擇了吉日，前去謁廟。不料太廟裡的神主竟會失去兩座：一座是仁宗的神主，一座是仁宗皇后的神主。初時太常博士李好文曾經建議，凡是太廟的神主，不宜金製，應該一律改用木製。所有金玉祭器也應貯藏別室，以免遺失。

這奏章上去，朝議因金製神主乃是歷代定制，未便遽行改制，況且宗廟社稷都有職官專司其事，何人敢來盜竊？李好文的奏疏近於迂腐，不足採用。到得現在，仁宗廟內果然失去神主，少不得命令守京各官派遣捕役四出緝捕。

不料緝捕了十日，仍舊毫無影響。此時泰定帝方冊立了必罕姊妹為貴妃，每日只在溫柔鄉裡過日子，哪有心情來管理這許多事情？休說太廟裡只失去了仁宗帝后兩座神主，便是將太廟內的列祖列宗的神主偷竊一空，在泰定帝看來，也是一件極微之事。只要不耽誤他在景福、仁壽兩宮飲酒聽歌的兩樁樂事，就是天塌下來，也無暇去管帳的。

無奈泰定帝雖然不願追問，偏是那些朝廷臣子不肯甘休，早有監察御史趙成卿、宋本、李嘉賓等，接連上疏，說是太廟神主被竊，完全由太常守衛不謹的緣故，應該將典守之官議罪，以警將來。這奏疏上去，泰定帝置之不理，接著又有廷臣參奏太常禮儀使馬剌，說他身受重任，怠忽職守，理宜治罪。

這奏章進呈上去，也不見報，群臣倒也沒有法想，只是紛紛議論，說是朝廷賞罰不明，日後百寮臣工恐怕沒有守法的了。

那些空議論原也並無影響，只要沒人去理睬它，也就無事了。偏偏那太常禮儀使馬剌本是國家的勳戚，以參知政事兼攝太常禮儀使，他被廷臣參奏了幾次，心內甚為憤恨，雖然泰定帝沒有治他的罪，究竟面上覺得不大好看，因知皇后巴巴罕獨攬大權，就是皇上也要讓她三分，便備了一份重禮，走了內監的門路，送於皇后，請她設法免罪。

巴巴罕收了他的禮物，命內臣對馬剌說道：「皇后不但可以使你不受處治，現在左丞出缺，還可以保舉你遷升哩。」

這話傳了出來，早已沸沸揚揚傳入廷臣耳內，都說馬剌走了皇后的門路，不但免罪，還有升授左丞的希望。

這個消息傳出之後，君臣人人錯愕，相顧失色。卻惱動了平章政事張珪，奮然而起道：「小人當道，串通內廷互相援應，國家紀綱還可問麼？我忝居平章，受國厚恩，知而不言，何以對天地祖宗乎？」遂抗疏道：「太常奉守宗社，所責攸歸，今神主被竊，應待罪而反遷官，賞罰不明，紀綱倒置，上何以謝祖靈？下何以懲盜賊？應持以宸斷，嚴核功過，方可報本追遠，黜貪懲邪。」

這道奏章說得剴切詳明，群臣見了都說張老平章這本上去，皇上總要允准究辦了。哪知這奏上去，仍如石沉大海一般，毫無消息。

你道是何緣故？原來張珪的奏章上去，半路上早被皇后巴巴罕趁著泰定帝在景福宮飲酒取樂，命內臣抽將出來送往昭陽院內，自己閱讀一過。見這疏中的言語頗合道理，不禁連連點頭道：「張珪講得不錯！但是我已收了他的禮物，何能治他的罪呢？」因此張珪的奏章雖沒批答，馬刺升左丞的事卻取消了。

不料此事方過，又有一件事情發生出來。

第五十七回　牝雞司晨

馬剌因賄賂了皇后巴巴罕，不但太廟失竊神主之罪可以免去，並且還有升任左丞的希望。這消息傳了出來，惱怒了老平章張珪，上奏力爭。皇后巴巴罕也知道這事不甚正當，便將升馬剌為左丞之事打消。

但是這個賄賂的門路一開，外廷的臣子都想由此打通一條路，日後可以升官發財。其時有一個人，名喚撒梯，乃是太尉不花的家吏，因為其妻病故，喪了配偶。適有朝臣鄭國寶之妻古哈，中年守寡，相貌甚美，且國寶死後，遺產頗多。撒梯既愛古哈的美貌，又欣羨她的遺產，便令人多方勸古哈再嫁。

哪知古哈卻因身為命婦，不肯再嫁。撒梯哪肯就此死心，就去備了千金禮物，送於他的主人不花。不花是個貪財的人，收了禮物，便問撒梯為何送此重禮，撒梯就將謀娶古哈不成，要求太尉做主的意思說了出來。

不花聽了，沉吟一會兒道：「這事卻有些難辦哩。古哈乃是朝臣之妻，並非低三下四的婦人可比，萬無用強迫手段之理。」想了一想道：「武備卿即烈很有機智，何不請他前來商酌一下呢？」當時把即烈請來，說明原由。

即烈道：「計策是有一條在此，只是要撒梯多破費些財鈔，方得成功。」

不花忙問有何妙計，即烈道：「古哈不肯再醮，恃強逼她是沒有用的。只有設法弄取皇上一道聖旨，令其改適。你想，古哈是個女流，何敢違抗聖旨？自然要改適了。」

不花道：「圖娶孀婦乃是違法的事，怎樣能得聖旨呢？你這主意不是胡鬧麼？」

即烈道：「哪裡真要皇上的聖旨。現在中宮皇后大權獨攬，左丞相倒刺沙專替皇后收納賄賂，只要走通了倒刺沙的門路，無論要多少聖旨也是有的，只是卻非巨賄不行。好在鄭國寶遺下的財產很是不少，差不多有百萬之數。撒梯娶了古哈，他的財產還不和古哈一同過來嗎？便多用些錢也是值得的。」

不花道：「此事我卻不能專主，須要本人情願方好。」當下把撒梯叫來，將即烈的主意告知，問他可捨得多出錢鈔。

撒梯暗想道：我聽說古哈有百萬之富，只要圖娶到手，就用去一二十萬也沒什麼要緊。況且美人難得，我若錯過機會，再往哪裡尋覓古哈這樣又美又富的好姻緣去呢？想了一會兒，便決計央托即烈前去設法。

即烈生意到手，如何還肯遲緩。立刻去見倒剌沙，言明由撒梯拿出五萬貫使用，倒剌沙和即烈包他有聖旨下來，命古哈嫁於撒梯。撒梯聽說只須五萬貫錢鈔，便可人財兩得，如何不喜。當即湊足了五萬貫交於即烈，由不花作為中證人。果然錢能通神，不上幾日，早由皇后巴巴罕假傳一道泰定帝的手敕，命古哈再嫁。

試想古哈一個婦人，如何敢違聖旨，只得除了喪服，改換吉服，嫁於撒梯。撒梯娶了古哈，兩人新婚燕爾，十分歡愛。鄭國寶所遺的財產和一切珍玩牲畜等類，也就跟了古哈婦於撒梯了。

撒梯正在得意之際，偏生那些台官不肯做美，居然你奏一本，他上一疏，說

撒梯串通不花、即烈二人假傳聖旨，逼醮孀婦，並謀占遺產。這奏上去，皇后巴巴罕未便瞞過泰定帝不使得知，只得將這些奏章送於泰定帝批閱。

泰定帝這次忽然腦筋明白，竟批令刑部鞫訊，不花和即烈、撒梯等人被傳到案，事實俱在，自然無從抵賴。但是刑部鞫訊之後，得了口供，因事關宮禁，並牽連著宰相，倒弄得沒了主意，不知還是據實奏聞，還是隱瞞起來才好。正在手足無措進退兩難的當兒，恰巧皇后巴巴罕因玉體違和，奏明泰定帝宣召僧徒唪經建醮，大赦罪犯，不花等一干人犯都得加恩赦免，不再追究。

看官，你道為何這樣湊巧，不花等剛才訊出口供，皇后巴巴罕便要唪經大赦呢？原來巴巴罕把臺臣的奏章呈於泰定帝批閱，只道他總是留中不發的。不料泰定帝偏生奮起乾綱，批交刑部鞫訊。皇后心內甚為著急，便與心腹之人商議如何挽回此事。正在商議之時，卻值左丞相倒刺沙也因刑部傳了不花、即烈、撒梯等三人前去鞫訊，向宮中串通關節，都是他一人之事，倘若不花等人受刑不起，將實情供了出來，和自己大不方便，所以亟亟地趕向宮中，要和皇后商量一個計策，保全不花等人，免得審出口供無可設法。

皇后巴巴罕正在不得主意，瞧見了倒刺沙，心下十分高興，忙道：「你來得正好，我為了不花等人，在此商議一個善處之法，免得牽扯出來，使大家面上不好看。」

倒刺沙道：「要使大家保全臉面，唯有使不花等人脫罪。要使不花等人脫罪，臣雖有一條絕妙的計策，卻全仗皇后一人出力，方可收效。」

巴巴罕連忙問道：「丞相有何妙計可使不花等脫罪，只要是我力所能為的，斷無推卻之理。何不把計策說出，大家商酌呢？」

倒刺沙見問，不慌不忙地說道：「我朝從蒙古入主中夏，歷朝都深信喇嘛教。世祖皇帝的平定回部，兵威加於歐洲，都仗著國師的妙法和力量，因此世祖對於僧徒異常尊敬。每逢嘉時令節，或是國家有甚大典，必使僧徒建醮唪經，以迓天庥。每逢僧徒唪經，必定要舉行大赦，無論他是殺人放火的強盜，或是謀為不軌的叛逆，也在肆赦之列，這是歷代的成例。自世祖皇帝以及現在，沒有一朝敢違背這制度的。因此有些貴戚大臣偶然犯罪，無可宥免，便運動僧徒，使皇上建醮，借此免罪。現在要救不花等人，並無別法。只要皇后詐稱玉體違和，請皇上宣召僧徒建一場羅天大醮，那時這些僧徒自然照著定例，請求皇上大赦，不花等人就可借此免罪，豈不是絕好的計策嗎？」

皇后巴巴罕聽了這番言語，不覺喜動於顏色道：「丞相之言果然不錯，事不宜遲，待我去見皇上，請旨建醮便了。」

看官，試想巴巴罕有什麼請求，泰定帝沒有不依從的，何況建醮一事，又是泰定帝最贊成的，豈有不允之理。

當下皇后巴巴罕駕到景福宮內，恰值泰定帝著了一身短衣，張了極豐盛的筵席，科頭赤腳坐在上首席上，舉著斗大金杯，斟滿了葡萄美酒，在那裡狂飲。必罕和速哥答里都打扮得金裝玉裹，如天上神仙一般。一個站立左邊，手內執著金壺，侍候斟酒，一個握著玉箸，立在右首，等候進菜。兩帝排列著歌女舞童，衣裝絢爛，姿色美麗，在那裡既舞且歌，笙簫迭奏，弦管悠揚。內監宮人，穿梭般進肴遞饌，來往不絕。

泰定帝手執金杯，左顧右盼，眼望著美色，耳聽著歌聲，口嘗著旨酒佳餚，還要摟摟必罕，摸摸速哥答里。有時高起興來，又要叫豔麗的歌姬來在御前，嬌喉宛轉地唱一曲心愛的歌兒，或是命舞童和歌姬在著筵席之旁，相撲為戲。哪邊勝了，便賞美酒一杯，以作獎勵。那邊輸了的人，卻要爬在地上學作狗叫。勝了的人趁她伏地狂吠的時候，便舉箸夾了一筷菜肴，拖向地上，舉腳踐踏一回，令那學狗叫的，爬伏著用嘴將地上的菜肴吃了淨盡。泰定帝瞧著，便覺大樂。

當皇后巴巴罕來到景福宮的時候，恰聽得一片狗吠之聲，聲還未盡，又聽得一陣小腳在地上踐踏踏音，隨接著便是泰定帝哈哈大笑，好似不勝快樂的樣子。巴巴罕是司空見慣的，耳聽得這片聲音，早已知道泰定帝又命宮人相撲為戲，學那狗吃食的樣兒了，當下也不用宮人通報，竟向筵前而來。

必罕姊妹見皇后駕臨，兩個人忙忙地放下金壺、玉箸，上前迎接。泰定帝也已瞥見，便笑著說道：「皇后來得巧極，快來飲杯美酒。」說著，將手中的金杯舉起，一吸而盡，把杯兒照著巴巴罕道：「來！來！朕已乾了一杯，皇后快快陪朕一杯罷。」

巴巴罕含笑言道：「陛下興致不淺，臣妾理應侍候的。」一面說，一面要向席前俯伏，行朝見之禮。

泰定帝早已嚷道：「免禮！免禮！快快飲酒！」

巴巴罕道：「陛下旨意，臣妾何敢不遵！但是臣妾今日覺得頭痛發熱，身體違和，所以冒昧前來懇求皇上宣召僧徒，舉行羅天大醮，代臣妾敬求佛祖，降福消災，益壽延年，臣妾便感謝不盡了。」

那泰定帝本來最相信的是佛教，在藩邸的時候，息不到兩三日便要叫了僧徒進宮，鐃鈸喧天，鐘鼓震地，舉行齋醮。現因冊立必罕姊妹入宮為妃，每日在酒陣歌場裡面廝混，竟將僧徒唪經建醮一事忘記。此時被皇后巴巴罕一言提醒，早又將他信仰佛祖之心提將起來，立刻把手中的金杯放在桌上，道：「若非皇后言及，朕已不復記憶了，當初朕在藩邸的時候，曾在佛前許下願心，倘若能夠登九五，必定大建齋醮，以答佛天之佑。自從即位改元以來，因政事繁重，宵旰勤勞，竟把建醮的願心忘記。今天皇后身體違和，安知不是佛祖因朕許了願心未嘗了卻，所以略略顯應，警誡朕躬呢？」

巴巴罕不待泰定帝說畢，故作驚異之狀道：「原來陛下果然許過心願，怪道臣妾昨夜夢見金甲神人，好似佛門中韋陀一般，手舉金剛降魔杵，向臣妾大聲喝道：『既許心願，何故不思了卻。』臣妾被這一喝，忽然驚醒過來，出了一身冷汗，但覺頭痛欲裂，身上發熱，好生難受。因思平日並未許過什麼心願，為何神人在夢中見罪呢？哪知陛下從前卻許下如此大願。若非聖諭明白宣示，臣妾還要狐疑莫決哩。」

泰定帝聞言，不勝驚詫道：「佛祖果然靈應異常，竟向皇后示夢見責，朕當立下手敕，宣召僧徒舉行齋醮。」一面說著，一面吩咐內監：「快將殘肴撤去。朕自即日起，便要齋戒沐浴，屏酒除葷，大作佛事。六宮妃嬪和一切內侍宮人，都要仰體朕意，信心奉行。如敢故意違背，或私自飲酒，暗宰牲畜者，一經察出，定必重懲不貸。」一面又降下手諭，宣召三十六眾僧徒連夜入宮，起建齋堂，為皇后祈福。

巴巴罕見泰定帝已允自己之請，召僧徒建醮，料知赦罪之舉必定成功，心下十分快意。遂即謝了聖恩，退歸昭陽院，等候大赦的消息。

果然到得次日，僧徒依照舊例，奏請泰定帝大赦罪囚，以符佛天慈悲之意。泰定帝見奏，自然依從。那不花、即烈、撒梯就已免了罪戾，從刑部中脫身出來，逍遙法外了。

巴巴罕為著不花等人希圖脫罪，捏造了一片荒唐無稽之言，使泰定帝建醮大赦。不花等三人固然僥倖得脫，還有那些十惡不赦的罪人，也就一律赦了出來，使那些含冤負屈之人不能復仇，奸險作惡之徒得以漏網。賞罰不明，紀綱紊亂，國家如何還能長治久安呢？

況且泰定帝荒淫無度，巴巴罕牝雞司晨，盈廷臣子都是患得患失的鄙夫，以

賄賂進身。又有倒剌沙、即烈、不花等一班小人和巴巴罕串通一氣，唯以金錢為主，竟定出了許多例子，官爵可以買賣，祿位只須錢財，上自六部九卿以至司員吏目，外面則行省平章以及守牧縣令，都視職位之高下、缺份之肥瘠定價目之多寡。只要有錢運動，朝為齊民，夕登方面。昨猶皂隸，今已官宦。廝養走卒可作將軍，娼妓盜賊亦列薦紳。仕途混雜，黑白不分，稍有氣節的人，如何還肯與這些人為伍？因此，忠正之臣、才識之士都紛紛告退，隱跡山林，所有朝廷臣宰、方面大員，都用的是一班鄙陋小人。

試想，這些人花了許多錢財方能做官，他們豈不要撈取本錢。所以官爵大的，便向下屬敲詐，位分小的，就在百姓身上取齊。各行省的守土之官、親民之吏，剛一到任，恨不能把地皮也挖去三尺，如何還能清廉自守，關心民瘼呢？直弄得小百姓叫苦連天，流離載道。弱者轉乎溝壑，成為餓殍，壯者鋌而走險，流為盜賊。人心愁怨，天災也就發現，各行省迭見災異，如山崩地震，迅雷烈風，大旱大水等災情，相繼入告。

泰定帝見了各行省報告災異，不加修省，反令番僧大作佛事，以期禳解。甚至在壽安寺內，聚集僧眾唪經，約期三年之久。以為如此大做佛事，總可以上邀天眷，消滅災情，轉荒歉為豐稔，救人民於水火。因此絕不把災異放在心上，卻傳下旨意，備了法駕，前去巡幸上都。那些朝臣見泰定帝在此災荒迭見之時，還是任意遊幸，雖然心內不以為然，卻沒有一人敢出言諫阻一聲，都好似寒蟬仗馬一般，聽憑泰定帝要如何便如何，唯有唯唯諾諾，承迎恐後。

那平章政事張珪是個耿直之人，忠純之臣。見了這樣情形，哪裡按捺得住？便邀集樞密院、御史台、翰林院、集賢院和各部大臣，在朝堂會議時弊，要想進諫。各大臣被邀前來，齊集都堂，依次坐下。

張珪首先言道：「老夫今日請諸位大人到此，並無別事。只因現在僧徒恣肆，上拂天心，下違民意，以至災情重疊。各行省俱遭了荒歉，人民流離，餓殍載途，皇上還不知加意賑恤，一味唪經誦佛，想借僧徒之力，挽回天災人禍。近又降旨，要遊幸上都。沿路之上，車駕所經，單就供應一事而論，已是騷擾不堪。閭閻小民在此荒歉之歲，自救不遑，哪裡還能辦差供應呢？所以老夫邀請諸位大人，要想會銜入奏，阻止巡幸之舉，未知諸位意下如何？」

眾大臣聽了張珪之言，都以目相視，默默無言。停了半晌，方有一位大員說出幾句話來。

第五十八回　臣子之心

平章政事張珪邀請諸臣會銜入奏，諫阻泰定帝遊幸上都。諸大臣聽了張珪的話，一齊默默無言。停了半晌，方有一人越眾言道：「老平章一片忠心，欲諫阻皇上巡幸上都，我等極為佩服，理應與老平章會銜入奏的。」

張珪聽得此言，心內好生歡喜，舉目看那說話的人時，不是他人，卻是左丞相倒刺沙，又不禁驚詫道：「這個奸臣向來逢迎恐後，近日聽說他與中宮串通一氣，賣官鬻爵，公行賄賂。皇后的氣焰和罪惡都是他一人助成的。今天如何贊成老夫的建議，竟肯會銜入奏，諫阻皇上巡幸上都呢？這不令人可疑嗎？」

張珪正在心內疑惑之際，早又聽得倒剌沙接續說道：「但是皇上這次駕幸上都，乃是很有決心的，恐非語言所能挽回。我想老平章世代勳戚，又復歷事三朝，皇上十分敬重。只有老平章的言語，皇上雖然不以為然，也不能公然拒絕。若像我與各位大人，雖然蒙皇上的天恩，備位卿貳，資格甚淺，縱有奏章，唯恐難生效力，所以這個章疏，還要請老平章領銜才是。我們只可以隨同著簽個名，附和附和罷了。」

張珪不等倒剌沙說畢，早就哈哈大笑道：「老丞相也太輕視人了，老夫既首先發起，邀請眾位前來，領銜的人自然應由老夫擔任。倘若皇上見了奏疏天威振怒，或有不測的禍患，也應由老夫一人承當，豈敢貽害他人？莫說諸位大人看得起老夫，竟肯會銜列奏，就是諸位大人防患未然，不允老夫之請，老夫獨自一人也要具疏諫諍的。今天所以請諸位大人來此會議，不過因在廷之臣都是世受國恩，人人皆有報國之念、致君之心。老夫既要入諫，理合通知一聲，並不是一定要諸位俯允老夫所請。倘有不願列名的，盡可聲明，並不強迫的。」

張珪說罷此言，倒剌沙倒覺有些不好意思。員外郎宋文瓚恐他一時下不來台，反把事情弄僵，便從旁說道：「今天在都堂議事的人，哪一個不是身受皇恩，理應報效的。左丞相要推張老平章領銜並無他意，不過因老平章既為功勳之裔，又是歷事三朝的元老，勳業資望冠於百僚，皇上在平日對於老平章又十分敬重，奏章上去，自然容易俯允。現在左丞相既推張老平章領銜，若論爵位的尊卑，第二位自然要推左丞相了，其餘諸人願列名的，就依照職分品級的高下，挨次排入，方才允當。」

宋文瓚之言未畢，那御史台、翰林院、集賢院一班大臣，都連聲稱讚道：「宋大人所言有理，我們就請張老平章做個領銜之人。其餘諸人都按著官職的大小，挨次列名，倘有膽小怕禍之人，不願會銜的，竟可聽其自由，不必勉強。」

張珪見諸大臣都肯會銜入諫，心內很是歡喜，便傳中書省的吏員，將今日在座諸人的職銜依次錄下，預備簽名。吏員奉命一一錄畢。

宋文瓚又當眾言道：「今天這個奏疏關係著社稷安危，既要切中時弊，又要語語動聽，使皇上披覽之下矍然省悟，將來載在史冊上，也可以令後來之人知所敬仰，奉為圭臬。這主稿的人，非大手筆不可。倘若草率落筆，冒昧從事，不但不能有所挽回，還恐傳之後世，貽笑將來。所以主稿的人，也要由大眾公推方好。」

眾人聽了，不約而同地說道：「宋大人所言極為有理，這篇大文章非張老平章主稿，恐怕沒有他人可以擔此重任了。」

張珪連忙謙遜道：「老夫年邁才竭，久疏筆墨，難以當此大任。翰苑諸公，袞袞大才，錦心繡口，自應一舒詞藻，主擬文稿，還請眾位大人另行推舉罷。」

諸大臣齊道：「老平章不容推辭，我等都拭以俟捧讀妙文的人。」

張珪見眾人一口同音要他主稿，知道推卻不得，只得說道：「既蒙諸位抬愛，令老夫擬這道奏章，當然不能固卻，致負雅意。但是，這道奏章果然不能輕率，須要細細揣摩一番，才能落筆，大約在三日之後始可告竣。我們預先約定，到三日後仍舊在都堂齊集，會銜簽名，再行入奏。諸位以為如何？」

眾人都道：「老平章所言有理，我們三日後齊集於此，拜讀大作就是了。」

商議既定，一齊散去。

張珪回至府邸，瞑目凝思，將當時的弊政，一條一條地列舉出來，果然花了整整三天工夫，擬成了一通剴切詳明、淋漓沉痛的奏疏。自己看了又看，改了又改，覺得語語妥當，字字動聽，方才攜了文稿到都堂來和諸臣相會，預備列名入奏，興匆匆地到了都堂，只見御史台、翰林院、集賢院各位大臣皆已齊集在那裡，見張珪到來，都起身迎接道：「張老平章已至，奏疏的底稿想必擬就了，我們在此恭候多時，都要拜讀老平章的奏疏，一開眼界。」

張珪聽了眾官的言語，一面謙遜，一面從袖中取出奏稿。早由員外郎宋文瓚恭身接過，說道：「諸位大人都要拜讀張平章的文章，一時哪裡能夠普遍觀覽，還是由下官捧讀一遍，大家靜靜地細聽，比較彼此擠在一處爭著觀看，倒反可以省力一點。」

眾人齊道：「此言有理，便請宋大人朗讀一遍罷。」宋文瓚果然將張珪的奏稿舉得高高的，站立在正中，提起了高調，一字一句地誦讀起來。

其時在都堂內的朝臣都以爭觀為快，早已如栲栳一般，打了個大圈兒，將宋文瓚圍在中心，鴉雀無聲地靜聽宣讀。

宋文瓚剛才讀畢，已聽一片掌聲陸續不絕，大家不約而同地齊聲說道：「好極！好極！近今的弊政，盡被張老平章一一說出，此奏上去，除非皇上不加披覽，如果得邀聖鑒，定卜感動聖心，一一施行的。我們快快會銜，一同進呈罷。」

眾大臣正要列名，卻見一人微微冷笑道：「老平章的奏稿固然筆大如椽，只

可惜遲了一日！若在昨日此時具奏入宮，還可仰邀聖覽。無如到得今日方才擬就，皇上的御駕已於今日黎明時光啟蹕巡幸上都去了。若以程途計算，已是離京多遠，空令諸位大人會銜簽名，仍是徒多此舉，勞而無功。我不但替張老平章可惜這篇錦繡文章，且代諸位大人可惜未能列名會奏，博得諍諫之名。」

眾人聽得此言，不禁人人驚異，個個詫愕，一齊舉目看那說話的人是誰。原來不是旁人，正是那左丞相倒剌沙。

張珪見他語存譏諷，有意奚落，便憤然作色道：「左丞不願會銜盡可自便，何必捏造事實，紛亂視聽呢？」

倒剌沙冷笑道：「我好意通知諸位大人，聖駕已於午夜之時召集御林軍隊和扈蹕的文武，同正宮皇后、兩位貴妃一同啟行。因為要趕赴上都另有特別要務，所以匆匆登程，未曾宣示行期，滿朝臣僚都不知道。我因蒙皇上特降密諭，留守京師，才有這個消息，但也在御駕臨行之時，始能知道，並非早得消息有意隱瞞，不使諸位大人得知。」

眾大臣見倒剌沙正言厲色，侃侃而言，料想此事必非虛假，一齊你望著我，我望著你，呆呆立著，不得主意。

張珪此時也知倒剌沙並非戲言，只得陪笑說道：「老夫秉性粗率，剛才語言之間多有開罪，左丞萬勿介意。只是皇上前日雖欲巡幸上都，聖意還在欲行不行之間，因何昨夜忽然啟蹕，並且攜了正宮皇后和兩位貴妃一同前往。左丞即奉諭旨留守京師，諒必深悉內中的原因，何妨說於我們知道，免得大家狐疑不定哩。」

倒剌沙道：「老平章何用疑心，我早就聲明在前，皇上臨行之際方得消息。至於聖駕何以忽然於夜間突赴上都，並攜帶皇后、貴妃同行的原故，實在毫無影響，絕非有意謹守秘密，知而不言。況且留守京師的人，也不止是我一人，還有旭邁住、燕帖木兒和老平章三人，也有旨意留守京師的。不過這道旨意乃是命內監密交於我，命我今日在都堂宣示的。剛才因老平章到來，諸位大人忙著要看奏稿，不及宣讀上諭，此時已經空閒，待我宣讀便了。」說著，請過泰定帝的手諭，一字無訛地宣讀了一遍。

果然是命倒剌沙、旭邁住、燕帖木兒、張珪等留守京師，並有一行附注道：「皇太子與正宮皇后及兩貴妃皆隨朕同赴上都，在京諸臣應小心謹慎，恪守爾職，俟朕回京之時自有升賞。」

張珪和滿朝大臣聽了這道突如其來的聖旨，一齊面面相視，不得主意。大家默默無言地停了半晌。

還是張珪發言道：「聖駕雖赴上都，我們的奏章仍應會銜入奏，能邀聖恩俯允逐條施行，乃是國家之福，社稷之幸。即使聖上不允施行，或且有什麼譴責罪戾，也是盡我們臣子之心。我打算就此追蹤聖駕，趕往上都，親自遞呈。好在留守京師的責任還有倒剌沙等三位大人在此，可以無甚憂慮。」

諸大臣聞得此言，尚未回答，宋文瓚早已從旁說道：「老平章此疏大為小人所忌，唯恐遞將入去，被內臣等從中阻隔，倘若親赴上都面陳此疏，那是最妙的了！晚生不才，願隨老平章一同前去。」

張珪道：「得你同行，那是好及了！奏稿雖具，尚未繕寫，謄清一事要費你的心了。」

宋文瓚道：「謄寫奏章，晚生理當效勞，只是此奏既由諸位大人會銜，須得在此寫好，由諸位大人簽了名，攜帶前去，便可立即進呈。倘若到了上都再行謄寫，還要送回此處簽名，那就未免太費周折了。」

張珪連連點頭道：「此言甚是！便請大人速即謄清，到了明日請諸位大人簽名，由老夫攜往上都，面奏當今是了。」商議既定，百官各自散歸，宋文瓚也回到寓內，連夜將奏章寫好，並將會議各官的職銜一齊寫上。到了次日，請眾人署了名，便同張珪馳赴上都。

既抵上都，方才卸裝，張珪已是急不能待，袖了奏疏，入覲泰定帝，當面遞呈。泰定帝展覽多時，心內似乎有些感動，沉吟了一會兒，說道：「平章且退，待朕細閱之後，擇要施行。」張珪聞諭，不便多言，只得告退出宮。

待了兩日，並不見泰定帝有甚旨意下來，心下很覺煩悶。卻值宋文瓚前來謁見，張珪對他說道：「我們的奏議共有數條，皇上看了之後，好似石沉大海，杳無資訊，一條也不見施行，難道就此罷了不成？」

宋文瓚道：「老平章何不再行覲見，請皇上宸衷酌行，以除弊政呢？」

張珪點頭稱是。次日，又入宮見駕，泰定帝不待他開口，早已說道：「老平章的奏疏朕已閱過，此時朕在上都，未便有甚表示，待返京師自有道理。」張珪不便再奏，只得退了出來，知道泰定帝無意用他的條陳，所以把言語來搪塞他的，心中十分不樂。

其時御史臺臣禿忽魯、紐澤等忽然上章奏稱，災異屢見，都是輔臣失職所

致，宰相理合避位，以應天變，可否出自聖裁，命廷臣休致。並言臣等為陛下耳目，不能糾察奸吏，慢官失職，宜先退避，以讓賢能，方足以禳天變而消人禍。泰定帝見了此奏，雖也是仍照老例，還他個留中不發。

張珪早已知道是奸邪之臣因自己直言諍諫，觸犯時忌，故借天變發生，相臣理應避位的故事來排擠自己。又因泰定帝不肯施行所上的條陳，早已心灰意懶。如今再經臺臣一加排擠，料想時事萬不可為，不如早些兒見機乞老引退，倒可以逍遙自在，過幾年快樂日子。因此拿定主意，托稱老病，上表辭官。泰定帝卻下詔慰諭，命他入見之時免去跪拜，並賜小車，得乘至殿門之下。

張珪見朝廷恩禮優渥，未便再乞休致，遂又上疏，請聖駕啟蹕還京。泰定帝仍是置之不理，並且迭下兩道上諭：一道是禁言赦前之事，一道是將赦前藉沒的家產一概給還。這兩件事，都是張珪前日奏中所竭力排斥的，現在泰定帝非但不施行的條陳，倒反將他所反對的事情設施起來。張珪如何忍耐得住？便又上章辭職。泰定帝還不肯允其所請，只命他在西山養病，並加封蔡國公，知經筵事，別刻蔡國公印，作為特賜。

張珪遵旨移住西山，見時事日非，重又上疏乞退，方蒙允准，始能解組歸里，得遂初服。不料沒有多少時候，泰定帝又思念及他，召他商議中書省事。張珪如何還肯應徵，力陳疾病深沉，不能就道，恩准告免。直至泰定四年，卒於里第，遺命上蔡國公印。泰定帝得知張珪已死，也十分惋惜，賜祭賜葬，恩禮很是隆重。

看官，你道泰定帝對於張珪，既不用他的言語，又為何迭加恩禮，做出那假惺惺的態度來呢？原是張珪是弘範的兒子，字公端，少年時候隨其父弘範滅宋，宋禮部尚書鄧光薦赴水殉難，為弘範所救，待以賓客之禮，命其就學。光薦乃以平生所學著成相業一書，授其誦讀，因此成為文武全才，歷事三朝，聲名卓越，要算元代中業的一位純臣。泰定帝因他勳業資望極為隆重，不得不加以恩禮，以示優異。其實張珪乞休離朝，泰定帝好似去了束縛一般，哪裡還真個要他前來？那不准告退和屢次徵召，不過是故意做作，遮掩耳目罷了。

閒話休提，單說朝廷之上，自張珪乞退之後，少了一個諍諫之臣，泰定帝更加一無顧忌，沉迷酒色。朝政皆為皇后巴巴罕一人所專擅，買賣官爵，公行賄賂，泰定帝好似木偶一般，朝罷無事，除徵歌選色之外，又去佞佛齋僧，弄到了身歿上都，連皇后、太子也不能還京。

第五十九回　狹路相逢

張珪辭職之後，朝廷少了一個直臣，泰定帝更加沒有顧忌。朝罷無事，除了飲酒漁色以外，還要一意佞佛。每作佛事，必要飯僧數萬人，賜鈔數千錠。且命各行省建築佛寺，每建一寺，必要雕玉為楹，刻金作像，所費不知其數。皇后巴巴罕只知擅攬政權，泰定帝佞佛正合其意，非但不加諫阻，倒反慫恿著他崇信僧徒，供奉佛像，沒有工夫與聞朝廷大事，方好從中弄權。因此，宮院裡面從皇后巴巴罕以至一切妃嬪宮女，好似著魔一般，都在帝師跟前受戒。據說受了戒以後，不但四季平安，無災無害，且可以福壽綿長，永享富貴。

其時的帝師名叫亦思宅卜，每年所得的賞賚，以億萬計。帝師的兄弟袞噶伊實戬，從西域前來，泰定帝命中書省大臣持酒效勞，待以上賓之禮，恭敬異常。帝師之兄索諾木藏布，領西番三道宣慰司事，晉封白蘭王，賜金印，給圓符，使尚公主。所有門下的徒弟以及各種僧徒，都加封官職，甚至授為司徒司空。因此，僧徒的勢力日漸膨脹，出入都乘輿馬，前呼後擁，頭蹈職事，章同王侯一般。

朝廷上面的大臣，非但沒有他們的威勢，遇著僧徒在道中行走，倒反要退在一旁，讓僧徒的隨從過去，方敢行走。倘若一個不小心，衝了僧徒的道，不問你是皇親國戚，官居極品，位列三台，立刻一聲吆喝，擁上許多禿驢，生生地從轎中拖出，馬上捉下，一頓拳打腳踢，輕則冠裳毀裂，重則頭青鼻腫。

有些強項的官員不甘受辱，和他們理論，不但不能報復，反而再加一頓飽打。及至鬧出事來，上疏參劾，泰定帝又一味地偏袒著僧徒，不是置之不理，便說眾官員有意侮辱帝師，反加罪戾。這一來，僧徒們更加肆無忌憚，到處橫行，還有那些貪財好色的惡僧，便去霸佔人家的田地，奸淫人家的婦女。那些百姓們無權無勢，受了僧徒的欺壓，只得忍氣吞聲，暗中飲泣。就是身列朝班的官員，倘若所有的財產為僧徒所占，家中的妻女為僧徒所汙，也只能自認晦氣，連一聲也不敢響。所以在那個時候，有一句口號道：「寧犯國法，莫犯僧徒。犯國法尚可活，犯僧徒性命絕。」可見那時僧徒勢力之大了。

西臺御史李昌，見僧徒橫行到這般地步，實在忍耐不住，便長嘆一聲道：「凶僧不法至此，紀綱法律掃地盡矣。我身為臺諫，老貪生怕死，不敢直言直諫，宣布他們的罪惡，尚何面目置身朝班呢？」當即抗疏奏道：

臣嘗經平涼府、靜會、定西等州，西番僧佩金字圓符，絡繹道途，馳騎累百，傳舍至不能容，則假館民舍；因而迫逐男子，姦污婦女。奉元一路，自正月至七月，往返百八十五次，用馬至八百四十餘匹，較之諸王、行省之使，十多六七，驛戶無所控訴，臺察莫得誰何。且國家之製圓符，本為邊防警報之虞，僧人何事而輒佩之？乞更正僧人給驛法，且得以糾察良莠，毋使混淆，是所以肅僧規，即所以遵佛戒也！伏乞陛下，准奏施行。

這道奏章遞了進去，泰定帝仍復置之不問，僧徒們見李御史的參奏不生效

力，更加膽大起來，非但不知斂戢，且深恨李昌和佛門作對。眾僧徒都憤憤不平，大家商議道：「御史不過芝麻大的前程，竟敢參奏咱們。若不設法加以儆戒，此端一開，將來不論什麼官兒都要來彈劾咱們了。皇帝雖然把這道奏章留中不發，但是李昌這東西並沒獲罪，咱們白白地被他胡咬一口；就此罷手，佛門的威風，帝師的光彩，豈不被他削盡了嗎？這件事決不能輕輕放手，須請帝師獻一獻手段，使李昌不能再列朝班，方可以懲一儆百，免得再有人前來無風作浪，尋咱們的晦氣。」

眾僧徒商議了一會兒，便去面見帝師亦思宅卜，把懲戒李昌以儆效尤的意思說了一遍。

亦思宅卜本因李昌的奏章參得十分厲害，心內好生不快，但他所參的並未指明是誰，又沒有侵犯著自己，未便前去過問，所以悶在心中，並未多事。現在一經眾僧的挑撥，猶如火上添油，再也忍耐不住，當即穿上袈裟，提了錫杖，乘坐了香藤轎，徑往宮中去朝見泰定帝，要求加罪李昌，以全佛門的臉面。

泰定帝聽了亦思宅卜的申訴，初時倒還明白，說道：「李昌所奏的乃是番僧，並未涉及帝師，朕不信他的言語就是了，何用著惱呢？」

亦思宅卜道：「李昌奏的雖是番僧，他的意思明是輕視佛教，況且僧徒佩帶金字圓符，出於當初世祖皇帝的恩賜，李昌竟敢來胡言亂語，不但與我教作對，連世祖皇帝也受了他的侮辱了。現在陛下又在佛祖座前受了戒，便是佛門子弟了，和我們僧徒如同一體。李昌參劾番僧，也就同參劾陛下一般，倘若置之不問，任他逍遙法外，以後無論何人都可以效尤了。陛下不崇奉佛教，倒也罷了，如果真心崇奉佛教，李昌這等猖狂，萬萬不能不懲戒的。」

泰定帝聽這一番話，還在沉吟之際，亦思宅卜又進一步說道：「陛下與皇后剛才受了戒，李昌就來參奏番僧，明明是不贊成皇上和皇后的舉動，所以才上這奏章。由此觀來，他不但是輕視僧徒，實在是和陛下對抗，如果不加罪責，將來陛下連一事也不能行了。」

泰定帝聽到這裡，不覺被他激動了怒氣，說道：「帝師之言有理！李昌不先不後在朕與皇后受戒的時候前來胡言亂語，必是有意反對。若非帝師言及，朕幾乎被他瞞過去了，這事如何容得！」說罷此言，早已怒氣勃勃，傳出旨意，將李昌削職。永不敘用。亦思宅卜見泰定帝聽了自己的言語，竟將李昌削職，目的既達，遂即謝恩退出。

朝廷上面，自從李昌因參劾僧徒獲罪，一班大臣更加懼怕僧徒的勢力，不敢開口。因此，僧徒們愈加意氣揚揚，無惡不作。就是殺死了人，也無人敢向有司控訴，要求償命。便是前去控拆，那些官府聽得是僧徒殺的人，如何還敢訊問，早將控訴的人斥退出來，置之不問。那些僧徒既然沒有王法去管束，還有什麼事不可以隨心所欲地去做麼？

這一日，亦思宅卜有個徒弟名戛林的，飽吃了一頓牛肉和燒刀，已經很有醉意，敞披了一件僧衣，瞇縫著雙眼，一歪一斜，跌跌撞撞從街上橫衝直撞地走過。道上的行人見個僧徒走來，知道不是好惹的，一齊躲向兩旁，讓他行走。戛林因行路之人見了自己全都讓道，心內十分得意，更加手舞足蹈，做出諸般醜態，以示威風。

不料走到一處拐彎的地方，恰恰有一隊衛士擁護著一乘大轎從前面走來，放開腳步奔得飛快，一時回避不及，竟撞在戛林身上。戛林頓即大怒，揮起雙拳大聲喝道：「不帶眼睛的奴才，佛爺在此經過，你們不行讓道，還敢亂撞亂碰。若不教訓你們一下，還了得麼？」

那些衛士走得急匆匆的，被一個人撞了道，也正要發作。忽見那個人禿著個光頭，乃是個和尚，知道不是好惹的，連忙賠笑道：「咱們走得匆忙，誤碰了老爺，千萬不要見怪！咱們賠禮就是了。」

戛林吃醉了酒，心內十分模糊，又恃著帝師的勢力，不肯讓人。況且又在大道之上，有許多人在兩旁眼睜睜地望著自己被人碰了一下，就此輕易過去，絕不計較，未免覺得喪失了自己的威風。因此，那些衛士向他賠話，他非但不聽，倒反愈加暴跳起來，捋了一捋雙袖，揮起兩個拳頭，直上直下地亂打。

衛士們見他吃醉了酒，又深知當今皇帝崇尚僧徒，因此不敢回手，只得躲向旁邊回避著他。戛林見許多衛士也回避著自己，愈加高興起來，口中亂罵，雙拳亂打，直向那乘大轎奔去就是一拳。

前面的轎夫見個和尚揮拳打來，叫聲不好，連忙將身一側，要想躲避。哪知轎夫身體一側，那乘轎子也隨著勢兒往旁一側，坐在轎中的人沒有防備，那身體也就不因不由斜側過去。

這一來，轎子失了重心，早已豁喇劈拍一聲，倒在地上。便有一個盛裝婦人從轎中直跌出來，好像孫行者駕斛頭雲一般，打從轎簾裡面，頭朝下，腳朝上，一個翻身滾將出來，跌在地上，直跌得花冠欹斜，衣服散亂。

眾衛士這一驚非同小可，早已齊聲嚷道：「不好了！不好了！長公主從轎中跌出來了！快些攙扶起來呀！」

就這一聲喊嚷之中，大家七手八腳搶向前來，攙扶那個婦人。不料，戛林正在起了勁，兩手亂打，雙腳亂跳，被眾衛士一擁前來，在他身上重重地一碰。他本來吃醉了酒，腳下虛浮，被這一碰，便推金山倒玉柱地直跌下去。

說也湊巧，這戛林恰恰的跌在那婦人身上。那婦人是誰呢？怎麼衛士們都稱作長公主呢？

原來這婦人乃是武宗皇帝的小公主，受封秦國長公主。今天因有要事到她兄長懷王那裡去，所以連儀仗也沒有擺出來，只坐了乘轎子，帶了幾個衛士，匆匆地前去。哪知行到半路，遇著戛林，闖出場禍事。

那長公主出其不意從轎中跌在地上，已是吃驚不小，正在用著氣力雙手撐地，想爬起來，剛剛抬起半個身子，忽然背上又陡地有件東西壓將下來，長公主哪裡禁受得住，早又「啊呀」一聲，一個狗吃屎伏在地上。直待眾衛士和後面跟著的宮女趕將前來，先將戛林拉起，然後由宮人好好的把長公主攙扶著，踮將起來。

長公主此時又驚又怒，直氣得玉容失色，勃然怒道：「出家人如此蠻橫無禮，那還了得！」便一迭連聲吩咐道：「不必前往懷王府去，且趕回邸中整理一番，進宮去面奏當今。」

眾衛士聽得吩咐，齊聲答應。早由宮女們簇擁著公主重行入轎，轎夫亟亟地抬將起來，趕回公主府邸而去。

戛林此時酒已醒了一半，聽得眾人喊嚷，方知轎中的婦人乃是長公主，又聽得長公主發怒，要去面奏當今，也知自己這事做得不對，心內有些發毛。但他還不肯示弱，故意向著公主的轎子冷笑一聲道：「你去面奏當今，難道當今就把咱斫了頭麼？咱們且鬥上一鬥，看誰的勢力大，誰的勢力小。」說著，披敞了僧衣，搖頭晃腦揚長而去。

單說那長公主金枝玉葉，身分何等尊貴。現在受了僧徒的羞辱，又在這熱鬧街道之上，當著許多人眾之前，出了這場大醜，心內如何不氣？當下嬌聲喝著衛士回到邸中，將身上的衣服換過，又重新整理了一番，遂即趕向宮中面見泰定帝，把僧徒這番情由哭訴了一回，要求泰定帝如法懲辦，以出胸中的惡氣。

誰知泰定帝生性佞佛，此時又受了戒，把那些僧徒相信得什麼似的。正要他

們誦經禮懺，保佑自己萬壽無疆，永享帝王之福，怎樣肯為了長公主這點兒小事加罪僧徒？但又卻不過長公主的情面，未便不允所請，只得勉強說道：「朕已知道，明日當下旨懲戒他們。」長公主見泰定帝已允了自己的請求，便謝恩退出。

到了次日，泰定帝下了一道手敕，禁止僧徒擾民。這一紙空文就將長公主受辱的事敷衍過去。

那長公主見泰定帝輕描淡寫地敷衍自己，心內好不著惱，便往他兄長懷王府中說道：「若論承繼大統，當今皇上本是旁支，不應入繼，天子之位理宜歸於武宗的子孫，當今皇上正位之後，反將我大哥周王置諸漠北。二哥雖襲著懷王的封號，也是無權無勢，連一個得意的宗室多及不來的正的派，應該承襲的人，倒反退處一旁，任那不應繼統的人享受富貴，怎不叫人心中憤憤不平呢？」

懷王聽了，長嘆一聲道：「事已如此，就是心內不平，也沒法想了。」

長公主道：「你難道不可設法舉行大事麼？」

懷王笑道：「你說得也太輕易了，莫說天位久定，滿朝臣子全都聽他的命令，咱們無權無勇，要想舉事，有誰來幫助咱們呢？」

長公主沉吟一會兒，道：「一時之間雖不便輕舉妄動，你何不暗中邀結人心，待時而動呢？」

懷王道：「非咱不知此意，但是你瞧滿朝文武，有誰人真心向著咱們呢？如果一不小心，走漏了風聲，豈不是畫虎不成反類犬麼？」

長公主道：「你的主意固然不錯，萬事都以小心謹慎為上，不可輕率從事。但是要找個幫助你的人，我心目中早已瞧中了一個，若得他竭誠相助，大事何愁不成哩？」

懷王忙道：「你瞧中的究是何人呢？」

長公主道：「燕帖木兒這個人頗有深心，素來辦事極其能幹，並且熟諳韜略，善於用兵，若得此人傾心相助，事情便有把握了。」

懷王點頭道：「若說燕帖木兒這個人，本是欽察都指揮使床兀兒第三個兒子。當我父皇鎮守朔方時，已列宿衛，及父皇即了大位，屢加封爵，甚得寵幸。他往常見了咱，還感念父皇的恩德，每至涕泣，常說要代咱們兄弟出把死力，以報先皇知遇之恩。若去和他商量，果然沒有不成功的。」

正在說著，忽然有個傭人呈下個名刺，說有客來拜，懷王一瞧名刺，喜得什麼似的，忙道：「快請！快請！」

第六十回　皇上受戒

懷王從傭人手中接過名刺一看，正是燕帖木兒前來拜訪，不禁喜動顏色，對長公主道：「咱們正說著他，他已前來拜訪了，這可巧得很哩！」

長公主道：「燕帖木兒來了麼？這真是天賜其便，我們可以趁著機緣，用言語去打動他了。」

懷王連道：「快請！快請！」不一會兒，燕帖木兒早已搖搖擺擺地走了進來，見了懷王和長公主，連忙恭身行禮。懷王早搶上一步，口說免禮，雙手將他攙住。長公主也道：「你是咱們父皇的舊臣，快不要行這大禮。」燕帖木兒連稱

不敢。懷王便讓燕帖木兒入座。

燕帖木兒道：「王爺與公主在此，臣是何等之人，膽敢放肆。」

懷王道：「咱們還有要事商議，哪有不坐之理？」燕帖木兒便讓懷王和長公主在上面坐了，自己方才斜欠著身體，在側首坐下。

長公主早已開口說道：「你可知咱在街道之上，當著大眾受了僧徒的大辱麼？」

燕帖木兒道：「臣前日曾聽得說起，那些僧徒也太蠻橫了，如何竟敢侮辱公主呢？」

懷王憤然道：「僧徒有膽量侮辱公主，都是當今皇上縱容他們的。咱們雖為親王宗室，將來不知要怎樣的受人魚肉哩！」

長公主勃然變色道：「咱久已勸你振作精神，力圖大事，偏生你膽小如鼠，總說是無人幫助。」

你瞧她，一面說著，一面甩手指定燕帖木兒道：「不是個大大的幫手麼？樞密院的兵權，完全在他掌握，又是咱們父皇的舊臣，難道還不肯幫咱麼？偏你怕得了不得。可惜大哥周王身在漠北，若在這裡時，總比你有決斷些。你要知，當機不斷，狐疑不決，將來是要受大禍的呢！」說著，又向燕帖木兒道：「你聽我的話，是也不是？」

燕帖木兒奮然言道：「公主之語，一些不錯！天下者，武宗之天下，正統應屬周、懷二位王爺，英宗皇帝之立，已是失當。當今皇上更是旁支入統，況又貪酒好色，信神佞佛，政權皆操於皇后，人民久已離心。只要一有機會，不論周王、懷王崛然而起，名正言順躋登大寶，決無反對的。」

懷王道：「咱非不知這個道理。一來皇位久定，無機可乘；二來咱既沒有兵權，又無心腹之人。徒手安能成事？倘若輕舉妄動，豈非惹火燒身麼？」

燕帖木兒道：「王爺放心，臣受武宗皇帝的厚恩，雖粉身碎骨，肝腦塗地，也不足仰報高厚於萬一。現在又忝掌樞密，只要一遇機會，就可圖謀了。王爺如果還愁力薄，可預先和西安王結納，他是朝廷的宗親，到了要緊的當兒，只須一句話，便可以定奪大事的。此外，臣還有密友阿剌帖木兒、孛倫赤等數十人，都是肝膽照人，很有作為的義勇之士。臣去與他們秘密商酌，暗中預備，以俟機緣便了。」

懷王、長公主聽得這番言語，心下大喜，忙連連拜託道：「此事全仗你暗中

進行，將來事成之後，決不忘卻你的大功，定然列士分茅，以酬勳績。」

燕帖木兒道：「這是臣分內所應為的，如何敢居功呢？事不宜遲，咱們既已決定，便當分頭進行了。臣聽說皇上又因住在京城十分煩膩，明日起駕往幸上都。待御駕去後，咱們更加不用顧忌，可以從容著手。此時暫且別過，臣若進行得手，便來報告王爺是了。」說著，起身告辭而去。

長公主見燕帖木兒肯幫助懷王圖謀大事，心內十分歡喜，便囑咐懷王速速去聯絡西安王。懷王也連聲答應，自去料理不提。

單說泰定帝自上都回鑾，在宮中住了一晌，又覺著索然乏味，便傳旨命西安王、丞相倒剌沙、樞密院燕帖木兒留守京城，自己又率領皇后、太子，合宮妃嬪，遊幸上都去了。燕帖木兒得了這個機會，如何還肯輕輕放過，忙忙地和他繼母察吉兒公主、族黨阿敕帖木兒、密友孛倫赤，要趁泰定帝駕幸上都的當兒，結聯心腹，運動朝臣，樹立私黨，推戴懷王暗圖大事。

哪知事情無論如何機密，總有破綻露將出來。俗語說得好：若要人不知，除非己莫為。何況燕帖木兒與懷王拉攏朝臣，密結黨羽，謀為不軌，這樣的大謀劃，大運動，怎樣會不漏風聲呢？

燕帖木兒正在運動得十分起勁，早已被殊祥院使也先捏覷破他們的密謀，忙忙地趕往丞相倒剌沙府中，密語道：「懷王結納了燕帖木兒、西安王諸人將有逆謀。公為丞相，乃朝廷的股肱，若不先事預防，將來發生禍變，如何是好呢？」

倒剌沙聽了也先捏的話，也打聽懷王怎樣的謀逆，便據以上聞。

泰定帝自到上都，政事完全不問，終日留連酒色。得到了倒剌沙的密奏，哪裡放在心上？仍是日夜地酣歌恆舞，並沒有什麼處置。

倒是皇后巴巴罕見了此奏，心下暗暗吃驚道：「我記得這個懷王，名喚圖帖木兒，乃是武宗皇帝第二個兒子。他還有個哥哥周王，被當今徙居漠北，因為懷王年紀尚輕，不能為患，所以任他安居京中。哪知他竟懷著異志，要想謀逆。雖然不必怕他，但是武宗的遺澤猶存，朝廷的大臣多半皆是舊人，從前曾經受過武宗的恩德，倘若念著武宗的前情，暗中幫助懷王，那就難免他變。這事倒不可不加以防備。」想到這裡，便不肯怠慢，前去催促泰定帝處置此事。

泰定帝經了皇后的催促，便下道手諭：命懷王徙居江陵，不奉旨意宣召，不得擅自入朝。懷王奉了嚴旨，自然不敢違逆，只得與燕帖木兒等一班心腹之人，秘密計議了一番，只帶了幾個隨身的傳從人員，徑向江陵而去。

泰定帝聞得懷王已往江陵，以為他不在朝中，自然可以不生後患，便放下心來。一面行樂，一面崇尚佛教，傳旨建造顯宗神御殿於盧師寺。

這盧師寺在宛平縣盧邱山，本是一座大剎。此次奉安御容，大興土木，役卒數萬人，糜財數十萬，裝飾得金碧輝煌，一時無兩。然後另建顯宗神主，奉安殿中，懸額署名，號為大天源延聖寺，賜住持僧鈔二萬錠，並吉安、臨江二路田千頃。

那些僧徒見盧師寺的住持得了這樣的好處，人人羨慕，個個眼紅，都想逢迎泰定帝，得些好處，便變盡了法兒來蠱惑聖心。不是說能夠延年益壽，便是說能夠護國佑民，甚而至於鑽門覓路，結交內侍，恣行賄賂，要求他們在泰定帝面前吹噓。偏遇著泰定帝迷信異常，凡遇著天變人異，總是命番僧虔修佛事，希望仗著佛力，可以解禳一切災變。那些番僧便循著故例，請釋罪囚。所以，赦詔迭下，凡有奸盜貪淫諸罪，只要運動番僧，便可赦宥。

番僧又仗著赦詔，暗中取利，無論什麼重犯都可邀恩遇赦，洗刷一清。就是出獄之後重行犯罪，再被逮繫，一轉眼間也可以重行釋放，恢復自由。試想國家的整治惡人，全仗刑罰嚴明，方可以除暴安良，使人民不敢輕易犯法。如今赦詔迭見，刑罰失效，那些凶惡之人，見犯了罪，遇到恩赦就可以逍遙法外，樂得欺壓良善，無惡不作，準備犯了罪以後，拼著一筆運動費，送於番僧，就可無事了。因此，盜賊橫行，奸暴競作。

泰定帝還不省悟，恰值生了第二個皇子，以為是神佛保佑，才離襁褓，便命受戒，為著拜佛的事情，連郊天諦祖的大禮都擱了起來，並不舉行。

御史趙思魯奏道：「天子親祀郊廟，所以通精誠，迎福釐，生烝民，阜萬物，歷代帝皇莫不視為大典，躬親將事。應請皇上遵依故例，虔誠對越，方可以上迓天庥，隱格純嘏。」疏奏上去，泰定帝還是漠然無動於心，因此諫臣大嘩，全體入朝，面請郊祀。

泰定帝道：「世祖成憲，不聞親祀郊廟，朕事事皆以世祖為法。世祖所行的事，朕不敢不行；世祖沒有舉行的事，朕也不敢節外生枝，妄自增添；此後郊祀，但令大臣恭代就是了。」臺臣還想進諫，泰定帝早已拂袖退朝。

其時適值帝師圓寂，泰定帝下詔，大修佛事，超薦帝師。命塔失、鐵木兒、紐澤為監督，召集京畿僧徒，誦經諷咒，接連數十日。一面又延西僧藏班藏卜為帝師，賚奉玉印，詔諭天下。又命作成宗神御殿於天壽萬寧寺，一切規模儀注，

均與顯宗神御殿相同。

哪知泰定帝這樣的虔修佛事，以迓福佑，上天和神佛偏偏沒有靈應，非但不降福，倒反災異迭見：揚州路崇明州海門縣忽報海溢，淹斃人民廬舍不知凡計。汴梁路扶溝、蘭陽又報黃河氾濫，淹沒地方也不在少數。建德、杭州、衢州屬縣都遭水災，已成一片汪洋。還有真定、晉寧、延安、河南等路，偏又數月不雨，赤地千里，河乾井涸，旱災甚是厲害。大都、河間、奉元、懷慶等路又遇蝗災，非但田禾受損，便連草木都被飛蝗食盡。鞏昌府通渭縣，高山無故崩頹，壓死人民、牲畜，倒毀官房民居，不知其數。碉門忽然地震，有聲如雷，晝色晦明。天全道高山亦復爆裂，飛石斃人。鳳翔、興元、成都、峽州、江陵等處也同日地震。各路、各行省奏報災情變異的摺子紛紛不絕，如雪片一般飛來。

泰定帝不知修省，反說是所修的佛事恐怕不甚虔誠，因此不能感動神佛，災異屢見。便把帝師請入宮中，和他商議，重新建醮唪經，以便解禳。於是鐃鈸鐘鼓，經聲梵唄，晝夜不絕。

泰定帝不但率領后妃皇子，親自在壇場之前，和僧徒一般膜拜頂禮，合十和南，虔誠禱祝，並且遍飭京內、京外各官，恭祀五嶽四瀆，名山大川。便是庶民之家，也要擺設香案，口誦佛號，朝夕禮拜，叩求神佛保佑，消災降福。總以為虔誠拜佛到了如此地步，一定可以感動神佛，大顯靈異，將災異消滅盡淨了。

不料水災、旱災、蝗災、風災仍是不斷地報來。全中國的地方，幾乎沒一處沒有災異，接連著年歲荒歉，人民饑疲不堪，閭閻蓋藏俱盡，餓殍載道，盜賊滿山。弄得個泰定帝左又不是，右又不好，不知如何方可以挽回天心，消弭災荒，想來想去，恰被他想出一個法兒來了。

你道是什麼妙法？原來是下詔改元。當下由朝臣議定，改泰定五年，為致和元年，仍命帝師藏班藏卜率領各僧誦經，格外加虔。並從帝師之請，飭令沿海各地，建造浮屠二百一十六座，鎮壓海溢。

泰定帝還恐不能消滅災患，仍請求帝師代為劃策，怎樣的虔誠拜佛，便可無災無害，安享太平之福。藏班藏卜便乘機奏道：「皇帝雖已受了佛法，但是所受的還是佛家一種普通之戒，要真個增福延壽，克增遐齡，還須親受無量壽佛戒。因為這無量壽佛，是佛門中壽元最高最大的佛祖。他的壽數，歷幾千萬劫，沒有消滅的時候。天地有混沌，山川有崩竭，獨有這無量壽佛沒有毀壞的。人若受了無量壽佛的戒，只要誠心修煉，不愁不延年益壽的。」

泰定帝聽了此言，立刻應允，命欽天監擇吉，在興聖殿親自受戒。

到了受戒的吉日，帝師總算格恭將事。也不待泰定帝邀請，居然披了袈裟，戴了毗盧帽，親自前來督率著僧徒建設經壇。上面供設著藍底金字的無量壽佛的牌位，兩旁排立著諸天神將和五百尊羅漢、四大金剛的神位。後殿正中是釋迦牟尼的蓮座，左有普賢，騎著青獅；右文殊，跨了白象；最後供的是南海普陀山潮音洞大慈大悲救苦救難觀世音菩薩，坐在九品蓮臺上，左站善財童子，右立龍女，一尊韋馱菩薩手舉降魔寶杵，勇赳赳、氣昂昂地直立在前面，無論什麼邪魔外道見了這位尊者，早已嚇得戰戰兢兢，避之不遑，哪裡還敢前來侵犯？

所以這位韋馱尊者，乃是佛家的護法，猶如道教的王靈官一般。無論是怎樣神通廣大的妖魔見了它，早就匿跡銷聲，逃得不知去向。就是諸天正神、八部天將，遇著了佛家的韋馱、道教的王靈官，也都有些栗栗危懼，少不得要卑躬屈節，和他拉攏，討他歡喜。

因為這韋馱與王靈官都是正直無私，嫉惡如仇，諸神倘若略有差錯，那韋馱的降魔杵、王靈官的金鞭，立刻打下，再也沒有情面的。所以，無論是邪神正神，都懼怕他的。當下帝師藏班藏卜率領眾僧，佈置畢諸天佛祖的神位，又設了樂簴鐘，懸了幢幡寶蓋，排列得花團錦簇，五花八門，甚是可觀。佈置就緒，便由帝師領了徒子法孫，繞壇一匝，頓時吹起法螺，搖動金鈴。

那鐃鈸金鼓，便震天價響起來，梵唄經聲，接連不斷，念誦無已。那宮中的妃嬪貴人、宮娥彩女，自皇后巴巴罕以下，沒有一人不要觀看熱鬧，早已攜伴結侶，前擁後擠，都哄向興聖殿來看皇上受戒。又都打扮得如花蝴蝶一般，令人見了，沒有一個不要神魂飄蕩，如遇天上仙子、蓬島神人。便是那月裡嫦娥，瑤池仙姬，大約也不過是這般美麗妖嬈。

這藏班藏卜和許多番僧，哪裡見過美貌的佳人，豔麗的女子，只覺得鶯聲嚦嚦，香風飄飄，耳內聽著一點，鼻中嗅著一些，都已筋酥骨軟，心醉神迷，一齊睜大了圓彪彪的雙睛，斜歪著身體，向那些妃嬪宮女望過不了，手裡敲的大鑼大鐃，已竟斷斷續續，不能合板，口內念的嘛咪叭吽，已竟離了腔兒，不能調和。

帝師藏班藏卜更是個色中餓鬼，好容易今天得著機會，可以瞧看上苑名花，如何不要細細賞鑒，一開眼界呢？正在瞇縫著雙眼，留心細瞧的當兒，忽然左肩上被人打了一下，嚇得他直跳起來，連手中所執的寶幡，也往地上直落下去。

第六十一回　奪門之變

帝師藏班藏卜偷看妃嬪宮人，正在看得筋酥骨軟、心醉神迷的當兒，忽然左肩上被人打了一下。他疑心自己觀看美人太過分了，那種醜態被泰定帝瞧破，命衛士來拿他，不覺大大的吃了一驚，口中喊聲「啊呀」，手裡執著的一柄寶幡，便向地上直落下去。

幸得那個打他的人一手將他的寶幡托住，口內問道：「咱們的迎神曲、安神咒都已誦畢，各種的鐃鈸金鼓也都敲打了幾遍，您可以去引導了萬歲到經壇之前，舉行受戒的大禮了。」

藏班藏卜聽了這番說話，方知是徒弟來請他引導泰定帝至壇前行禮，並不是因為偷看美人露了破綻招出事來，便定了一定心神道：「正是行禮的時候了，你快督率他們預備一切，咱便去恭請聖駕，到壇前行禮受戒。」

那個徒弟領了命令，自去和眾僧料理諸事。藏班藏卜只得暫時拋撇了那些美人，懶洋洋地行至御座之前，恭請聖駕赴壇行禮。

泰定帝隨了帝師，步至經壇，面北背南，正對著無量壽佛的金牌，端恭立定。那些番僧在這當兒，又把金鼓鐃鈸停止，換了一班笙簫鼓笛的細樂，吹打起來。就這香煙叢中，奏樂聲裡，帝師藏班藏卜抖了一抖身上的袈裟，整了一整頭上的毗盧帽，緊行一步，先到壇前。就有一個番僧，手捧一支高香，獻將上來。帝師恭身接過，顯出很端重、很莊敬的神氣，閉著雙目，口中默默的不知祝禱些什麼。

祝禱了一陣，只見他雙腳向下一蹬，匍匐在地，接連膜拜。每一次膜拜抬起身來的當兒，卻把手中的香高舉過頂，那一片樂聲，更加奏得悠揚可聽。也不知膜拜了幾次，方見他立起身來，又將手內的香對定無量壽佛連舉三舉，遂即從旁趨出一個番僧，接過帝師手內的香，恭恭敬敬插入香爐裡面。

帝師又伏地膜拜了三拜，方回過身來恭請泰定帝，行到他剛才膜拜的地方，引導著泰定帝學著僧徒拜佛的規則，匍匐在地，先膜拜了三拜，然後又導泰定帝行至右首一間更衣殿內，請泰定帝將皇冠、龍袍、無憂履一齊脫下，即有侍候更衣的番僧，將出一領繡金盤龍的大紅袈裟、一頂雙龍搶珠的毗盧帽兒、一雙純黃繡花的僧鞋，服侍泰定帝穿著停妥。又獻上一個如意式的長柄金香爐，爐上面高高地插定一支盤龍沉水香。那香點著了，氣味十分甜靜，令人嗅著頭清目亮，異常爽快。

泰定帝此時好似傀儡一般，只得憑著帝師的指導，叫他怎樣就是怎樣，再也不敢有違。料不到專制時代的皇帝，竟會受僧徒的玩弄，至於如此地步，這也是千古未有之奇事了。

當下泰定帝換好了僧衣僧帽，接過了那個如意式長柄香爐，顫巍巍的雙手捧定，由帝師在前引領著，從更衣殿亦步亦趨走出來。偏覺得那袈裟又寬又大，一邊有個袖兒，又是沒有底的，飄飄蕩蕩，不由自己作主。一邊沒袖兒的地方，露出僧袍的袖兒，又覺得過長，手執香爐，很不便利。頭上的一頂毗盧帽，比到皇冠，又硬又重，壓得頭腦生痛。腳上蹬著的一雙僧鞋又不合腳寸，走起路來拖拖

帶帶，一步一脫下來，極不方便。把個泰定帝弄得手足無措，四肢百體不知怎樣安放才好。只得硬著頭皮跟定帝師，亦步亦趨地走向經壇而來。

帝師先行一步，搶向經壇之前。其時大鑼大鼓又復敲將起來，帝師就著鑼鼓聲中膜拜已畢，方才恭請泰定帝拜伏壇下。帝師立在一旁，口不知念誦些什麼，眾番僧也跟著念誦了無數佛號。便聽得清磬一聲，眾聲戛然而止，帝師引起泰定帝退了出來，算是受戒禮畢。

眾番僧收拾法器，各自退出，帝師也辭了泰定帝回寺而去。到了次日，宮中又發出金銀鈔錠，賞賜僧眾。泰定帝以為這次受了無量壽佛的戒，定然福雙壽增，心內非常欣慰。遂即出獵柳林。

獵罷以後，也不返京，仍在上都追歡取樂。自春至夏，留滯行宮。忽然聖體不適，患起病來，皇后巴巴罕忙召御醫診視。服下藥去，非但不見輕減，倒反日重一日，延至新秋，竟爾晏駕上都，年僅三十有六。

丞相倒刺沙當泰定帝病重時，已從京內趕到上都。皇帝駕崩，他因太子年幼，不即擁立，竟擅權自恣，獨斷獨行，弄得天怒人怨，眾叛親離。皇后巴巴罕見朝廷上面鬧得不成局面，只得臨朝稱制，遣使進京，命平章政事烏伯都刺，收掌百司印章，安撫百姓。

燕帖木兒知道勢難應再緩，便去見西安王阿剌忒失里道：「故主已殂，太子尚幼，國家須立長君，始可無虞。況天下正統應屬武宗之子，英宗已不當立，大行皇帝更出旁支，愈加紊淆。今日之事，宜正名定分，迎立武宗之子，方可安定人心。」

那西安王本來與懷王圖帖木兒連成一氣，哪有不贊成之理？卻故意說道：「你的言語固然很是，但周王遠在漠北，如何是好？」

燕帖木兒道：「懷王近居江陵，何不先行迎立？」

西安王道：「弟不先兄，此事還須商酌。」

燕帖木兒道：「此時宜先迎懷王入都，安定人心，然後再迎周王，仁宗故事，即是先例。」

西安王道：「上都已有命令前來，命烏伯都刺收取百司印章。我們舉事，他們如若不允，奈何？」

燕帖木兒道：「昔人有言，先發制人。王爺果舉大事，要制服他們，一勇士之力已經足了，有何為難呢？」

西安王點頭道：「只要事情辦得妥當，我沒有不贊成的。」

燕帖木兒遂匆匆出外，召集心腹，準備停當。次日天明，由西安王下令，召集文武百官至興聖宮會議。平章政事烏伯都剌、伯顏察兒與各官屬先到。等了一會兒，西安王亦至，大家入座。烏伯都剌正要宣示皇后巴巴罕的手敕，令百官齊繳印章。

忽見燕帖木兒領了阿剌鐵木兒、孛倫赤等一十七人，帶刀奪門而入，外面又排列著勇士數百人，一個個橫眉怒目，手執兵刃，望著百官。烏伯都剌情知有變，向燕帖木兒問道：「簽書意欲何為？」

燕帖木兒厲聲言道：「武宗皇帝有子二人，孝友仁德，名播遐邇，今乃一居漠北，一處南陲，武宗有知，亦當深慟！況天下者，武宗之天下，一誤豈可再誤？今日正統，應歸武帝嗣子，敢有再紊邦紀，不從義舉者，即與亂賊相等，當即斬首！」說著，拔刀出鞘，怒目而立。

烏伯都剌、伯顏察兒兩人還欲抗詞答辯。燕帖木兒見如何肯容他們多言，竟令阿剌鐵木兒、孛倫赤等一擁而上，將二人拿下。

中書左丞朵朵道：「簽書如此行為，莫非造反麼？」言還未已，早為燕帖木兒一刀砍倒，頓時合座大亂。

燕帖木兒指揮勇士，縛了朵朵，並執參知政事王士熙，參議中書省事脫脫、吳秉道，侍御史鐵木哥、邱士傑，治書侍御史脫歡，太子詹事王桓等十餘人，悉置獄中。自與西安王入守內廷，分佈心腹於樞密院。自東華門夾道，排立軍士，使人傳命往來，嚴防他變，一面再召百官入內，聽候命令，遣前河南行省參知政事明里董阿、前宣政院使答剌麻失里，乘著快驛，往迎懷王圖帖木兒。且使囑河南行省平章伯顏選兵扈從，不得延誤。

明里董阿等奉了命令，哪敢怠慢？遂即連夜趕往江陵。

這裡燕帖木兒又傳令封府庫，收百司印，遣兵扼守各路要害，推前湖廣行省左丞別不花為中書左丞相，詹事塔夫海涯為平章，前湖廣行省右丞速速為中書左丞，前陝西行省參政王不憐台吉為樞密副使，蕭忙解古仍為通政院使，與中書右丞趙世延等，分典庶務，於是募死士，買戰馬，運京倉米，餉輸士卒，復遣使往各行省，徵發錢帛兵器。

當時有衛軍失統，及謁選與罷退軍官，俱發給符牌，靜候調遣。諸人受命後，不知向何人謝恩，都瞪目立著，當由中書省官指揮，命眾官南向拜謝，大眾

驚恐，毛髮凜然，方知內廷意屬懷王了。

燕帖木兒宿衛禁中，一夕數徙，莫知所處，有時不能安眠，或坐以待旦。暗中想到自己的同母弟撒敦、兒子唐其勢還在上都，便密令塔失帖木兒召使返京。兩人得了消息，都拋棄家眷，星夜奔回。

其時京內無主，人情惶惑，謠言沸騰。燕帖木兒恐人心不安，或生變故，命塔帖木兒詐充南使，報稱懷王旦夕且至，民勿疑懼。又命乃馬台詐作北使，稱周王亦已啟駕南來，又命撒敦率領雄兵，鎮守居庸關；唐其勢屯兵古北口，以禦上都，一面再遣撒里不花、鎖南班，往江陵促駕早發。

那時明里董阿等早到河南，見了平章伯顏，告知密謀。伯顏又告知平章曲烈、右丞別鐵木兒，命二人發兵南行，迎接懷王，哪知二人不識時務，不肯從命。伯顏嘆道：「我本來受武宗皇帝厚恩，委以心膂，今爵位至此，尚有何望？只因大義相臨，不敢推諉，所以轉告兩公，願兩公不要阻撓罷。」

曲烈仍是不從。此時惱了伯顏，立刻抽刀殺死二人，別募壯士五千人，令蒙哥不花帶領，馳赴江陵，迎接懷王。自己也秣馬厲兵，嚴裝以待。

參政脫不台進諫道：「現今蒙古的精兵猛卒與侍衛雄兵，皆在上都，內地各要隘守備單弱，在在堪虞。迎立懷王一事，完全是燕帖木兒個人的主張，此時在廷諸臣，固然不敢反對，上都人馬一旦聲罪致討，恐怕就要瓦解冰消了。」

伯顏怒斥道：「你敢擾亂軍心麼？吾意已定，違令者斬。」

脫不台見伯顏主張已定，知非口舌所能挽回，遂退了出來。到得夜間，竟懷了利刃，前去行刺伯顏。哪知伯顏防備甚嚴，夜中自起巡查，見了脫不台，不由分說，一劍砍死，並將他部下所有的兵馬一千二百騎，完全收為己有。

其時懷王已由撒里不花等，催促著從江陵啟駕，即日登程，先命撒里不花馳報伯顏，加封伯顏為河南行省左丞相。及懷王駕蒞河南，伯顏率領部下和百官父老，躬懷甲冑，迎於郊外，引道入府，一齊俯伏在地，口呼萬歲，伯顏且叩首勸進。懷王解金鎧御服寶刀，親賜伯顏，且命其扈從北上，諭令前翰林學士承旨阿不海牙繼伯顏之任，遣萬戶孛羅等，將兵守潼關，並分道遣使宣召靖王買奴、鎮南王鐵木兒不花、威順王寬徹不花、高昌王鐵木兒補花等，率屬來會。諸王奉了手諭，陸續前來，方始整駕北行。

這時上都諸王大臣，如滿禿、阿馬剌台、宗正扎魯忽赤、闊闊出、前河南平章政事買閭、集賢院侍讀學士兀魯絲不花、太常禮儀院使哈海赤等一十八人，都

得著燕帖木兒密函，叫他們起事響應。他們正在暗中準備，不料機事不密，被倒剌沙探得情由，親自率領衛兵，前往搜拿。

不上一日，竟將這十八人捉住了十七個，惟有諸王滿禿尚未緝獲。倒剌沙懸賞搜捕，忽然有人急急報來，說滿禿已逃往京內去了。

第六十二回　藩王即位

倒剌沙正在搜捉諸王大臣之際，忽然有人匆匆地報道：「諸王滿禿已經逃往京內去了。」

倒剌沙暗中道：「滿禿為人無拳無勇，又無膽量，好在他的黨羽完全捉住，只他一人逃走了，也不足為憂。倒是從皇上晏駕至今，已逾一月，太子尚未即位，究竟不是件事情。倘若沒有燕帖木兒迎立懷王之事，我原可以利用這個時機獨攬大權。現在只得請太子即位，再觀時勢了。」

心內躊躇了一會兒，便親自入宮，謁見皇后巴巴罕，自願擁立皇太子阿速吉

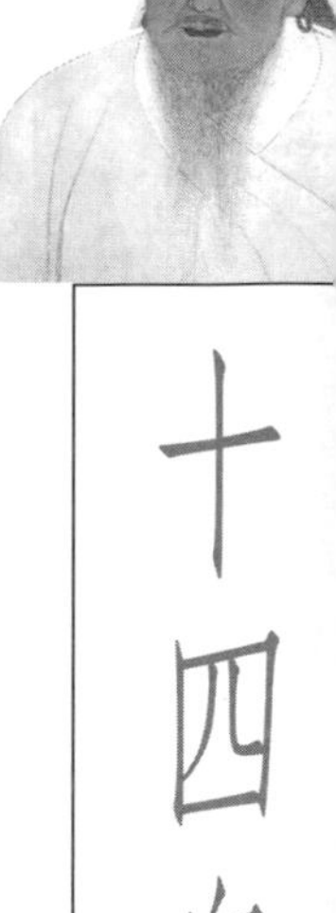

八為帝。

皇后巴巴罕當泰定帝在日，竊弄政權，躬行賄賂，朝廷之上一切大事都為她所把持。及至泰定帝駕崩，外有燕帖木兒等謀叛，內有倒剌沙擅權，竟弄得她一無施展，好像木偶一般，往日威風不知到哪裡去了，現在見倒剌沙居然肯擁立皇太子阿速吉八為帝，乃是她求之不得的，自然一口允許擇吉登位。

乃於致和元年八月，召集梁王王禪、遼王脫脫、右丞相塔什特穆爾、太尉不花、御史大夫紐澤等，奉皇太子阿速吉八在上都即皇帝位，尊皇后弘吉剌氏為皇太后，擬定次年改元天順。

那天順帝，年才九歲，朝賀之時，驚慌無措，幾乎嚇得放聲大哭。幸由丞相倒剌沙在旁護持，方得終禮。遂命諸王失剌、平章政事乃馬台、詹事欽察，領兵去襲京城。恰值阿速衛指揮使脫脫木兒由上都自拔來歸，奉了京師的命令，駐守古北口，早已預先知道失剌等潛師來襲，便領兵據住宜興，四面埋伏下人馬，等候上都兵來，好出其不意，殺他個片甲不返。

失剌哪裡知道，興匆匆地將軍馬分為三隊，第一隊由乃馬台統帶，第二隊令欽察為主，第三隊歸失剌自己統馭。倒也威風凜凜，大刀闊斧的自北而南，喊聲徹天，軍鼓震地，乘著一股銳氣，倍道前進。

不料前鋒才到宜興，剛要紮營造飯，忽地一聲號炮，敵兵蜂擁而至。乃馬台慌忙執槍上馬，四下觀望，已見無數人馬翻翻滾滾，好似潮水一般向前衝殺。自己的人馬因一氣奔馳到此，剛才紮營停止，那股銳氣已經消滅，如何能夠抵敵來軍。

說時遲，那時快，乃馬台方才傳令排隊迎戰，敵兵已是殺入。頃刻之間轍亂旗靡，馬仰人翻。乃馬台措手不及，被脫脫木兒一馬馳來，手起刀落，砍中左肩，跌下馬來，被敵軍生擒活捉而去。脫脫木兒掃盡了上都的前鋒，見有現成煮就的飯，樂得令軍士們飽餐一頓，向前疾進。

那上都的第二隊，是欽察統帶了前行，接到了前隊的敗報，連忙趕來救應。行未數里，已與脫脫木兒之軍相遇。脫脫木兒乘著戰勝的威風，手掄大刀，一馬當先，勢甚勇猛，所到之處，人馬辟易，無人能敵。那欽察不知好歹，居然拍馬舞刀，上前迎敵。和脫脫木兒戰未三合，被他當頭一刀，砍下馬來，死於地上。

北軍見主將已亡，嚇得亡魂喪魄，紛紛潰走。脫脫木兒揮兵追趕，直殺得北兵抱頭鼠竄，只恨爹娘少生了兩隻腳。好容易跑逃了性命的，也是帶傷的居

多了。

那失剌還沒知道前兩隊的失敗，惘惘地揮動令旗，率眾南進。忽見殘兵敗卒接連不斷地逃來，慌忙詰問，方知前兩隊已是悉數覆沒。乃馬台與欽察，一個是身為俘虜，一個陳屍沙場。嚇得失剌口呆目瞪，料想敵兵乘著戰勝餘威，定然十分厲害，自己的人馬得了前軍的敗耗，人心搖動，已無鬥志，三十六策，走為上策。便忙忙地傳令，將前軍改作後軍，後軍改作前軍，掉轉頭來，向北退去。總算失剌見機，逃走得迅速，及至脫脫木兒趕來，北兵已去得沒有影兒了。脫脫木兒追趕不及，便掌起得勝鼓，奏凱回營，報捷京師。

燕帖木兒接到捷報，十分歡喜，正與諸臣屬酒相慶。方在歡呼暢飲的當兒，卻見撒里不花疾趨而進，報說懷王已距京城不遠。燕帖木兒聞言大喜，遂於席間派遣使臣，遠出迎駕。那太常禮儀使更是忙碌，趕著去整備法駕。不到一日，報說懷王駕已抵郊，燕帖木兒便率領百官諸王，前赴郊外恭迎王駕。

懷王與燕帖木兒見面之下，自然慰勞有加。當由諸臣請懷王改乘法駕，馳入京城。西安王阿剌忒失里率眾勸進。

懷王道：「大兄尚在漠北，我安得越次僭立？俟兩都平定，當遣使迎接大兄繼承大統。此時暫且由我監國，願諸卿勿生異議，盡力匡襄，便是國家之幸。」

燕帖木兒道：「大王讓德，欲待周王，固然是極好之事。但時勢相迫，亦宜從權。萬不可堅執己見，以失民望。現在既承鈞命，臣等安敢有違，且俟後來再議罷。」於是懷王遂入居宮中。

到了次日，即傳令旨：命速速為中書平章政事，前御史中丞曹立為中書右丞，江浙行省參知政事張友諒為中書參知政事，河南行省左丞相伯顏為御史大夫，中書右丞趙世延為御史中丞。各官奉到旨意，俱各受職視事。

過了兩日，便有偵探來報，上都命梁王王禪、右丞相塔什特穆爾、太尉不花、御史大夫紐澤等，興兵南犯。懷王聞報，不覺大驚，忙召燕帖木兒入宮，商議軍務。

燕帖木兒奮然說道：「上都興兵來犯，正可乘此時機，殺他個片甲不回。臣雖不才，願往拒敵。」

懷王見燕帖木兒自請效勞，心下甚喜。遂發兵數萬，歸燕帖木兒指揮，命他便宜行事，不為遙制。

燕帖木兒奉了令旨，刻不停留，帶兵直至居庸關。其同母弟撒敦，迎接入

內。燕帖木兒問道：「北兵久已由上都出發，吾弟何不率兵急進，反在此逗留觀望呢？」

撒敦道：「聞得吾兄奉命督師，因此靜候調遣，不敢妄進。」

燕帖木兒道：「自古道：先發者制人，後發者制於人。吾弟速領本部人馬，往截北軍，我自有策應。」

撒敦奉了將令，立即領了部下萬人，浩浩蕩蕩，殺向前去。行抵榆林，恰值敵兵已到，撒敦也不容答話，揮兵衝殺過去，手中一柄大刀，揮揮霍霍，勇不可擋。北軍抵敵不住，紛紛倒退。撒敦領兵追殺，直殺得北軍七零八落，鼠竄而逃。撒敦一直追至懷來，方才鳴金收軍。

燕帖木兒領了後應人馬亦已到來。撒敦不待紮營，即叩馬報捷，並請燕帖木兒乘勝直搗上都。燕帖木兒道：「吾弟且慢前進，可回關商議破敵之計。」

撒敦道：「吾哥方才責我不進，現在我欲進兵，吾哥又要商議什麼破敵之計，真是令人氣悶！況且北兵敗退，銳氣已挫，不趁此時攻取上都，更待何時？」

燕帖木兒道：「吾弟有所未知。兵以氣動，氣盛乃勝，氣竭必敗。我日前責你不進，乃是激動你的銳氣，向前禦敵。今既戰勝，我軍之氣已竭，若再前進，屯兵於堅城之下，不敗何待？」

撒敦聽了，不敢多言，只得遵依將令，隨著燕帖木兒收兵回關。捷報到了京中，懷王不勝欣悅，即召燕帖木兒奏凱還京。

燕帖木兒奉了令旨，率兵而回。到了闕下，見過懷王，請將從前拿下的烏伯都剌和臨陣擒獲的乃馬台全都斬首，以儆逆命之臣。又一面率領百官，伏闕上書，請懷王早正大位，以慰人心，而安天下。

懷王還固辭不允。燕帖木兒奏道：「人心向背，間不容髮。此時上都猶有天順，諸王大臣及閭閻小民，尚在觀望疑慮之間，非速正大位無以繫人心。萬一中外失望，後悔無及矣。」

懷王聞奏，沉吟半晌道：「萬不得已，亦須將我本意詔告天下，始可暫時居攝，以俟大哥南來。」遂命中書省擬定一道上諭，於九月十三日即帝位，於大明殿受諸王百官朝賀，當即封賞群臣，並賜上都將士金銀鈔錠有差。流朵朵、王士熙、伯顏察兒、脫歡等於遠州，且籍沒其家資，以分給諸王大臣。

正在賞功戮罪，十分忙碌，忽有報馬從遼東報來，道：「平章禿滿迭見與諸

王也先帖木兒等，率領大兵入遷民鎮，進襲蘇州，甚是危急，請速發兵抵禦。」

懷王聞報，哪敢怠玩，即封燕帖木兒為太平王，以太平路為食邑，並命為中書右丞相，兼知樞密院事，賜黃金五百兩、白金二千五百兩、鈔萬錠，金素織緞色繒二千匹、平江官地二百頃，即日率領大軍，出師蘇州，以禦遼東敵兵。

燕帖木兒拜命之下，立刻啟行，並檄調撒敦，會師北上。方抵三河，又接得通州急報：梁王王禪等人馬已入居庸關。不覺大驚道：「居庸有失，不但通州吃緊，就是京師也要搖動了。遼東之師可以暫緩，我且移軍回保京師，以固根本重地。」當即酌留軍隊，以拒遼東之敵，自與撒敦星夜馳回。

即抵榆河關，聞得懷王已出齊化門視師，心下著急萬分，遂策馬直奔京城，謁見懷王道：「陛下何故親出視師？」

懷王道：「寇兵已入居庸關，將犯京師，所以視師禦敵。」

燕帖木兒道：「陛下一出，民心必定驚惶，萬一變生肘腋，如何是好？所有禦寇之事，臣請擔負完全責任。望陛下從速還宮，鎮定人心，切勿輕動。」

懷王道：「待卿未來，朕故親出督師，今卿已馳至，朕心已安，軍事皆由卿主持，朕當還宮，以安人心。」言罷，遂即乘輿回宮。

燕帖木兒到了軍中，梁王王禪乘勝進逼，兩軍相遇於榆河。燕帖木兒升帳誓師道：「寇兵深入，大都戒嚴，本爵帥奉命禦敵，將士三軍，須要忘身報國，人自為戰，孰勝孰敗，只在此舉。本爵帥既為元戎，身擔重任，信賞必罰，絕不姑容，倘有貪生怕死、退避不前，及有違軍令、私縱敵人者，本爵帥唯有軍法從事，雖屬至親，亦不寬貸，那時休怨本爵帥執法無私，自貽伊戚。」

將士聞命，無不唯唯遵令。燕帖木兒遂即開營逆戰。梁王王禪也率兵交鋒，兩下裡奮勇決鬥，十蕩十決，各不相下，足足戰了三個時辰，還是不分勝敗。

燕帖木兒激動了性氣，親自執著令旗，一馬當先，率眾突陣。部下兵將見主帥如此奮勇，便一個個抖擻精神，大呼衝殺。北軍初時尚能勉力支持，後來見燕帖木兒的軍隊，如神龍一般，忽來忽往，縱橫突衝，大有以一當十，以十當千的氣概。北軍不覺氣餒起來。

行軍打仗，全靠著一股銳氣才能戰勝攻取，無敵不摧，無堅不破。氣若一餒，哪裡還能抵擋敵軍？早已陣腳搖動，漸漸地向後退卻。燕帖木兒何等機靈，他見北軍氣勢已衰，更加提足精神，奮呼而上。三軍將士隨著主將，好似山崩川流一般，直向敵陣壓去。北軍支持不住，直向後退。恰因梁王王禪紀律甚嚴，不

致奔潰，但已漸漸地退至紅橋左近。

燕帖木兒哪肯放鬆，揮動大軍，一步一步地直逼過來。此時恰惱動了梁王的兩員部將的性兒，拼著性命直向燕帖木兒的中軍奮力衝突。那兩員部將一個名阿剌帖木兒，曾為樞密副使；一個名忽都帖木兒，曾為上都指揮使，兩人都是有名的驍將。現在見燕帖木兒執旗指揮，軍隊異常奮勇，北軍漸漸不能抵敵，惱動了二人的性氣。一個揮動了宣花斧，一個手執大斫刀，直向燕帖木兒衝來。

燕帖木兒正揮刀前進，適阿帖木兒直至馬前，一斧砍來。燕帖木兒眼明手快，將身閃過一邊，右手舉刀格住利斧，左手用刀揮去，揮中阿剌帖木兒左臂。阿剌帖木兒猛叫一聲，撥馬退走。恰值忽都帖木兒一馬馳至，接住燕帖木兒，奮鬥數十合，兩下裡尚是不分勝負。

燕帖木兒部下有一名矮將，名喚和尚，短小精悍，勇力絕倫，平時慣用雙錘。他恐主將有失，遂即催動坐騎飛奔前來，舉起兩柄大錘，直上直下地亂打。忽都帖木兒欺他身材矮小，不甚注意。哪知這和尚敏捷異常，左踴右跳，防不勝防。忽都帖木兒一個不留神，左肩已中一錘，幾乎落馬，幸有後隊前來救應，方得逃脫了性命。北軍見兩員驍將一齊帶傷，心內更加驚慌，全都退過了紅橋，阻水而陣。

燕帖木兒因戰爭已久，深恐兵力疲乏，並不追趕，只命軍士將勁弓猛弩隔河射擊，把北軍一陣射退，方才收兵。

到了次日，又分兵為三隊，命也速答兒率左軍，八都兒率右軍，自領中軍，進促北兵。

其時北兵已退至白浮，見燕帖木兒挑戰，便開營出敵。燕帖木兒麾兵佯退，暗命左右兩軍包抄敵後。北兵不知是計，只道燕帖木兒真個退走，便奮力追趕。不料追到分際，已被也速答兒、八都兒兩支人馬左右衝來，連忙分兵抵禦。哪知燕帖木兒又復揮兵殺回，三面夾攻，如何還能抵擋，只得且戰且走，退後十餘里下寨。

燕帖木兒見北兵雖敗，退走之時，行列尚是整齊，並無潰散的景象，也就不敢窮追，鳴金收軍而回。待至翌晨，梁王王禪因連日敗退，不勝憤怒，鼓勵兵將前來衝突。燕帖木兒料知北兵盛怒而來其氣甚銳，不可輕敵，傳命緊守營門，不准出戰，敵兵突營，只將弓弩射去，俟其氣衰將退，然後出擊。果然自晨至午，北兵衝突了數次都被弓弩射回。

燕帖木兒站在營中瞭台之上矗立不動，見北兵衝突了幾次，漸漸地憤怒已退，大有收兵之勢，心下喜道：「不於此時殺敵，更待何時。」當下將手內的令旗一揮，三軍將士蓄勢已久，忽聞出敵，早已大敞營門，如潮崩川裂一般，萬馬蹴踏，直奔而出。

第六十三回　四面埋伏

燕帖木兒見北兵銳氣已退，知道可以出擊，將手中令旗一揮，傳下出戰的號令。三軍將士蓄銳早久，奉到將令怒武而出，其勢銳不可當。北兵在銳氣衰亡的時候，如何能夠抵抗，早被燕帖木兒的人馬亂砍亂斫，殺得抱頭鼠竄而逃。

梁王王禪還想鎮壓住，勉強支持，無如自己的人馬往後倒退如山崩一般，直壓將來，哪裡還禁止得住。知道事情不妙，忙撥轉馬頭逃奔而去。

燕帖木兒親率部下健兒追殺一陣，即便鳴金收軍。部下將士一齊說道：「敵兵崩潰正可追殺，何故收兵？」

燕帖木兒笑道：「我自有計，使敵兵不敢停留，何用奮勇追趕，徒傷自己的兵力呢？」當即收兵回營。到得夜間，密召孛倫赤、岳來吉兩將進帳，說道：「連日交戰，兩軍俱疲，長此相持，如何退敵？」

孛倫赤道：「不如今夜發兵劫營，想北兵戰敗之餘，定然疲勞不堪，當可獲勝。」

燕帖木兒道：「我非不知此計，但彼此對壘下營，焉有不防之理？我想當初三國時的甘寧，百騎劫曹營，此計今日正可一用。梁王雖然能軍，接連戰敗，心內也在疑懼，加以擾亂，我料他秉性持重，深恐一經大敗，喪失半世的英名，必不戰自退矣。」

孛倫赤、岳來吉齊聲應道：「元帥如自派遣末將等，願效死力。」

燕帖木兒大喜道：「二位將軍若肯前去，大事成矣。」便調集精銳之士百餘騎，命他們各帶弓箭，並持戰鼓，由孛倫赤、岳來吉兩人統帶前去。吩咐他們到將近敵營時，只要左右鼓噪，往來馳驟，把弓箭遠遠射去，切勿與他臨近交戰，但使他自相驚憂，便莫大功。孛赤倫、岳來吉領命而去。燕帖木兒分派已畢，自回後帳高枕而臥，酣呼大睡去了。

那邊梁王王禪正因日間敗了一陣，深恐燕帖木兒乘著自己兵將疲乏，暗來劫營，傳令合營兵將，加意防範。到得三鼓之時，忽聞營外鼓聲大震，喊殺連天，梁王料是敵兵果來劫營，忙令眾軍齊出應戰。兵士奉令開營殺出，只見敵軍東馳西驟，四下分散。左右射擊，一些紀律也沒有，當即冒著了箭，奔去廝殺。

哪知追到這邊，他到那邊，追到那邊，他到這邊；黑暗之中，左右亂趕，前後猛撲，到得後來，只覺敵人愈聚愈多，前後左右，圍合攏來，便兩下裡大呼廝殺。及至天色微明，仔細一看，哪有什麼敵兵，都是自己人馬互相混戰，殺傷了不計其數。梁王不禁懊喪異常。

那孛倫赤、岳來吉早已收集了百餘騎精卒，一名不少，回營報功。此時燕帖木兒正已起床，便將兩人功績記錄簿上，吩咐退出休息。兩將奉命退出。燕帖木兒即令撒敦帶了一隊人馬前去巡哨。

這天恰值大霧迷濛，瞑不見影，撒敦巡近敵境，已是空空洞洞剩下幾座營帳，敵兵早已退去了，便率領部下直入敵營，還有幾個敵兵在那裡收拾行李，見撒敦進來，一哄而逃。撒敦趕上捉住一人，細加訊問，方知北兵已竄匿山谷之中。撒敦也不停留，即將捉住的一人帶回營中，報知敵兵已遁匿山谷裡面了。

燕帖木兒道：「梁王未曾大遭挫衄，如何便肯逃遁？我料他必有詭謀，定然乘我不備，前來襲擊。」遂即下令，全營兵將裹糧坐甲，靜候軍令，不得私自出營走離隊伍，違者立斬。過了一夜，又傳令眾軍，堅壁嚴裝，如臨大敵，若有動靜，只准堅守營門，不准出敵，違令者斬。到了夜間，更加防守嚴緊，四下裡都撒下密探，偵察敵兵。

防備了一夜，未見有何動靜，直至雞聲報曉，遠遠地聽得角聲接連不斷地吹來。燕帖木兒聽見，便道：「敵人來也。」忙出升帳。恰見偵騎也飛奔來報，說是北兵成列出山，相距只有數里了。燕帖木兒仍命各軍遵守前令，不准亂動。

約一炊許，北兵鼓噪而至，突營數次，堅不能入，沒有法想，只得退後立營。燕帖木兒即傳撒敦、八都兒兩將各領一軍，授了密計，命他們等到夜間，自去行事。兩將奉令趨出。

這天夜間，天色暝黑，陰霾密佈，伸手不能見指，北兵倒也嚴加防備，不敢解甲安息。到得一更而後，聽得營後隱隱有銅角之聲，漸吹漸急，吹到後來，十分響亮。北兵聽了，不免驚慌起來。

梁王王禪因前次上了大當，不敢出外廝殺，只令各營堅守。哪知後面角聲方歇，前面又復吹將起來，其聲亦甚高朗。其時正值深秋，塞外草衰，夜間風聲過去，已覺淒切，再加上這尖厲而又激越的角聲，更加令人戰慄。北兵懲著前夜自相殘殺的失敗，正在風聲鶴唳、草木皆兵的當兒，況且加上了這角聲前後相應，驚心動魄，好像有無數敵兵殺將前來的樣子。因此軍心動搖，不寒而慄。

梁王王禪尚想鎮定軍心，勉力支持。哪知各營兵將自相驚疑，搔擾不寧。到得三鼓以後，角聲吹得愈加厲害，好像有千軍萬馬往來馳驟，四面殺來一般，所以軍心益亂，情勢倉皇，任憑梁王如何鎮定，也彈壓不住了，便長嘆一聲道：「我力已竭，萬難支持下去了。想是幼主無福，因此遇著燕帖木兒，神機鬼謀，如此能軍，只得就此退兵，還可以保全許多性命哩。」當下傳出命令，吩咐各營連夜退去。

看官，你道這角聲從何而來？原來燕帖木兒知道梁王王禪生性多疑，故命撒敦與八都兒各領一軍，每人帶一銅角。撒敦自營後而出，繞向敵營後面，吹角驚敵。八都兒自前營而出，直逼敵營前面，吹角相應。料定梁王王禪懲著前夜的覆轍，必定不敢出兵迎戰，所以使出這個計策來，疑亂他的軍心。梁王不察，竟墮入計中，率師退去。

燕帖木兒探得北兵已遁，發起傾寨之兵，竭力追殺，直追至昌平州。見北兵還在前面行走，一聲鼓號，殺上前去，北兵好似驚弓之鳥，漏網之魚，如何還能抵擋，早已一聲呼喊，頓時潰散，被燕帖木兒揮軍追殺一陣，直殺得北兵心驚膽裂，你奔我潰，自相踐踏，死者不計其數。

燕帖木兒斬了數千首級，剩下不及逃走的北兵，只得跪地乞降。

燕帖木兒准其投誠，收降了萬餘人，還要率兵追趕下去，忽報有欽使到來，連忙下馬接旨。詔中略謂：「丞相親冒矢石，恐有不測，萬一受傷，朕復何所倚賴。自今以後，但教憑高督戰，視察將士，用命者行賞，不用命者行罰，毋得躬自臨敵，以滋朕憂！」

燕帖木兒奉詔，頓首謝恩，對欽使說道：「我非好死惡生，親臨前敵，以冒不測之險，而圖僥倖之功。但猝遇大敵，若不身先士卒為諸將法，安能取勝？現在勁敵潰退，自後當謹尊聖諭，加意小心，請皇上不必過慮。望欽使將此意轉達宸聰。」

欽使答應著，自行別去。燕帖木兒仍又率軍追殺前去，直追得梁王王禪棄甲拋戈，遠遠遁去，方才立馬中途，命也速答兒、也不倫及撒敦三將，率兵萬騎，再追敵人。自己統率其餘人馬，徐徐後行，將抵居庸關，早接也速答兒報告，說北兵已逃出關外。燕帖木兒即馳馬入關，會合也速答兒等軍，安撫人民，辦理善後。便命也速答兒鎮守關城，謹備北兵，並命僉書樞密院事徹里帖木兒率部兵三萬，幫助也速答兒留守居庸。

調度已畢，方領了得勝之師南還。行至昌平以南，又得急報，說是上都人馬已入古北口，掠取石漕，勢甚危急，請速救應。

燕帖木兒接報，不勝憤怒道：「居庸關方才克復，古北口又行失去，如此糾纏不已，怎樣是好？」

撒敦上前說道：「水來土掩，兵來將擋，怕他什麼？弟願率兵前去，將占北口奪回。」

燕帖木兒道：「吾弟前去，須要小心，萬勿魯莽輕進，致挫銳氣。」

撒敦答應了一聲，率領人馬，倍道馳去。燕帖木兒領兵後繼，也是並程而進。那撒敦驅軍直抵石漕，正遇北兵，他也不問厲害，喊聲如雷，揮軍殺上。北兵正在午炊，不防有兵掩擊，倉猝應敵，不及措手，便向北逃竄而去。

撒敦哈哈笑道：「原來這些兵將都是膿包，還沒動手，即已逃去。咱哥哥還

要囑咐小心謹慎，防備敵人的詭計。這些膿包哪有詭計，怕他作甚？」說罷，揮兵追殺了數十里，殺死敵人無數。

方要紮營，燕帖木兒大軍已到，撒敦馳馬報功。燕帖木兒問他北兵主將係屬何人，撒敦瞠目不答。燕帖木兒道：「吾弟和敵人廝殺了一日，連主將的姓名也沒問明麼？」

撒敦道：「我只知殺敵立功，問他姓名何為？」

燕帖木兒微笑說道：「幸而你所遇的都是些無能的下將，倘若碰著有能為的上將，如此魯莽，只恐有敗無勝哩。」當下命偵騎速去探聽北兵主將究是何人。偵騎探明回報道：「北兵主將，一個是駙馬孛羅帖木兒，一個是平章雅失帖木兒，一個是院使撒兒討溫。」

燕帖木兒道：「這樣乳臭小兒也來將兵，真是枉送三軍將士的性命了，待我用一條小小的妙計，將三人掠住。」

撒敦道：「這些膿包要用什麼計策，只要小弟一馬馳去，保管手到掠來。」

燕帖木兒道：「你只憑力戰，不用智取，逢著上將，這個虧苦就要受得不小了。」說罷，回頭問偵騎道：「我見前面有一座大山，此山叫作何名？」

偵騎道：「此山名叫牛頭山。」

撒敦從旁說道：「哥哥專會施刁，問了敵將的姓名，又問前面的山名，有何用處？」

燕帖木兒勃然變色道：「你不要信口胡說。我若不顧念手足之情，管教你受一頓杖責。」撒敦聽了，不禁竦然而退。

燕帖木兒脫下軍裝，換了微服，帶著數名偵騎，出營而去，直至天色已晚，方始回營。次日升帳，對諸將說道：「我昨日登牛頭山瞭望，瞧見敵營紮在山後。他所以如此紮營，乃是倚山自固之意。但山中有小路可通，我軍若由小路登山，憑高壓下，不難踏破敵營。無如敵營雖破，敵將仍可逃生，我要追拿也是難事。不如引他入山，使入陷阱，我卻點兵派將，四面埋伏，令他無路可走，便可一鼓成擒了。」

眾將聞言，齊聲道：「元帥計策果然神妙，末將等願聽指揮，共同效力，以成大功。」

燕帖木兒命八都兒道：「你今夜引兵千名，潛行登山，在小路上掘下陷坑，斬木掩覆，上表暗記，使我軍易於趨避，敵兵容易誤入，方好成功。待到陷坑造

好，你即越山去偷劫敵軍營寨，准敗不准勝，候敵兵追來，將他誘入小路，我自有人馬接應，不得違誤。」

八都兒得令而去。又喚裨將亦納思道：「你領兵千名，多備撓鉤，就山上小路之旁，分左右埋伏，待敵兵跌入陷阱，一一掠拿，不得有誤。」

亦納思應聲得令而去，又喚撒敦道：「你領兵一萬，沿山繞轉，在敵營左右埋伏，但聽山上號炮聲響，即便殺出，斷他後路，不得違誤。」撒敦亦得令而去。

又命諸將道：「你等隨我上山，看我大纛所向，奮勇殺敵，明日便可滅此朝食了。」諸將齊應得令。等到傍晚，三軍將士飽餐戰飯，各帶乾糧火具，向牛頭山進發。八都兒此時早將陷坑掘好，乘夜越過山去，偷劫敵營。

敵營的偵騎探得八都兒越山而來，如飛地前去報告主將。駙馬孛羅帖木兒年輕好勝，遂即持刀上馬，領兵出戰。八都兒上前迎住，廝殺了幾個回合，詐作力乏，現出慌張形狀，棄甲拋戈而去。孛羅帖木兒哪肯放他脫身，拍馬追來。平章雅失帖木兒與院使撒兒討溫恐大功被孛羅一人得去，也揮兵齊出，名目是接應前軍，其實是要爭奪功勞。

追了一陣，還是撒兒討溫小心一些，說道：「此時天色已晚，倘有埋伏，豈不誤事？駙馬奮勇追殺，如遇挫折，恐獲罪戾，不如遣人請他回兵，待到明日再和敵人決一勝負罷。」

雅失帖木兒聞言，連稱有理，便令隨身的牙將去請駙馬收兵。那牙將去了一會兒，前來報告道：「駙馬說月色明朗，正可夜戰，請平章院使速往接應，不難殺盡敵人。」

雅失帖木兒聞言，便要率兵前進。撒兒討溫忙上前道：「且慢，大營乃根本重地。我和你一同前往，倘被敵人偷劫營寨，如何是好？現在我們各分一半人馬，請平章守住營寨，我去接應駙馬，如此辦法，方免貽誤。」

雅失帖木兒深然其言，便分一半兵與撒兒討溫，自己回營防守。

撒兒討溫領了人馬，飛奔前去。哪知此時孛羅帖木兒已被八都兒誘入山中，走進了小路。孛羅帖木兒見小徑叢雜，樹木縱橫，八都兒的人馬繞了幾個彎兒，已不知去向，不覺心下一動，道：「此處山路險仄，莫非敵人有什麼詭什麼？」言還未畢，猛聽得一聲鼓響，山岡上面火把齊明，豎立著一面大纛，上寫太平王右丞相等字樣。

孛羅帖木兒道：「原來燕帖木兒就在山岡之上，我們快去把他擒來，休要任

其逃走。」說著，拍馬上岡。

那岡上早有將士馳馬而下，與孛羅帖木兒廝殺。孛羅帖木兒本來並不畏懼，無奈山路仄逼，不便爭鬥，只得勒馬停住，等候那將前來再行接戰。

那將喊聲起處，一騎馬早已從山岡飛下，舉手中刀，直向孛羅帖木兒砍來。孛羅帖木兒本領倒還不弱，舉刀相迎，就在這逼仄的山路裡面戰了數合。偏偏那敵兵用著強弓硬弩，自上射下，孛羅帖木兒一面要抵敵那將，一面要防備弓弩，如何能夠支持？只得虛晃一刀，拍馬退走，哪知不退猶可，剛一退走，便聽得撲塌一聲，連人帶馬跌將下去。

第六十四回　駙馬中計

孛羅帖木兒沒有留神，撲塌一聲，連人帶馬跌入陷坑裡面。亦納思奉了將令，率領一千名驍卒，帶了繩索撓鉤，埋伏在陷坑左右，守候多時，瞧見孛羅帖木兒跌入坑中，一聲口號，撓鉤齊施，把孛羅帖木兒搭將上來，繩捆索綁，好似抬豬一般抬了前去。

孛羅帖木兒部下兵將見主帥有失，爭先來救，不料剛才走動一步，腳下都覺軟綿綿的，那地面自會陷將下去，一個個都和孛羅帖木兒一般，跌入坑中。那些沒有踏著陷坑的，知道事情不妙，大家覓路逃生。燕帖木兒早又一聲號

令，揮動人馬，從山岡殺下。那些兵將見主帥被擒，哪敢抵敵，一齊奪路奔走。心下一慌，腳下更加立不堅牢，一半跌入陷坑，一半死在刀下。孛羅帖木兒所帶的一千人馬已是全軍覆沒，沒有逃脫一個。

撒兒討溫還不知前軍失陷，只管揮兵前來救應。剛才行入小路，一眼瞥見燕帖木兒的大纛飄揚不已，便知孛羅帖木兒已經遇見伏兵，此去必定無幸。但是，不知孛羅帖木兒的下落，又不能不去救應，只得硬著頭皮領兵殺入，一面吩咐部兵四下留心，用弓箭分兩面射去，一面尋覓孛羅帖木兒及一千人馬的蹤跡。

哪裡知道山岡上面喊聲大震，敵人衝殺前來。撒兒討溫雖然防備嚴緊，究竟不免心虛。那敵兵四下來襲，任你如何放箭，也射他不住。撒兒討溫見不是勢，只得傳令眾軍且射且退。退未數武，只見自己的兵卒好端端地都鑽入地中而去。

撒兒討溫不覺大驚，連忙俯身察看，哪知自己的馬足也陷入地中，自己的身體也就跟著坐騎一同陷將下去。剛才叫得一聲不好，兩旁已伸出無數撓鉤，搭住了他，硬拖上去，捆綁起來。所有兵將走投無路，只得大呼乞降。

雅失帖木兒坐守營中，專等軍報。忽然遠遠地聽得炮聲，心下正在疑慮不定，營外已有兵來。還只道孛羅帖木兒與撒兒討溫率兵回營，正要命人探問，不料來兵已是喊殺起來，其勢勇猛就如翻江倒海一般，搗入營中。雅失帖木兒慌忙上馬迎敵，早被撒敦一砍，正中左腕，跌在地上，撒敦的部兵早已如鷹拿燕雀一般地捉將前去。北兵頓時大駭，四下奔逃。撒敦揮兵追殺，直殺得屍如山積，血流成渠。

其時天色尚未明亮，撒敦已押著雅失帖木兒上山報捷。燕帖木兒即吩咐撒敦追殺逃走的北兵。撒敦奉令，追殺潰兵，至古北口外，方才回來。

這邊燕帖木兒收回派遣的人馬，緩轡歸營，天色剛才破曉。軍士推上孛羅帖木兒及撒兒討溫、雅失帖木兒，燕帖木兒拍案斥道：「爾等助逆背順，死有餘辜，本爵帥不便寬恕。」

孛羅帖木兒等亦大聲辱罵，當由燕帖木兒宣布罪狀，推出斬首。須臾之間，三顆血淋淋的首級號令營門。

燕帖木兒方才命人入京報捷，不料又有緊急公文飛遞而來。燕帖木兒拆閱之下，對諸將說道：「叛王也先帖木兒與禿滿迭兒又進兵陷了通州，將到京師，故京中召我急往救援，我等勤王要緊，速速啟程。」

諸將齊聲應諾，當即拔營而南。兩日之間，趕至通州。其時日已銜山，晚煙

四起。諸將請擇地立營，明日進兵。燕帖木兒道：「已近敵人，不馳去殺他一陣，更待何時？」說著，揮兵猛進，不過數里，便見敵營。敵兵未曾防備，被燕帖木兒的人馬衝殺將來，未及數合，便狼狽奔逃。

燕帖木兒殺得一陣，見天已昏黑，遂傳令收兵紮營。次日天明又進兵殺敵，直抵潞河。北兵已在河北列陣而待，人馬之多，如同排牆一般，燕帖木兒不敢進逼，到得夜間，要想偷偷地渡至北岸，逆擊敵人，無如隔岸火光照耀，映著河流，光芒四射，不能偷渡，只得按兵不動。待到黎明，遙望敵人營中，已無聲息，只有模糊人影，還在沿河立著，此時也無暇細辨，吩咐眾軍結筏渡河。

諸軍奉令，安然渡過了。上了北岸，持刀殺入，哪知是個空營。映在河中的人影，乃是黍縛得成，上披氈衣，地上積草，餘焰猶未歇滅，方知敵人已是夜間遁去，放火植秸，作為疑陣，以緩追兵。

燕帖木兒受了北兵之紿，不覺憤怒起來，下令各軍休要休息，盡力窮追，務要殺他一陣，以出胸中悶氣。眾軍奉令而進，追至松子山地方，四面俱是棗林，燕帖木兒的人馬剛才行抵林前，一聲炮響，埋伏的北兵從斜刺裡殺來。幸得燕帖木兒行軍素有紀律，雖然遇著伏兵，軍心並不慌亂，隊伍仍復整齊，一齊奮力上前，和敵兵抵抗。

燕帖木兒留心觀看北兵的中軍，見也先帖木兒、禿滿迭兒以外，尚有陽翟王太平、國王朵羅台、平章塔海，部下的兵卒差不多有五六萬人，其勢頗為鋒銳。不敢輕敵，便先命兵將列好陣勢，前隊持弓矢，次隊執刀盾，再後挺著戈矛，直待北兵逼近，一聲令下，萬弩齊發，勢如飛蝗。

北兵執盾禦箭，冒死而上。燕帖木兒傳令止射，驅了刀盾戈矛兩隊兵卒上前格鬥。兩軍混戰一場，各有死傷。

其時天將薄暮，紅日西沉，北兵毫不退讓，捨命相持。燕帖木兒之子，名叫唐其勢，憤怒起來，拍馬出陣，恰遇陽翟王太平挺槍馳來，唐其勢大吼一聲，嚇得太平王倒退數步，措手不及，已被唐其勢長槍刺中，挑落馬下。眾軍乘勢蹴踏，把太平的身體踏成肉泥。

北兵見唐其勢如此勇猛，太平已被殺死，軍心頓時慌亂，再被敵人一陣衝殺，四散奔潰。燕帖木兒乘機追殺，好如破瓜切菜一般，殺死敵兵不計其數。方要收軍，恰巧撒敦到來，又添了一支生力軍，重又引兵追趕，追至數十里以外，方才收軍。

忽然又有警報到來，上都諸王忽刺台、指揮阿刺鐵木兒及安童等，又復攻入紫荊關，兵犯良鄉，遊騎進逼京南。燕帖木兒接得這個警報，不敢怠慢，便率兵循著北山西行，命兵將皆脫銜繫囊，盛芻豆飼馬，且行且食，宵夜兼程，直達蘆溝河，並未見有敵騎，及至偵騎探明報來，方知忽刺台等已是聞風西遁。

燕帖木兒既已抵京，便紮下人馬，親自入覲懷王。剛及肅清門，都中人士一齊焚香迎接，羅拜馬前。燕帖木兒辭不敢當，都中人士齊聲說道：「若不是王爺忠心報國，民等何能更生，此恩此德，浹肌論髓，敢不拜謝！」

燕帖木兒下馬慰勞道：「此皆天子洪福，我有何功，敢勞爾等如此迎接。」行抵內城，懷王也親身出迎，燕帖木兒見了，慌忙下馬行禮。懷王御手扶起，相偕入城，遂於興聖殿賜宴，賞賚金銀鈔錠無數，並由懷王親授太平王金印，君臣暢飲，盡歡而散。

燕帖木兒本擬在京略略休息，再行出兵，不料次日又接撒敦軍報，古北口又被敵軍攻陷。燕帖木兒接報之下，不覺憤怒起來，立即召集各軍，出兵北上。行到中途，又接紫荊關急報，敵人入寇，甚是危急。燕帖木兒沒有分身之法，抵擋兩處敵寇，只得飛檄調取脫脫木兒西援。

看官，你道陷古北口、攻紫荊關的人馬又從何來？

原來就是禿滿迭兒、忽剌台、阿剌鐵木兒的人馬。禿滿迭兒自被燕帖木兒殺敗，逃至口外，招集潰卒，互相商議，報覆敗軍之恥。由禿滿迭兒定計，分兵兩路，禿滿迭兒自引一軍，暗襲古北口，忽剌台、阿剌鐵木兒、安童、朵羅、塔海等，聯軍襲紫荊關，好使燕帖木兒不能兼顧，可以轉敗為勝。

計非不妙，無奈燕帖木兒神勇無敵，禿滿迭兒方入古北口，燕帖木兒之軍已抵檀州，兩軍對壘，一場大戰，禿滿迭兒仍為戰敗，率領潰軍奔向遼東，後隊被燕帖木兒截住，無路可逃。

後軍統帶乃是東路蒙古萬戶哈剌那懷，眼見勢已垂危，只好棄甲拋戈，下馬投降。燕帖木兒准其歸誠，收得降眾一萬餘人，也不遑細心檢查，只留部將數人，約束降卒，鎮守古北口。親自統帶健卒兼程西進，前去接應脫脫木兒。

脫脫木兒奉到檄調，只帶四千人馬赴紫荊關與忽剌台等對陣，眾寡之勢，相去甚遠。那忽剌台等各部聯合而來約有三四萬人，脫脫木兒連自己帶來的四千人，與關上舊有的人馬，拼合起來，還不到一萬多，心下暗想道：「北兵之數，三倍於我，倘若出戰，必遭敗衄，不如憑關堅守，還好遷延時日，等候燕帖木兒

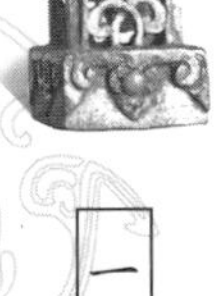

的大軍前來接應。」因此下令眾軍，只准堅守待援，不准開關迎戰。接連守了數日，北兵前來攻關，反被守關兵卒用灰瓶石子打傷不少，所以忽刺台等不敢竭力進攻。

那燕帖木兒戰敗了禿滿迭兒，已是不分宵夜兼程趕來。脫脫木兒接進關中，非常喜慰。燕帖木兒問了一番攻守的情形，便與脫脫木兒說道：「我兵遠來，敵人還沒知道，你且開關挑戰，詐敗一陣，誘他入關，我率領人馬在關內埋伏，他若冒昧入關，便好閉門殺敵，使他片甲不回了。」

脫脫木兒聞言甚喜，即引本部四千人，大開關門，來戰北軍。北軍攻關數日，絲毫得不到便宜，正在憤恨，忽見脫脫木兒開關迎敵，倒也猛吃一驚；及見出關的兵卒僅有數千之眾，早又膽大起來。便分作兩翼，包抄出關之兵。脫脫木兒揮兵迎戰，北兵眾多，一擁而上，已將脫脫木兒的人馬圍在垓心。

脫脫木兒恃有後援，毫不懼怯，奮起神威，率領部下往來馳驟，雖然可以抵敵，但是難以突出重圍。燕帖木兒在關上瞭望，見脫脫木兒不能突圍而出，恰又心生一計，急令關上故意鳴金，催促脫脫木兒速歸，一面命關吏虛掩半扉。敵陣裡面的阿刺鐵木兒，瞧見關中的模樣，便大聲喊道：「此時尚不搶關，更待何時？」語音未畢，已挺戈躍馬奔入關來。

忽刺台、安童、朵羅台、塔海，唯恐阿刺鐵木兒得了頭功，也爭先拍馬搶向關中。一入關門，見守門的兵卒四散退走，只道是害怕奔逃，便緊緊追去。哪知忽然之間，四下裡炮聲齊起，有無數伏兵分頭殺出。忽刺台和安童等知道中計，急欲退回，無奈後面的兵馬相率擁進關來，將關門堵住，不能退出。

那安童、忽刺台等，只得將自己的人馬亂砍亂斫，向外衝突。好容易退至關門，猶如漏網之魚，喪家之狗，只圖脫身逃命。誰知砰訇一聲，兩扇關門已緊緊關閉。這一嚇非同小可，安童等險些兒跌下馬來，只得麾令部兵拼命砍關。忽然關門左右又殺出無數人馬，都是大刀闊斧，在前阻住，背後又有燕帖木兒揮兵追來。忽刺台等此時束手無策，只有捨命馳突。

不上片刻，安童、塔海兩人馬失前蹄，已是被擒。忽刺台、朵羅台急得無可如何，左右亂撞，忽為流矢所中，一同墜馬，也便束手就擒。

那阿刺鐵木兒仗著手中的大刀，好似瘋狗一般，東衝西突，十分驍悍。燕帖木兒抽出一支箭來，扣在弓上，覷得親切，只聽弓弦響處，阿刺鐵木兒已從馬上應聲而墜。眾兵士一擁齊上，捆綁而去。燕帖木兒遂即大聲說道：「你們的主

將已經被獲遭擒，其餘兵將，降者免死。」入關的兵將聽了這話，一齊將刀槍丟去，跪在地上，口稱願降。

當下收了降兵，傳令開關，接應脫脫木兒之兵入城。哪知關門一開，已是虛無一人。這是什麼原故呢？

只因阿剌鐵木兒喊聲搶關，眾兵將都要爭立功勞，都隨著主帥爭先入關，留在外面與脫脫木兒相持的也不過數千人馬。脫脫木兒見敵人中計，齊入關內，已如釜中之魚，甕中之鱉，心下大喜，愈加奮起神威，大呼廝殺。馬到處波浪蹴翻，刀到處血肉紛飛，北兵被他殺得叫苦連天，四散奔逃。

脫脫木兒揮兵猛追，北兵奔逃得脫的，不上數百人，其餘都做了脫脫木兒刀下之鬼了。脫脫木兒趕出數里之遙，不見北兵的蹤影，方才收兵而回。燕帖木兒初時因不見關外的人馬，心內很覺詫怪，及見脫脫木兒大勝而回，方始放心，便奏著凱歌，一同進關。燕帖木兒傳令休息兩日，親自押著囚車，把被擒的安童等一班敵將送至京中。懷王得了捷報，好不欣喜，親自郊迎燕帖木兒入朝，自然又有一番慶功宴賞，這也無用細說。

先是燕帖木兒曾派人去召陝西平章探馬赤、行台御史馬札兒台，兩人皆不肯應命。及至懷王入京即位，詔書頒到陝甘，又被他們焚毀詔書，將使臣執送上都。未幾，浙江省臣亦復拒絕詔命。使臣還京報告，懷王聞報大怒，便與燕帖木兒商議，欲加誅戮。燕帖木兒沉吟未決，因此詔書尚未頒下。

左司郎中自當聞知此事，急向燕帖木兒說道：「雲南、四川現在還沒平定，若殺行省大臣，轉恐激成變故，不如待上都收復之後，徐議降罰，尚還未遲。」

燕帖木兒聽了，仍是遲疑不決。忽得河南警報，靖安王闊不花等叛應上都。自陝西破潼關，下關鄉，克陝州，又分兵渡趨河中，超懷孟，越武關，逼襄陽，勢甚猖獗。燕帖木兒看了急報，便去進謁懷王，詳細報告河南軍務。

懷王聞言，甚是焦灼，道：「上都未平，諸事頗為棘手，看來河南之事，又要勞卿一行了。」

燕帖木兒道：「軍事無勞聖慮，臣已密有籌畫了。」

懷王大喜，問道：「卿之計畫如何？可否說與朕聽，以免憂慮。」

燕帖木兒遂即說出一番話來。

第六十五回　孤掌難鳴

懷王聞得河南軍報，心內很是焦灼，急問燕帖木兒計畫如何。燕帖木兒答道：「河南軍事，可以免勞聖慮。臣接得報告之後，已密令齊王月魯帖木兒與東路蒙古元帥不花帖木兒率兵進攻上都，使他們根本動搖，河南軍事，自然容易解決了。」

懷王道：「卿老成持重，算無遺策，朕可無憂了！」燕帖木兒謝恩而退。

過了十餘日，果然紅旗捷報到來，說是前鋒已獲勝仗，梁王王禪等已經敗退，上都聲勢日衰，幸而都城尚未被破，所以還可苟延殘喘。哪知齊王月魯帖木

兒、元帥不花帖木兒等奉了燕帖木兒的密令，率兵直趨上都，因此被困。梁王王禪等引兵出戰，又復屢次敗退，人心大駭，謠諑四起。且因禿滿迭兒遁回遼東，得知忽剌台等各部人馬盡行覆滅，更是軍心疑駭。城孤援絕，士無鬥志，沒有一人不是栗栗危懼，如居爐火之上。

獨有丞相倒剌沙，好像胸有成竹一般，依舊談笑自如，絕無驚慌之狀。梁王王禪和他會議數次，他但一味敷衍，絕少計畫。王禪看了這般情形，料知倒剌沙乃是小人之尤，他必然抱了投降懷王的決心，所以這樣的從容不迫，絕不在意。因想自己受國厚恩，理宜捨身圖報，為朝廷分憂，但是現在身居圍城，諸臣皆懷二心，自己孤掌難鳴，危險萬狀。倘待上都攻陷，束手被擒，更加無人為國出力，不如乘此時城尚未破，從速逃走出去，徐圖報復，倒還是一條生路。

獨自籌思了半日，除走的一條路外，想不出旁的法兒，便於夜間托詞巡城，登陴四望了一會兒，長嘆一聲，竟自縋城而去。城中不見了王禪，軍心更加惶惑。倒剌沙見梁王不別而行，知道投降的機會已到，遂即暗中派人通款於齊王月魯帖木兒，約定次日出降。月魯帖木兒當然允許。

到了次日天明，果見南門大啟，一任月魯帖木兒等揮兵入城。倒剌沙捧定御璽，在道左迎接齊王馬到，竟自屈膝請安，將御璽雙手呈上，自稱請死。

齊王月魯帖木兒道：「這事不是我能擅作主張的，須俟大都裁奪。」說著，即令左右帶了倒剌沙，一面將御璽收好了，馳入行宮。調查后妃人等，都還住在裡面，獨有幼主阿速吉八不知去向。齊王向泰定后追問時，她已哭得淚人一般，如何還講得出話來。無法可想，只得命兵役盤查出入，一面使飭賚了御寶和諸王百司符印，入京報捷。就是倒剌沙等一班虜囚，也派了兵押送入京，聽候發落。

懷王聞得上都已定，心內快慰，真是不可言喻，便下諭道：「上都諸王大臣不思祖宗成憲，被倒剌沙等所惑，屢次稱兵犯京，其罪上通於天，今幸上都平定，所有俘囚，著即明正典刑，傳首四方，以示與眾共棄之意。」

諭下之後，先將阿剌帖木兒、忽剌台、安童、朵羅台、塔海等斬首示眾，一面御門受俘，將倒剌沙等暫寄獄中。懷王又陞興聖殿，受了御寶，分檄行省各郡，罷兵安民。

其時靖安王闊不花已大破河南之兵，進拔虎牢，轉入汴梁，忽得上都被陷之耗，不禁頓足長嘆道：「上都已陷，我還替誰效力呢？」嗣又接到懷王詔諭，料知獨木難支，只得引兵退去。

唯有四川平章政事囊貸嘉，自稱鎮西王，以左丞托克托為平章，前雲南廉訪楊靖為左丞，燒絕棧道，獨霸一隅。其餘行省各官盡皆歸順，以保祿位。

懷王見大勢已定，又復封賞功臣。當以燕帖木兒為首功，賜號答剌罕，子孫世襲；又賜珠衣兩件，七寶帶一條，白金甕二，黃金瓶二，餘如海東青鶻、白鶻、白鷹、文豹等物，不計其數；又設立大都督府，令其統轄，飭佩第一等降虎符，並命馳往上都，處置泰定后妃，並了結軍務。

燕帖木兒奉了詔諭，立即馳赴上都，由齊王月魯帖木兒、元帥不花帖木兒出城迎接，相見之下，問了一番情形，少不得置酒洗塵。飲酒中間，燕帖木兒談起遷置泰定后妃的事來。齊王答道：「我早已派兵守了宮禁，盤查出入，除阿速吉八不知下落外，其餘后妃等人，卻一個不少，都被禁錮。」

燕帖木兒聽了，連連稱好道：「今日天色已晚，待我明日入宮傳旨，令她們整備行裝，以便遷移。」

齊王點頭道：「這是奉旨的事情，自然遲緩不得。明天你去傳了旨，就可叫她們動身了。」

一面談話，一面飲酒，直至更深，方才散席。燕帖木兒辭別齊王等，自往預備的館驛安息。

到了次日，他便直入行宮。早有宮人飛速報知泰定后。泰定后聞報，恐有不測之禍，直急得面色更變，神情慘澹。還有必罕和速哥答里兩姊妹，都嚇得玉容淒切，嬌軀顫抖，一面飲泣，一面抖個不住。

燕帖木兒來至宮前，守門的兵役早已分班站立，讓開一條大路。燕帖木兒很從容地到了宮內，並不見有人迎接，心中著惱，正要開口斥罵，忽見一個美貌的佳人映入眼簾，不覺為她攝住了自己的盛氣，不能發洩出來。正在呆呆望著，忽見泰定后欠身欲起，悲慘之中帶著婀娜，令人憐惜之心油然而生。況且背後還立著一雙姊妹花，雲鬟高擁，粉頸低垂，秀目中都含著亮晶晶的眼淚，愈加覺得楚楚動人。

燕帖木兒驀地遇見這三個美人，恨不得和她們握手傾談，一領香澤。只因侍候的宮人站立兩旁，不便露出狂態，便上前溫語說道：「皇后不用慌急！上頭並沒什麼嚴厲的諭旨，不過因皇后住在宮中不甚方便，所以暫令移居，一切服用飲食仍可照常，不必憂疑。」

泰定后涕泣言道：「先皇殁後，擁立皇子皆是倒刺沙的主張，與我們女流有

何關係。如今嗣皇已亡，情勢一變，剩了我們幾個人，備受艱苦，已經足夠，如何還要移居呢？」

燕帖木兒道：「有命暫居東安州，程途相距非遠，並無險阻，可以放心。」

泰定后答道：「今日令我移往東安，明日便可要我性命，總是一死，與其死在他處，不如死在宮內了。」

燕帖木兒聞言，忙勸慰道：「皇后將來的福澤正長，萬勿萌短見，只要我燕帖木兒在世一日，必定盡力保護一日。明天請皇后暫赴東安，所有宮中物件和侍從人等，可以盡行帶去，途中自有兵卒保護，有我燕帖木兒擔當，決定沒人敢來欺侮，放心登程便了。」

泰定后聽了此言，方才轉悲為喜道：「既有太平王盡力照應，我們明日啟行就是了。」一面說，一面命兩妃上前拜謝。

此時必罕與速哥答里因有了靠山，也就不再驚忙。聞得泰定后命她們上前拜謝，便分花拂柳，移動嬌軀，拜倒於地。

燕帖木兒連稱不敢，趁勢伸手扶起兩人，並將一雙色眼將姊妹二人看個不已。必罕姊妹見燕帖木兒這樣神情，早知其意，也就嫣然一笑，暗暗傳情。這時的燕帖木兒骨軟筋酥，恨不得將二人抱入懷中，親熱一會兒，方才快意。但礙著左右有許多宮人侍立在那裡，不便露出狂妄之態來，只得鎮住心神，站定身軀，向泰定后說道：「明日皇后動身，當派兵沿路護送。」

泰定后點頭答應，方始退出宮內。

回到館驛，天晚安寢，身雖在床，一片心早已馳往行宮，旋繞在泰定后及二妃身旁，反來覆去，籌畫了半日，心內決定了以後進行的步驟，才能睡去。到了次日天明，便匆匆梳洗，跑入行宮，見過了泰定后妃，幫著她們收拾，一切物件都代為裝裹，差不多連脂奩粉盎，也沒有一件不親手檢點。及至收拾妥當，又出來囑咐護送的兵役，沿路上小心侍候，不得有誤。正在諄諄囑咐，泰定后妃已由宮人們引導出外，忙命輿人等當心侍候。等到泰定后妃上了輿，他也飛身上馬，護送出城。

不料剛至城外，京內又有欽使到來，只得下馬和欽使相見，方知是懷王召他即日還京，心內好生不快，卻又不便違逆旨意，只得和欽使周旋一番，等候欽使動身，方飛馬趕上泰定后的乘輿，柔聲軟語地說道：「本欲奉送至東安州，無奈京中有敕宣召，不便遲延。皇后到了東安，甚望安心暫住，不久便有好音的。」

泰定后詞言稱謝了一聲，必罕和速哥答里也從旁說道：「王爺沿途也須珍攝，我姊妹蒙恩庇護，此恩此德，終身不忘。」二人說時，不禁盈盈欲泣。燕帖木兒見了這樣情形，心中萬分難捨，無奈奉了詔命，只得暫時別過。當下勒馬而回，走了兩步，猶回過頭顧望前面車轎，直至泰定后妃去遠，望不見影兒，方始悵然而返。用過午飯，即便還京。

見了懷王，將遷置后妃的事情報告一番，並問何故見召。懷王答道：「上都平定，餘孽掃除這些的大功，皆卿一手成造，朕甚感荷！但朕的本意，帝位一層，應歸嫡長，所以召卿回京，商議遣使北上，迎接長兄。」

燕帖木兒聽了此言，一時竟難回答，停了半晌，默默無語。

懷王又道：「卿意如何？」

燕帖木兒道：「自古立君，有立嫡、立長、立功三個例子。以立長言，陛下應讓長兄；以立功言，陛下似可不必過謙。」

懷王道：「卿言雖是，然朕心終覺不安，不如讓位於長兄。長兄若不肯受，再歸於朕，如此稍覺安妥。」

燕帖木兒道：「現在時值隆冬嚴寒，路上難行，遣使之舉還須待至明春。」

懷王道：「長兄南來，可以待到春暖，朕的遣使須在今冬，免得長兄懷疑。」

燕帖木兒道：「聖意甚是，便在今冬遣派使臣便了。」

懷王道：「如今社稷已安，朕與卿亦可稍圖娛樂。聞說家中只有一婦，何不再置數人？宗室中不乏美貌女子，可以由卿自行選擇，朕當詔遣。」

燕帖木兒道：「陛下念臣微勞，恩深至此，真是天高地厚，刻骨難忘！但陛下尚未冊立正宮，臣何敢遽尚宗女？還請收回成命。」

懷王道：「朕及大兄生母猶未追尊，如何便敢立后。」

燕帖木兒道：「追尊皇妣原是要緊，冊立皇后亦不可緩，上承宗廟，下立母儀，兩事不妨並行。」

懷王道：「且待來春舉行。」燕帖木兒遂即辭駕而出。

過了一日，竟由懷王下詔，賜燕帖木兒宗女四人。

燕帖木兒道：「我前日已經當面辭謝，今日如何又復賜下？我當親自入朝固謝。」方命整輿出門，忽聞門外一片音樂之聲，隨後便是四乘繡輿，由許多徒從簇擁而至。一時之間，鼓樂喧天，車馬雜遝，不由吃驚道：「公主等已是來了，如何是好？」

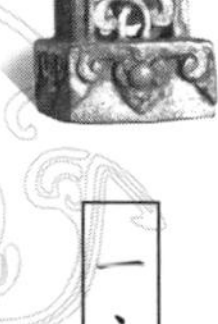

正在躊躇，冊使已至門下馬，與燕帖木兒相見。燕帖木兒整容迎入，來使恭讀詔書，令燕帖木兒接旨。燕帖木兒照例跪伏聽宣。詔中敘述太平王勞苦功高，合加優遇，特賜宗女四人，承侍巾櫛，並賜媵女若干名，該王不得固辭。

燕帖木兒謝了恩，立起身來，接過詔軸，懸掛中堂，欽使又向他道喜。燕帖木兒道：「這事從何說起？前天我在御前已經固辭。今日旨降，反命我尚四位公主，我有何德何能敢當此隆恩。還請欽使將繡幰折回，我當親自入朝，再三辭謝。」

欽使道：「王爺功高望重，聖上特加厚賜，豈可有違。況四位公主已經鸞降。如何還可辭得？我勸王爺不如直接遵旨，不必再迂執了。今日乃是良辰吉日，正可就此成禮。」說著，不由燕帖木兒作主，便命隨來的人將太平王府鋪陳起來，一面奏動弦管，一面命將四乘繡幰抬上，請出四位公主即行成禮。燕帖木兒不便再讓，只得向北叩首，行了君臣之禮，然後再行夫婦之禮。

這四位公主都是花容月貌，燕帖木兒見了，自然十分高興。禮成之後，又請出繼母察吉兒公主，再行子婦相見之禮，然後洞房合巹。諸王百官得了信息，又復陸續前來道賀。燕帖木兒吩咐大開筵席，款待眾人，真是說不盡的繁華，寫不盡的喜慶。

到了黃昏席散，冊使與各官等俱皆辭謝而去。燕帖木兒回至洞房，由四位公主列坐相陪，霞觴對舉，綺席生香，酒不醉人人自醉，色不迷人人自迷，燕帖木兒自然沉酣於溫柔鄉中，謝樂無窮了。

一宵易過，次日入朝謝恩，退朝之後，又與四位公主把酒言歡，正在說得入港，忽見媵女裡面，有一個淡汝素服的婦女，年可花信，容貌獨妍，比那四位公主更加美麗，覺得另有一種風韻，令人見了，喜愛之心油然而生。燕帖木兒見了，不禁觸目動心，對著她竟是目定神呆，連四位公主和他談話也不理睬。公主等見他如此，未免疑心，大家殷勤問詢。

燕帖木兒經四位公主這一詢問，當時無話可答，只得詭詞說道：「我適才記起一樁國事，意欲於今晚燈下草疏上奏，適與公主們飲酒談心，幾乎忘記，一經憶及，不覺馳神。」

四位公主聞言，齊聲應道：「王爺既有軍國重事，何不早說，免得以私廢公。」

燕帖木兒道：「不妨，我的奏章，晚間可以起草，現在有花有酒，不如再飲

幾杯。」於是又與眾公主同飲了一會兒，方才撤席。乘著酒興，出了內院來至書齋，暗地命心腹之人潛召那淡裝婦人前來。

不一時，心腹已引著那婦人到了書齋，上前請安。燕帖木兒命她立於身旁，仔細諦視，見她眉不畫而翠，唇不染而朱，顏不粉而白，髮不膏而黑，秀骨天成，長短合度，真個美貌集於一身，世間無此佳麗。

燕帖木兒問她姓氏，那婦人一經詰問，早已泣不可抑。

第六十六回　弒兄自立

燕帖木兒見那淡裝少婦十分美麗，心下甚為喜愛，叫她至身旁，問她姓氏，少婦一經詰問，早已淚流滿面，泣不可抑地說道：「承蒙見問，言之可愧！妾非他人，乃前徽政院使失烈門的繼妻。數年前身為命婦，今則家亡身辱，沒為官奴，隨著公主前來，充作妾媵，還算皇恩高厚，格外洪施了。」

燕帖木兒聞言，不禁嘆息道：「宦途升沉，家室仳離，失烈門也不必說了。只是剩了你青春年少，獨抱孤衾，豈不可哀！」

少婦聽了此言，愈加悲傷，嗚嗚咽咽地說道：「身如浮萍，也只好隨遇而

安了。」

燕帖木兒見她楚楚可憐之態，更覺令人愛戀，便柔聲道：「你今到了我家，我也不肯辱沒你的。」

少婦答道：「全仗王爺愛護！」說到護字，已被燕帖木兒攬著嬌軀，意欲把她加諸膝上。

誰知燕帖木兒的氣力甚大，少婦被他一拉，已向懷中直倒入來。燕帖木兒趁勢抱在懷內，替她拭淚，臉貼著臉，溫存一番。兩下裡情投意合，便攜手入幃，同赴陽臺。

四位公主還當燕帖木兒真有什麼軍國大事，在書齋修表，明日啟奏，不敢驚動。直至更深夜靜，方命侍女來催他歸寢。此時兩人好事已畢，早就一同起床，訂了後約，各自歸寢。

時光易過，轉眼之間已是天歷二年。懷王冊妃弘吉剌氏為皇后，后名卜答失里，乃是魯國公主桑哥剌吉的女兒，曾與懷王出居建康，同徙江陵；及至懷王入京，后也隨駕同行。懷王因為昔日艱苦同嘗，此日安樂也應相共，所以立為皇后，一面追尊生母唐兀氏，及兄母亦乞烈氏，為武宗皇后。再遣使臣撒迪、哈撒等，馳赴北漠，恭迓周王。

撒迪等到了周王行在，由周王召見，問明京中情形。撒迪等一一陳奏，並啟周王道：「大王以德以長，應有天下，臣等奉命前來，原是請大王早正帝位，一則安天下的人心，二則成皇弟的讓德，事機相迫，幸毋遲疑。」

周王道：「平定上都皆是吾弟一人之力，且已稱帝改元，君臣名分已定，我若再即尊位，豈不是多了一帝麼？」

撒迪道：「仁宗靖變，迎立武宗，至武宗賓天，仁宗始承大統，故例猶在，盡可照行。」

周王道：「據你們說來，我即了大位之後，可以仿照前制，立朕弟為皇太子麼？」

撒迪答道：「這個自然，兄弟禪讓，仁德兩全，豈不是追美堯舜麼？」

周王聽了他們相勸之言，意猶遲疑，重又召集府吏，商議此事。無奈府吏等隨侍多年，都巴望周王即尊之後，他們從龍有功。大家皆可以敘功封爵，共用富貴，因此周王向他們詢問，都一口同音地贊成此舉。

周王聽得府吏們皆殷殷勸進，以為這件事是理所當為的了，遂決計即位，乃於天歷二年春正月設帝幄於和寧北陸，禮儀仍舊，氣象煥然。漠北的諸王大臣，及撒迪、哈撒等，相率入賀。

次日，又有兩使自燕都而來，乃是輩奉金銀幣帛，進供御用的。這兩個使臣，一個是前翰林學生不答失里，一個是太府太監沙剌班，到了行幄，入帳覲賀。其時周王和世㻋已即位為帝，本書因他後來廟號稱做明宗，也就照例改稱他為明宗，不再稱周王了。當下明宗見了兩使，慰問數語，即由兩位使臣賚呈貢物。

明宗見了，心內不勝歡喜，便命撒迪等先回京師。臨行之時，並對撒迪等說道：「朕弟向覽書史，近時得毋廢置否？聽政有暇，總宜與賢士大夫常相晤對，講論史籍，考察古今治亂得失。卿等至京，可將朕意轉告吾弟，毋違朕命！」

撒迪等聞言，唯唯應諾，辭駕而返。到了京師，便將明宗的言語轉告懷王。懷王默然不答，便在這天夜間密召燕帖木兒入宮，密談許久，連貼身的心腹侍從都一齊摒退，無從聞悉懷王和燕帖木兒商議些什麼秘密。

次日，便有手諭，命燕帖木兒恭賚皇帝御寶赴漠北，以知樞密院事禿見哈帖木兒、御史中丞八即剌、翰林直學士馬哈某、瑞典使教化的、宣徽副使章吉、僉中政院事脫因、通政使那海、太醫使呂廷玉給事中咬驢、中書斷事官忽兒忽答、右司郎中孛列出、左司員外郎王德明、禮部尚書八剌哈赤等，隨了燕帖木兒一同前往。又命有司奉金千五百兩，銀七千五百兩，幣帛四百匹，金飾帶二十，備行在賞賜之用。並飭在京諸臣，寶璽已經北上，自今以後，國家大政應啟奏行在，不便專擅。在廷諸臣見懷王如此舉動，莫不稱揚他的盛德。

那明宗自即位之後，即飭造乘輿服禦及近侍諸服用，準備啟行。且命中書左丞躍里帖木兒，籌備沿途供帳事宜，行在人員俱都忙個不了。適燕帖木兒賫奉御寶前來，供領隨員入謁明宗。

明宗嘉獎有差，並封燕帖木兒為太師，仍命為中書右丞相，其餘官爵，概從舊例，且面諭道：「凡京師百官，既經朕弟錄用，並令仍舊，卿等可將朕意轉告。」

燕帖木兒道：「陛下君臨萬方，人民屬望，唯國家大事，係諸中書省、樞密院、御史台三堦，應請陛下知人善任，方免叢脞。」

明宗稱善，乃用哈八兒禿為中書平章政事，伯帖木兒知樞密院事，孛羅為御史大夫。這三人統是武宗舊臣，明宗以為不棄舊勞，所以擢居要職。

既而宴諸王大臣於行殿，特令臺臣道：「太祖有訓，美色名馬，人人皆悅，然方寸一有繫累，既要壞名敗德，卿等職居風紀，曾亦關心及此否？世祖初立御史台時，首命塔察兒、奔帖木兒兩人協司政務。綱紀肇修，大凡天下國家，譬諸一人的身子，中書乃是右手，樞密乃是左手，右手有疾，須用良醫調治。省院闕失，全仗御史台調治。自此以後，所有諸王百官，違法越禮，一聽舉劾風紀從重，貪墨知懼，猶之斧斤善運，入木乃深，就使朕有缺失，卿等亦當奏聞，朕不汝責，毋得面從。」

臺臣等皆齊聲遵諭。

越日，又命孛羅傳諭燕帖木兒等道：「世祖皇帝，立中書省、樞密院、御史台及百司庶府，共治天下，大小職掌，已有定制。世祖又命廷臣集議律令章程，垂法久遠。成宗以來，列聖相承，罔不恪遵成憲。朕今承太祖、世祖的統緒，凡省院台，百司庶政，詢謀僉同，悉宜告朕。至若軍務機密，樞密院應即上聞，其他事務有所建白，必先呈中書省台，以上百司，及近臣等，毋得隔越陳請，宜宣諭諸司，咸俾聞知。倘違朕意，必罰無赦！」

又越數日，遣武寧王、徹徹禿及哈八兒禿至京，立懷王為太子，並命求故太子寶繳給懷王。嗣聞故太子寶已失所在，乃申命重鑄，不必細表。

且說徹徹禿等既到京師，傳達行在詔命，懷王敬謹受詔，一面馳使行在，請明宗啟蹕；一面親自出京，就中道恭迎。會陝西大旱，人自相食，太子詹事鐵木兒補化等，請避職禳災。

太子親諭道：「皇帝遠居沙漠，未能即至京師，所以暫攝大位，今亢陽為災，皆予闕失所致，汝等應勉盡乃職，只修實政，庶可上達天變，辭職何為？」乃起前參議中書省事張養浩為陝西行台御史中丞，命往賑饑。

先是養浩辭官家居，士徵不起。至是聞命登車即行，見道旁餓夫，趣施以米；溝坌餓殍，趣掩以土；迨經華山，禱西嶽祠，泣拜不能起。忽覺黑雲四布，天氣陰翳，點滴淅瀝，甘霖一降三日。及到官，復虔禱社壇，又復大雨如注，水盈三尺，始見天霽。

陝西自泰定二年，至天歷二年，其間更歷五六載，只見日光，不聞雨聲，累得四野槁裂，百草無生。這時遇了這位張中丞，泣禱天神，誠通冥漠，居然暗遣了風師雨伯來救陝民。那時原濕潤膏，禾黍怒發，一片赤地又變青疇。看官，你

想這陝西百姓還有不慼泣涕零，五體投地麼？

其時斗米值十三緡，百姓持鈔出糴，鈔色晦黑，即不得用，詣庫掉換，刁吏黨蔽，易十與五，且累日不能得，人民大困。養浩洞察民艱，立檢庫中舊鈔，凡字邊尚清，可以辨認的鈔，數得一千八十五萬五千餘緡，用另印加鈐，頒給市中，以便通用。又刻十貫五貫的錢券，給散貧乏，命米商視印記出糴，詣庫驗數，易作現銀，於是吏弊不敢行。又率富民出粟，請朝廷頒行納補粟官的新令，作為獎勵。因此富民亦慨然發倉，救濟窮民。

養浩又查得窮民之食，至有殺子啖母的奇情，為之大慟不已，遂出私錢給濟，且命出兒肉遍示屬官，責他不能賑貸。到官四月，未嘗家居，止宿公署，夜則禱天，晝則出賑，幾乎日無暇晷。每念及民生痛苦，即撫膺悲悼，因得疾不起，卒年六十。陝民如喪考妣，遠近銜哀。後追封濱國公，諡文忠。

話分兩頭，單說皇太子遣使施賑後，復將鐵木兒補化辭職等情，報明行在。

明宗諭闊兒吉思等道：「修德應天，乃君臣當盡的職務，鐵木兒補化等，所言甚合朕意，皇太子來會，當與共議。如有澤民利物的事件，當一一推行，卿等可以朕意諭群臣，務期上下交儆，仰格天心。」

於是監察御史把的於思奏言：「自去秋命將出師，戡定禍亂，凡供給軍需，賞賚將士，所費不可勝計，若以歲入經費相較，所出已過數倍，況今諸王朝會舊制，一切供應，俱尚未給。乃陝西等處，饑饉薦臻，餓殍枕藉，加以冬春交際，雨雪愆期，麥苗槁死，秋田未種，民庶皇皇。臣竊以為此時此景，正應勉力撙節，不宜妄費。如果有功必賞，亦須視官級崇卑，酌量輕重，不唯省費，亦可示勸。其近侍諸臣，奏請恩賜，當悉飭停罷，借紓民力。」

明宗覽奏，為之動容，乃詔令上下節用，並啟蹕入京所過地方一切供帳俱宜從儉等語。有司雖都奉敕，究竟不敢過省，沿途供應，彼此爭華，明宗雖明，仍是莫名其妙，無非以為例所當然，得過且過罷了。

這邊按站登途，已到王忽察都地方，那邊皇太子亦率著群臣到了行轅，兩下相見，握手言歡，名分上原隔君臣，情誼上終係骨肉。明宗格外歡慰。遂大開筵宴，暢談了好多時。興闌席散，大家歸寢，只燕帖木兒來見太子，又密談了半夜。太子尚躊躇未決，一連三日，方才決議。

天歷二年，八月六日，天已遲明，明宗尚高臥未起，皇后八不沙，只道明宗連日勞頓，不敢驚動，待到已牌，尚不聞有覺悟聲，才有些驚訝起來，近床揭

帳，不瞧猶可，仔細一瞧，頓嚇得面無人色。原來此時的明宗已七竅流血，四肢青黑，硬挺挺地奄臥床中。

八不沙皇后究竟係女流，被這一嚇，連話都說不出來。幸有侍女在旁，急報知近臣，令傳太子入內。太子正與燕帖木兒同坐一室靜待消息，得了此信，即相偕趨入。見了明宗的死狀，太子情不能忍，恰也慟哭起來。

燕帖木兒從容說道：「皇帝已崩，不能復生，太子關係大統，千萬不可張惶。現在回京要緊，倘一有不測，豈非貽誤國家麼？」說著，已自御榻間張望，見御寶尚在枕旁，便伸手取來，奉與太子道：「這是故帝留著，傳與太子，不妨速受，況皇后親在此間，論起理來，亦應命交太子，責無旁諉，何庸推辭。」

此時的八不沙皇后只知慟哭，管什麼御寶不御寶，就是燕帖木兒一派言語，亦未曾聞著。太子瞧這情形，料知皇后無能，遂老老實實地將御寶受了，並止住了哭，想去勸慰皇后。經燕帖木兒以目示止，遂也不暇他顧，徑出行宮。

燕帖木兒當即隨出，扶太子上馬，疾馳而去。途次，傳命伯顏為中書左丞相，並封太保。欽察台、阿兒思蘭海牙、趙世延並為中書平章政事，朵兒只為中書右丞。前中書參議阿榮、太子詹事趙世安並為中書參知政事。前右丞相塔失鐵木兒知樞密院事，鐵木兒補化及上都留守，鐵木兒脫並為御史大夫。於是明宗所用的一班舊臣，又復盡行黜退，朝廷上面早已換了嶄新的人物。

太子既到上都，監察御史徐奭，遂上書勸進，略言天下不可一日無君，神器不可一日虛懸，先皇帝奄棄臣庶，已渝數日，伏望皇上早正大位，上奠宗社，下安民庶，俾中外有所倚。

太子覽了奏疏，遂擇吉登位，親御大安閣，受諸王百官朝賀，即下一道詔敕，曉諭臣民。其詔書上說道：

朕惟上天啟我太祖皇帝，肇造帝業，列聖相承，世祖皇帝既大一統，即建儲貳，而我裕皇，天不假年，成宗入繼，才十餘載。我皇考武宗，歸膺大寶，克享天心，志存不私，以仁廟居東宮，遂嗣宸極。甫及英皇，降割我家，晉邸違盟構逆，據有神器，天示譴告，竟隕厥身。於是宗戚舊臣，協謀以舉義，正名以討罪，揆諸統緒，屬在藐躬。朕與念大兄，播遷朔漠，以貢以長，歷數宜歸，力拒群言，至於再四。乃曰

艱難之際，天位久虛，則眾志勿固，恐隳大業。朕雖從請而臨御，實秉初志而不移。是以固讓之詔始頒，奉迎之使已遣，尋命阿剌忒納失里、燕帖木兒，奉皇帝寶璽遠迎於塗，受寶即位之日，即遣使投朕皇太子寶。幸本釋重負，實獲素心，乃率臣民，北迎大駕。而先帝跋涉山川，蒙犯霜露，道里遼遠，自春徂秋，懷險阻於歷年，望都邑而增慨，徒御勿慎，屢爽節宣，信使往來，相望於道路，彼此思見，交切於衷懷。

八月一日，大駕次王忽察都，朕欣瞻對之有期，獨兼程而先進，相見之頃，悲喜交集。何數日之間，而官車忽駕，國家多難，遽至於斯。念之痛心，以夜繼旦，諸王大臣，以為祖宗基業之隆，先帝付託之重，天命所在，誠不可遜，請即正位，以安九五。朕以先帝奄棄方新，摧怛何忍！銜哀辭封，固請彌堅，執誼伏闕者三日，皆宗社大計，乃以八月十五日，即皇帝位於上都。可大赦天下，自天歷二年八月十五日昧爽以前，罪無輕重，咸赦除之。嗚呼！戡定之餘，莫急乎與民休息；丕變之遭，莫大乎使民知義；亦唯爾中外大小之臣，各究乃心，以稱朕意！

即位詔書既下，又命中書省臣等，議定先帝廟號，稱為明宗。可憐明宗稱帝僅七閱月，連改元多沒有來得及，便把一條性命糊糊塗塗地被人家葬送了，享年只有三十歲。

那懷王圖帖木兒既已正位，這次情形與前大不相同，前次不過暫攝，現在正名定分，實行帝制，因他廟號稱做文宗，本書以後也不稱為懷王，要照例改稱文宗了。

文宗即位之後，除了下幾道詔敕，遮掩他弒兄自立的痕跡，應該要行幾件善良的政事，以慰人民望治之心，方是道理。哪知他還脫不了迷信，仍舊又要建築寺院起來了。

第六十七回　故后銜冤

文宗即位之後，旁的政事沒有舉行，第一件美政便是命阿榮、趙安世兩人督建尤翔集慶寺於建康，又派臺臣前往監工。

此詔一下，早又觸動了南台的一班御史，大家聯銜諫阻。那奏章說道：

陛下龍潛建業，居民困於供給，幸而獲睹今日，莫不跂望非常之恩。今奪民時，毀民居，以創佛寺，臺臣表正百官委以監造，豈其禮哉？昔漢高祖復豐、沛

兩縣，光武帝免南陽稅三年，今不務此，而隆重佛教，何以慰斯民之望？且佛教慈悲方便，今尊佛而害生民，無乃違其教乎？臣等心以為危，故不避斧鉞，惶恐上陳！

這道奏章說得剴切詳明，文宗展覽之下，自知在初即大位之時，不便拒絕諫臣，只得忍著氣，下詔罷免臺臣監役，眾臺臣方能免了往返之勞。但是文宗雖然納了臺臣的諫，他心內總想皈依佛教，懺除一切罪孽，所以餘政未修，便首建佛寺。又因帝師圓寂，改立西僧輦真乞剌失思為帝師。

新帝師從西域到來，文宗傳旨，命朝位出迎，凡位在一品以下的都不能免。那帝師得了寵遇，更是大模大樣，乘車入都。

既登殿，文宗也恭立門內，親揖帝師。帝師傲睨自若，不過略略合掌，便算向文宗答了禮。及入座，由文宗飭諭，命大臣俯伏進觴，帝師又傲然不為動。惱動了國子祭酒富珠里翀，大踏步走至帝師座前，滿滿的斟了一觴，遞與帝師道：「帝師祖奉釋迦，是天下僧人的宗師；我祖奉孔子，是天下儒人的宗師。彼此各有所宗，各不為禮，想帝師亦應原諒。」

帝師聽了他的話，倒也無從辯駁，只得一笑起身，接過來一飲而盡。大眾為他栗然，富珠里翀卻徐徐地退入班中。文宗也不加責，盡歡而罷。嗣以燕帖木兒功勳無比，追封三代為王。又命禮部尚書馬祖帝鋪張他的功績，制文立石，以示寵眷。

因燕帖木兒權勢日隆，凡所欲為，無不如意。宮廷朝野只知有太平王，不知有文宗。那文宗還日加尊崇，恩禮不衰。

到了天歷三年，文宗又改元至順，其時明宗的皇后八不沙，已從漠北返本京，文宗迎她入居宮中，敕有司供幣帛二百匹，作為資用，並命明宗之子懿璘質班為鄜王。

懿璘質班年方五歲，係明宗嫡子，乃是八不沙皇后所生。又有一子，名叫妥歡帖睦爾，比懿璘質班年紀較長，其母名叫邁來迪。相傳這邁來迪乃是北方娼女，從前宋恭帝趙㬎被虜，元世祖封他為瀛國公，安居北方，平日無事，常常的出外尋花問柳。

有一天，遇見了邁來迪，趙㬎見她生得花容月貌，美麗無比，十分愛慕，便與她結成外眷，產下一子，便是妥歡帖睦爾。後來趙㬎病亡，邁來迪色貌未衰，

被明宗和世疎納為侍妾，妥歡帖睦爾便隨了母親，一同歸入明宗府邸，子以母貴，居然做了明宗的長子，因此明宗左右，嘖有煩言。現在也隨了八不沙皇后同居宮中，文宗不欲窮究，相待如猶子一般，任其出入宮禁，撫養成人。

不過懿璘質班是嫡子，妥歡帖睦爾是庶子，嫡庶不能沒有分別，所以一個封王，一個並不封王。這且不必細表，就中單說八不沙皇后，雖入宮中，受著文宗的敬禮，奈心中不無怨懟，有時暗中流淚，有時對人微言，文宗雖略有所聞，倒也不暇理睬。只文宗后卜答失里與八不沙本不相親，此時同住宮中，面上似屬通融，意中不無介蒂，彼此相見，免不得暗嘲熱諷，冷語交侵。

看官，你想這八不沙皇后本來沒甚才幹，遇著這等尷尬的遭際，又不能處之泰然，每不如意，輒遷怒左右。侍女們有何知識？得著主寵，便是喜歡，逢著主怒，便是懊惱，哪個肯體心貼意，曲意奉承？況八不沙是個過去的皇后，留居宮中，好似一個寄生蟲，怎及得卜答失里。當時國母節制六宮，所以八不沙一言一動，統由侍女們傳報，卜答失里遂無乎不知。

冤家有孽，偏出了一個太監與八不沙硬做對頭。這太監的名字，與英宗時的賢相拜住，同一大名，這正是名同心不同呢。

某日，太監拜住在宮中往來，巧遇著八不沙皇后，他也不上前請安，反在旁邊立著，指手劃腳，與小太監調笑。

八不沙皇后不禁氣惱，便向他呵叱道：「你是一個區區太監，也敢這般無禮，人家欺負我，是我命苦所致，似你這廝，也看我是奴僕一般，罷，罷，你等仗著皇后威勢，竟爾無法無天，須知我也是個皇后，不過先帝忠厚，不甚防著，反被那狗男女從中暗算，倉猝崩逝，難道皇天無眼，作善罹殃；作惡反得降祥？泰山有坍的日子，你等應留著餘地，不要有勢行盡呢！」說罷，負氣竟去。

這太監拜住卻冷笑了幾聲，又慢騰騰地走入中宮，見了皇后卜答失里，便跪倒地上，嗚嗚咽咽地哭將起來。

卜答失里本寵愛拜住，瞧著這副情狀，便問道：「你受何人委屈，來到我處訴苦？」

拜住道：「奴婢不敢說。」

卜答失里道：「叫你說你卻不說，你何為向我來哭？你莫非逞刁不成？」

拜住磕頭道：「奴婢怎敢！這些事關係甚大，不說不可，欲說又不可。」

卜答失里道：「你儘管說來，有我作主何妨。」拜住才將八不沙皇后所言，

轉述一遍，且揑造幾句詈詞。

卜答失里盛怒，陡然起座，擬至八不沙皇后處與她評理，拜住卻又勸阻。卜答失里頓足道：「我與她勢不兩立，定要她死在我手，方出胸中惡氣。」

拜住道：「這亦不難，總教稟明皇上，賜她自盡便可了案。」

卜答失里道：「我也曾說過幾次，奈皇上不肯見從，奈何？」

拜住道：「從太子入手，便好行事。」

卜答失里沉吟道：「你且起來，好好商酌為是。」拜住頓首起立，經卜答失里屏去侍女，密與拜住商量。

拜住道：「皇子雖幼，然將來總是儲君。現在鄜王已立，同處宮禁，勢必從旁窺伺，倘或皇上捨子立侄，如皇子何？如皇后何？」

卜答失里道：「我亦防這一著，目今計將安出？」

拜住道：「只教稟聞皇上，但說明宗皇后潛結內外，謀立鄜王為太子，不怕皇上不信。」

卜答失里道：「皇上曾有立侄的意思，倘若弄假成真，如何是好？」

拜住道：「明宗暴崩，謠言蜂起，多說太平王燕帖木兒主謀，連皇上亦牽累在內，就是明宗皇后也懷著疑心，所以語中含刺。我想皇王讓德昭彰，情不如群情所料，若把此言一一奏聞，管教皇上動氣，早些斬草除根，免得後患。」

卜答失里尚在搖頭，拜住道：「再進一層，竟說她謀為不軌，將不利皇上，皇上莫非再讓不成？」

卜答失里不禁點首，便令拜住暫退，自己待文宗入宮，便一層一層地詳告。文宗雖是動怒，然不肯驟用辣手，經卜答失里婉勸硬逼，弄得文宗心思亦被她搖惑起來。

俗語說得好，枕席之言易人，況加以父子夫婦關係生死，就是鐵石人也要動心，不由地嘆息道：「凡事不為已甚，我已為燕帖木兒所惑，做到不仁不義。目今又被勢逼，教我再做一著，豈不是已甚麼？但箭在弦上，不得不發，我只好將錯就錯罷了。」便語皇后卜答失里道：「據你說來，定要處死八不沙皇后，但我心終屬未忍，寧可由別人去處置她，我卻不好自行賜死。」

卜答失里無言。

到了次日，文宗自去視朝，卜答失里即召拜住密議，並將文宗之語述畢。拜住道：「皇上太屬仁慈，此事只可由皇后作主。」

卜答失里道：「你叫我去殺她麼？」

拜住道：「請皇后傳一密旨，只說皇上有命，賜她自盡，她向何人去說？只好自盡罷了。」

卜答失里道：「事果可行麼？」

拜住道：「何不可行？皇上決不為難。」

卜答失里道：「你與我小心做去，何如？」

拜住出來，擬好密旨，親攜鴆酒，徑向八不沙皇后處行來。

八不沙皇后梳洗才畢，驟見拜住入內，令她跪讀詔旨，不禁戰慄起來。

拜住怒目道：「快請受詔以便覆命。」

八不沙皇后無可奈何，只得遵命跪著，由拜住宣讀詔敕，乃說她私圖不軌，謀立己子，應恩賜自盡等語。

八不沙撫胸慟哭道：「既殺我先皇，又要我死，我死必作厲鬼以索命。」言至此，即從拜住手中奪過鴆酒，一飲而盡，須臾毒發，自仆地上。拜住由她暴斃，竟回報卜答失里。卜答失里很是快慰。

及文宗聞知，只說八不沙皇后暴病身亡。文宗明知有變，但絕了後來的禍根，也是愜意的多，失意的少。卜答失里遂欲正名定分，立其子阿剌忒納答剌為太子。文宗倒也應允，先將八不沙皇后的喪葬，草草理畢，然後安排冊命。

正擬命太常各官議冊立太子禮儀，偏生皇后卜答失里與太監拜住計上生計，又復想出了一種毒謀。

她想鄜王懿璘質班與妥歡帖睦爾尚處宮中，究竟不是了局，擬將他驅逐出外，拔去了眼中之釘，庶幾始終無患。逐日向文宗前絮聒，把禍福利害的關係，反覆密陳。

文宗以兩人年尚幼弱，不便遣發，只說是從緩再商。卜答失里總不肯放手，暗中唆使妥歡帖睦爾的乳母，叫她告知其夫，入見文宗，略言妥歡帖睦爾實非明宗所出，娼妓雜種，如何冒充天潢，自亂血統？且明宗在日，已欲將他驅逐，此刻正宜慎重名義，休使一誤再誤。於是文宗下令，將妥歡帖睦爾母子逐出，東戍高麗，幽居大青島中，不准與人往來。

妥歡帖睦爾既去，只有一個懿璘質班，孤苦伶仃，無人扶持。卜答失里還想將他調開，偏是文宗不從。拜住復獻計道：「一個小孩子曉得甚麼計策？只教糕餌中間稍置毒藥，便可將他置死。」言未畢，忽似有人從後猛擊，竟致頭暈目

眩，跌仆地上。

卜答失里大為驚訝，忙令侍兒攙扶。拜住反嗔目怒叱道：「哪個敢來救他，他是一個小太監，恃寵橫行，謀死了我，還要謀死我子麼？」這語一出，嚇得卜答失里牙床打戰，面色似灰。

拜住又戟指痛詈道：「都是你這狠心人，妄逞機謀，欲將我母子置諸死地。所以家奴走狗亦得肆行無忌，巧圖迎合。須知天下是我家的天下，你等害我先皇，奪我帝位，還嫌不足，又將我嬌子鴆死，我死得好苦啊！」說至此，捶胸大哭。嗣復慘然道：「可憐我夫婦兩人，俱為你們毒死，現在只剩了一個血塊，年才四五歲，你們也該存些天良，好好地顧全他。人生修短，就是有數，總不該死於你們之手。你們只道害了我子，你子就得長壽，萬歲為君麼？你且看著，我先索了賊奴的性命回去再說。」言畢，即寂然不動。

等到卜答失里驚魂漸定，再將拜住仔細一看，已經滿口鮮血，咬舌而亡。從此深宮內院，常帶陰氣，一班宮娥彩女互相驚駭，不是說聽見鬼哭，便是說瞧見鬼影，連在白晝的時候也要呼朋引侶，方敢進出。到了夜靜閉戶，更覺陰氣深沉，不敢出氣。

卜答失里由驚生畏，由畏生憂，即與文宗商議，欲在帝師座前親受佛戒。文宗本來心虛已久，又聞得宮中時時見鬼，更覺毛骨森然。現在聽了皇后之言，自然滿口應承。當即告知帝師輦真乞剌失思，擇吉受戒。

輦真乞剌失思巴不得有此一舉，自然沒甚推卻。屆期，請帝師入興聖殿，由文宗率領皇后及皇子阿剌忒納答剌，都到壇前，行受戒禮。

好在一切儀制，皆有成例，只要依照而行，不過由太常禮儀使，稍費手續，僧徒等多念真言，就算大禮告成。

文宗又命懿璘質班也受了佛戒，以為這樣一來，慈航普渡，冤結一齊解除，就是宮內一切人等，也都以為仗著佛力可以消滅魔障，就有鬼物，賴此佛力呵護，也不敢為殃作祟，因此宮廷之內稍稍鎮靜。

文宗遂封皇子阿剌忒納答剌為燕王，立宮相府，命燕帖木兒總領府事，外無異談，內無妖孽，居然安安穩穩，度將過去，從此愈加相信佛力無邊，可以解冤消孽。遂命西僧作佛事於大明殿，自四月朔日起，至臘月始罷。

其時故相鐵木迭兒之子鎖住，又匪緣於進，做了將作使。他因將作使一職，位微秩卑，尚未滿欲，復與其心腹觀音奴陰謀作亂。無如勢孤力薄，一時無從發

難，乃與姊夫太醫使野里牙暗中鎮魔。適聞宮內有鬼作祟，愈加迷信，以為垂機厭禳，可以靈驗。

野里牙之姊阿納昔木思素來相信道教，便從道教徒侶，求得符籙數道，在庭中設立神壇，上供北斗星君的牌位，朝夕頂禮，口中所祝，無非祈君速死，另換真命天子，制治天下等語。還有前刑部尚書烏馬喇、前御史大夫孛羅、前上都留守馬兒，皆因失職閒居，心懷怨望，都歸入鎖住黨內。

這幾個人平日與鎖住往來，甚是莫逆。至是聞鎖住得了此法，大家贊成。哪知事機不密，被人舉發起來，由燕帖木兒告知文宗，即命鐵騎前往捉拿，先將鎖住、觀音奴、野里牙三人逮問。

中書省臣嚴刑審訊，復究出烏馬喇、孛羅、馬兒和野里牙之姊阿納昔木思等，也一同與謀。遂將這四個人也一同捉來審問明白，律以咒詛主上，大逆不道的罪名，一齊正法。

不料一波未平一波又起，又出了一樁叛逆的事情。

第六十八回　惡有惡報

鎖住等咒詛主上大逆不道的案子方才了結，不料知樞密院事闊徹伯、脫脫木兒，通政使只兒哈郎，翰林學士承旨伯顏也不干，燕王宮相干羅思，中政使尚家奴禿烏台，右阿速衛指揮使那海察拜住等，因為燕帖木兒專權自恣，不忍坐視，意欲興師問罪，入清君側。偏偏又被燕帖木兒的爪牙也的迷、失脫迷察知他們的異謀，先行密報於燕帖木兒。

燕帖木兒先發制人，立刻率兵掩捕，捉住了十二個人，盡行斬首市曹，並將家產籍沒充公。諸王大臣等以內亂迭平，都到太平王處賀喜。燕帖木兒也率文武

百官和耆老僧道，伏闕上書，請文宗宏加尊號。

文宗也覺心內歡然，竟允所請，遂御大明殿。燕帖木兒奉上玉冊玉寶，上尊號曰欽天統聖至德誠功大文孝皇帝。御史臺臣又踵事增華，請立燕王為太子。

文宗道：「朕子尚幼，非裕宗為燕王時比，俟緩日再議。」過了幾時，又由諸王大臣奏請立儲。文宗又道：「諸卿所言，固為國家根本大計，但王尚幼雅，憲恐識慮未宏，不堪負荷，稍從緩議，亦未為遲。」

廷臣因迭請未蒙諭允，也不欲再言。

偏偏皇后卜答失里十分性急，恨不得立刻冊自己的兒子做了太子，方才快活。又密密通知諸王大臣，叫他們再申前請，自己也乘間力求。文宗不便再梗眾議，乃先令太保伯顏祭告宗廟，然後立燕王阿剌忒納答剌為皇太子。

禮成方才一日，太子忽然生起病來，熱了三日三夜，身上發出紅斑。急得文宗和卜答失里皇后日夜不安，只在床前看視，寸步也不敢離開。

這日夜間，文宗正坐在太子床前，用手撫摸，忽見太子瞋目大呼道：「你想立太子麼？我兩人特來索命了！」

文宗聽得，知是冤魂出現，心中一驚，嚇得倒在床上幾乎暈了過去。慌得皇后卜答失里沒了主意，忙匍匐床前，口稱該死，只求先皇先后勿念前事，保佑太子性命要緊。

只聽太子冷笑道：「早知今日，何必當初！你夫婦瞞心昧己毒死我們，今日權在我們手中，看你再能作威作福，陷害我們麼？」

卜答失里又跪求道：「倘若蒙恩保全太子，願做佛事三年，超度先靈。」

太子又冷笑道：「佛事麼，只可欺人，不能欺鬼。我要索命，任你做三十年佛事，也是無用！」

卜答失里又道：「先皇后如不肯饒恕，寧可將我作代，皇子年幼無知，還求寬恕！」

太子又道：「似你這樣狼心狗肺，自有現世的報應，不用我們出力。」

卜答失里還是叩頭，哀告不已。

太子又唏噓道：「你既捨不得你的兒子，且再寬假數天，再作區處。」言罷，寂然。

卜答失里忙忙將文宗從床上扶起。文宗倒在床上，聽了一片鬼話，禁不住自怨自艾，回頭見卜答失里淚流滿面，更覺悽惶。舉手撫摸太子，身上猶如火燒

一般，似醒非醒，似睡非睡的樣兒，任你如何叫喚，也不答應。兩人急得無法可施，淚眼對看了半日，文宗方始長嘆開言道：「我初意本不要立儲，只因內外相迫，才成此舉，看來先兄先嫂不肯容我，我只好改立皇侄，以安先靈，或者還可保全兒命。」

卜答失里此時也不敢不允，遂即答道：「只要皇兒病癒，總可改易前議。」

正在互相商酌之間，忽有奏報前來，乃是豫王從雲南所發奏報軍情的本章。當由文宗披覽，軍事甚為得手，請皇上不必憂慮。文宗看了，心下稍慰，遂囑皇后好好地看視病兒，自行出宮視朝去了。

先是上都告變，各省多懷貳心，至燕帖木兒等戰勝上都，內地方稱平靜。四川平章囊嘉岱，前曾僭稱鎮西王，四出騷擾。至明宗即位，由文宗遣使詔諭，囊嘉岱方束手聽命，削王稱臣。乃明宗暴崩，文宗又復登極，囊嘉岱又有違言，乃召他入朝，詭稱朝廷將加重任，囊嘉岱信為真言，動身離蜀。一出蜀道，便由地方官吏奉著密詔，將他擒住，檻送入都，由中書省臣案問，責他指斥乘輿，立即梟首，籍沒家資。

這消息傳到雲南，諸王禿堅大為不服，速與萬戶伯忽阿禾等謀變，傳檄遠近，聲言文宗弒兄自立，及誘殺邊臣等情弊，遂興兵攻陷中慶路，將廉訪使等殺死，並執左丞忻都，脅置文牘。一面自稱雲南王，以伯忽為丞相、阿第禾為平章等官，立城柵，焚倉庫，拒絕朝令。

文宗聞警，乃以河南行省平章乞住為雲南行省平章八番順元宣慰使，帖木兒不花為雲南行省左丞，率師南討，命豫王阿剌忒納失里監制各軍。

時有雲南土官祿余驍勇絕倫，名震各部。文宗令豫王妥為招徠，夾攻禿堅。哪知祿余已受了禿堅的招致，率蠻兵千人，拒烏撒、順元界，立關固守。是時重慶五路萬戶軍奉豫王調遣入雲南境，為祿余所襲，陷入絕地，死得乾乾淨淨。千戶祝天祥本為後應，虧得遲走一步，得了前軍敗耗，倉猝遁遠。

事為元廷所聞，再遣諸王雲都思帖木兒，調集江浙、河南、江西三省重兵，與湖廣行省平章脫歡，合兵南下。

諸路兵馬尚未入滇，帖木兒不花又被羅羅思蠻邀擊於途次，斬首而去，雲南大震。樞密院臣奏言，禿堅、伯忽等勢益猖獗。烏撒、祿余亦乘勢連約烏蒙、東川、芒部諸蠻，進窺順元，請嚴飭前敵各兵，兼程前進，並飭邊境慎固防守云云。於是文宗又頒發嚴旨，命豫王阿剌忒納失里等，亟會諸軍進討，且以烏蒙、

烏撒及羅羅斯地，近接西番，與碉門安撫司相為唇齒，應飭所屬軍民，嚴加守備。又命鞏昌都總帥府分頭調兵，戍四川、開元、大同、真定、冀寧、廣平諸路，及忠翊侍衛，左右屯田。那時軍書旁午，烽燧謹嚴，戰守兼資，內外鞏固。

雲南茫部路九村夷人，聞大軍陸續南來，料知一隅小丑，不足抵禦，乃公推頭目阿翰阿里詣四川行省，自陳本路舊隸四川，今土官撒加伯與雲南連叛，民等不敢附從，情願備糧四百石，丁壯千人，助大軍進征，當由四川省臣據實奏聞。文宗以他去逆效順，厚加慰諭，自此遐邇聞風，革心洗面。

豫王阿剌忒納失里及諸王雲都思帖木兒，分督各軍同時並集，還有鎮西武靖王搠思班，係世祖第六子，亦領兵來會，差不多有十餘萬人。四面進攻，先奪了金沙江，亂流而渡，既達彼岸，遇著雲南阿禾軍，並力衝殺。阿禾抵敵不住，奪路潰退，官軍哪裡肯捨，向前急追，弄得阿禾無路可逃，只好捨命來爭。

猛被官軍射倒，擒斬了事。進至中慶路，又值伯忽引兵來戰，兩軍相遇於馬舍山，官軍先占了上風，如排山倒海一般掩殺過去。伯忽雖然勇悍，怎禁得大軍壓陣，勢不可當。又況所統蠻軍，素無紀律，勝不相讓，敗不相救，看看官軍勢大，紛紛如鳥獸散。剩得伯忽孤軍，且戰且行，正在勢窮力蹙的時候，斜刺裡忽閃出一支伏兵，為首一員大將，挺槍入陣，竟將伯忽刺死馬下。

這人非別，乃是太宗子庫騰孫，曾封荊王，名叫也速也不干，他與武靖王搠恩班同鎮西南。至是聞大軍進討，他竟帶領親卒，繞出伯忽背後，靜悄悄地伏著，巧伯忽敗走，遂乘機殺出，掩他不備，刺死伯忽。當下與豫王等相會，彼此歡呼，合軍再進，直入滇中。禿堅走死，祿余遠遁，乃遣使奏捷，且請留荊王鎮守，撤還餘軍。

文宗視朝，與中書省臣等會議，僉雲南出征將士未免疲乏，應從豫王等言。乃命豫王等班師還鎮，留荊王屯駐要隘，另遣特默齊為雲南行省平章，總制軍事。特默齊抵任後復遣兵搜剿餘孽。

適值羅羅斯土官撒加伯暗遣把事曹通，潛結西番，欲據大渡河進寇建昌。特默齊急檄雲南省官躍里鐵木兒，出師襲擊，將曹通殺斃。又一面令萬戶統領周戡真抵羅羅斯部，控扼西番及諸蠻部土官，撒加伯無計可施，竟落荒竄去。既而祿余又出，招餘黨，進寇順元等路。雲南省臣以祿余剽悍異常，欲誘以利祿，招他歸降，乃遣都事諾海前往招降。祿余不允，反將諾海殺死。都元帥怯烈，聞得諾海遇害，投袂奮起，夤夜進兵，擊破賊砦，殺死蠻軍五百餘人。禿堅長弟必剌都

古象失，舉家赴水死。還有幼弟二人，及子三人，被怯烈擒住，就地正法。

只祿余不知下落，大約是遠奔西番了。餘黨悉平，雲南大定。

文宗以為西南平靖，外患已紓，倒也可以放心。只太子阿剌忒納答剌，疹疾未痊，反而日甚一日。有時熱得發昏，仍舊滿口譫語，不是明宗附體，就是八不沙皇后纏身，太醫使朝夕入宮，靜診脈象，亦云饒有鬼氣。累得文宗后卜答失里祈神禱鬼，一些兒沒有效驗，她已智盡能索，只好求教帝師，浼他懺悔。

帝師有何能力，但說虔修佛事，總可挽回。乃命宮禁內外，築壇八所，由帝師親自登壇，後集西僧，極誠頂禮。今日拜懺，明日設醮，琅琅誦經，喃喃說咒，闔宮男婦，沒一個不齋戒，沒一個不叩禱，吁求太子長生，連皇后卜答失里也時宣佛號，自晝至暮，把阿彌陀佛及救苦救難觀世音等梵語，總要念到數萬聲。

怎奈蓮座無靈，楊枝乏力，任你每日禱禳，那西天相隔很遠，何從見聞。卜答失里無可奈何，整日裡以淚洗面，起初尚求先皇先后保佑，至兒病日劇，復以祝禱無功，改為怨詛。

一夕坐在太子床前，帶哭帶詈，忽見太子兩手裂膚，雙足捶床，怒目視后道：「你還要出言不遜麼？我因你苦苦哀求，留你兒命，暫延數天，你反怨我罵我，真是不識好歹。罷！罷！似你這等狠婦，總是始終不改，我等先索你長兒的性命，再來取你次兒，教你看我等手段罷。」

原來文宗已有二子，長子阿剌忒納答剌，次子名古納答剌，兩子都尚幼稚。此次卜答失里聞了鬼語，急得什麼相似，忙遣侍女去請文宗。

文宗到來，太子又厲聲道：「你既想做皇帝，儘管自做便罷，何必矯情干預，遣使迎我？我在漠北，並不與你爭位，你教使臣甘言諛詞，硬要奉我登基，既已忌我，不應讓我；既已讓我，不應害我。況我雖曾有嗣，也不忍沒你功勞，仍立你為皇太子，我若壽終，帝位復為你有，你不過遲做數年，何故陰謀加害？害了我還猶可說，我的皇后與你何嫌，一個年輕孀婦寄居宮中，任她有什麼能力，總難逃你手中，你又偏信悍婦，生生地將她鴆死，全不念同胞骨肉，親如手足。你既如此，我還要顧著什麼？」

文宗至此，也不禁五體投地，願改立鄜王為太子。

只見太子哈哈笑道：「遲了！你也隱受天譴了。善有善報，惡有惡報，積因成果，莫謂冥漠無知呢。」

文宗尚欲有言，太子已兩眼一翻道：「我要去了，你子隨了我去，此後你應防著莫再聽那長舌婦罷。」這語才畢。

文宗料知不佳，急起視太子，已經喘做一團，不消半刻，即蘭摧玉折。看官，你想此時的文宗及皇后卜答失里，心下不知如何難過。呼吁原是沒效，懊悔也覺無益，免不得撫屍痛哭，悲痛一回。

文宗以情不忍捨，召繪師圖畫真容，留作遺念。一面特製桐棺，親自視殮，先把兒屍沐以香湯，然後著衣含玉，一切儀式如成人一般。後命宮內廣設壇場，後集西僧百人，追薦靈魂。忙碌了好多日，乃令著相法裡安排葬事。發紖時，役夫約數千名，單是舁送靈柩的人夫，也有五十八人，差不多如梓宮奉安的威儀。俟祔葬祖陵後，又飭營廬墓，即囑法里等守護。一面將太子木主供奉慶壽寺，彷佛與累朝神御相等。

喪葬才畢，次兒古納答剌又復染著疹疾，病勢不亞皇儲。這一驚非同小可，不但文宗帝后捏了一把冷汗，就是宮廷內外，也道是先皇先后不肯放手，頓時風聲鶴唳，無在非疑，杯影蛇弓，所見皆懼。

文宗圖帖睦爾及皇后卜答失里，淒淒惶惶，鬧到發昏第一章，猛然記起太平王燕帖木兒足智多謀，或有意外良法，乃亟命內侍宣召。燕帖木兒奉到詔命，遂即入宮。

文宗與皇后卜答失里和他熟商。燕帖木兒雖然足智多謀，無奈是陽間的權臣，不能操持陰間的權柄。聽了文宗帝后的話，苦思焦慮，也想不出什麼絕好的方法，眼瞧著帝后淚流滿面悲苦不勝，心內又覺不忍，只得委婉進言道：「宮中既有陰氣，皇次子不應再在宮內居住。俗語有言，趨吉避凶。據臣看來，不如找個妥當的地方，將皇次子遷往暫住，一則離凶地而趨吉地，二則也可以不致觸著陰氣，疾病自然可癒。」

文宗道：「卿言甚是！但是避往何處方才妥當？」

燕帖木兒道：「京中不乏諸王公主的府第，只要是老成謹慎，就可付託了。」

皇后道：「可以付託的人，我卻有一個在此。」

第六十九回　意外姻緣

皇后卜答失里道：「現在最可付託之人，除了太平王以外，更無他人了，望太平王不要推辭才好。」

燕帖木兒道：「臣受皇上皇后厚恩，何敢推辭。但在臣家內，恐怕有褻皇子玉體，還求宸衷酌奪。」

文宗道：「朕與卿患難相共，不啻弟兄，朕子即卿子，說什麼褻瀆呢？」

燕帖木兒道：「臣的比鄰，有一處吉宅，乃是諸王阿魯渾撒里故居，即請陛下頒發諭旨，將此宅作為次皇子的府邸，使臣得以朝夕侍奉。」

文宗道：「故王居宅，何可擅奪，朕當給價，購作邸第。」

燕帖木兒道：「這是皇恩周匝，臣當代為叩謝！」說著，俯伏叩拜。文宗親手扶起，又面諭道：「事不宜遲，就在明日令皇子遷居罷。」

燕帖木兒口稱領旨，辭駕出外，當晚辦理妥貼。次日巳刻光景，又復入宮，備了一乘暖輿，將皇次子古納答剌安臥輿內，由燕帖木兒護衛出宮，送至阿魯渾撒里故第，安居調養。隨來的宮人約有數十餘名，復由太平王府中派出多名，小心侍奉。

還有燕帖木兒的繼母察吉兒公主，與所尚的四個公主，也都早晚前來問暖噓寒，十分周到。果然冤魂不來纏繞，皇次子漸漸痊癒。

燕帖木兒入宮奏報，文宗皇后不勝歡喜，立賜燕帖木兒、察吉兒公主等，每人黃金百兩、白銀五百兩、鈔二千錠。就是燕帖木兒的兄弟撒敦，也蒙厚賜。那些巫醫乳媼，以及衛士等六百人，共賞金三百五十兩，銀三千四百兩，鈔三千四百錠。各人受賞，自然非凡歡喜，都各照例謝恩，真是皇恩普及，與隸同歡。

文宗又命在興聖宮內造一座大廈，作為燕帖木兒的外宅，並在紅橋南邊建築太平王生祠，樹碑勒石，頌德表功。又宣召燕帖木兒之子塔剌海入宮覲見，賜他金銀無數，命為皇后養子。一面令皇次子古納答剌改名燕帖古思，與燕帖木兒之名上二字相同，表明義父義子的關係。

燕帖木兒謙不敢當，入宮辭謝，文宗執手唏噓道：「卿有大功於朕，朕恨賞不副功，只有視卿如同骨肉，卿子可為朕子，朕子亦可為卿子，彼此略跡言情，何用辭卻！」

燕帖木兒頓首再拜道：「臣已受恩深重，何敢再以天潢嫡派，下降臣家，視同子弟？務請陛下正名定分，收回成命。」

文宗道：「名已改定，毋庸再議，朕有易子而子之意，願否由卿自擇。」燕帖木兒拜謝退出。

過了數日，太平王妃忽然辭世。文宗親自往弔，並厚贈賻儀，喪葬甫畢，又詔遣宗女數人，下嫁燕帖木兒，解他悼亡之痛。復因宮內有個高麗女子，名為不顏帖兒，聰明異常，美豔絕人，素為文宗所寵，竟也割愛相贈。

燕帖木兒受了文宗這般厚遇，辭不勝辭，家中貯了許多美女，哪裡應酬得來？他恐恩澤偏枯，雨露不均，致招眾美人的怨恨，便想出一個計較。傳命織工織成一床無大不大的大被，命所賜美人相夾而睡，好在燕帖木兒天生神力，一夕

御遍眾美，也不覺得疲乏。真是說不盡的巫峽行雲，高唐夢雨，每天在溫柔鄉中度著生活，把悼亡之痛，鼓盆之戚，早已消除淨盡。但是正室虛位，竟不令人承襲，諸人皆莫明其意。哪知燕帖木兒卻存著一團深心，所以正室雖虛，不肯胡亂立妃。只是燕帖木兒究竟屬意何人呢？

原來前次奉旨往上都遷置泰定帝的后妃，燕帖木兒見了泰定后妃，詫為絕世美人，早就有心勾搭，無如奉召回京以後，內外多事，政務倥傯，他又專操相柄，一切軍國重事都要仗他籌畫。因此日無暇晷，連王府中的公主等都未免向隅，暗嘆辜負香衾，既而滇中告靖，可以少暇，不意皇子燕帖古思又要令他撫養，一步兒不好脫離。至皇子漸痊，王妃猝逝，免不得又有一番忙碌。正擬移花接木，隱踐前盟，偏偏九重恩厚，復釐降宗女數人，穿花蛺蝶深深見，點水蜻蜓款款飛，又不得不竭力周旋，仰承帝澤。

過了一月，國家無事，公私兩盡，燕帖木兒默念道：「此時不到東安州，還有何時得暇？」遂假出獵為名，帶了親卒數名，一鞭就道，六轡如絲，匆匆地向東安州前來。

既到東安，即進見泰定皇后，早有侍女通報。泰定后率著二妃，笑臉出迎，桃花無恙，人面依然。燕帖木兒定睛細瞧，竟說不出什麼話來。

泰定后卻啟口道：「相別一年，王爺的豐采略略清減，莫非為著國事，勞損精神麼？」

燕帖木兒道：「正是這般。」

二妃也從旁插嘴道：「今夕遇著什麼風兒，吹送王爺到此？」

燕帖木兒道：「我日日惦念后妃，只因前有外變，後有內憂，所以無從分身，直至今日，方得撥冗趨候。」

泰定后妃齊稱不敢，一面邀燕帖木兒入室，與泰定后相對坐下，二妃亦列坐一旁。泰定后方問及外變內憂情狀，燕帖木兒略述一遍。泰定后道：「有這般情事，怪不得王爺面上清瘦了許多。」

燕帖木兒道：「還有一樁可悲的家事，我的妃子竟去世了。」

泰定后道：「可惜！可惜！」

燕帖木兒道：「這也是無可如何。」

二妃插言道：「王爺的後房，想總多得很哩，但教皇爺揀得一人叫做王妃，便好補滿離恨了。」

燕帖木兒道：「後房雖有數人，但多是皇上所賜，未合我意，須要另行擇配，方可補恨。」

二妃復道：「不知何處淑媛，夙饒厚福，得配王爺？」

燕帖木兒聽了此言，卻睜著一雙色眼，覷那泰定后，復回瞧二妃道：「我意中卻有一人，未知她肯俯就否？」

二妃聽到俯就二字，已經瞧料三分，看那泰定后神色亦似覺著，卻故意旁瞧侍女道：「今日王爺到此，理應杯酒接風，你去吩咐廚役要緊。」侍女領命去訖。

燕帖木兒道：「我前時已函飭州官，叫他小心伺候，所有供奉事宜不得違慢，他可遵著我命麼？」

泰定后道：「州官供奉周到，我等在此尚不覺苦。唯王爺悉心照拂，實所深感！」

燕帖木兒道：「也沒有什麼費心，州官所司何事，區區供奉，亦所應該的。」正說著，見侍女來報，州官稟見。

燕帖木兒道：「要他來見我做甚？」言下復沉吟一番，乃囑侍女道：「他既到來，我就去會他一會。」侍女去後，燕帖木兒方緩踱出來。

原來燕帖木兒到東安州乃是微服出遊，並沒有什麼儀仗，且急急去會泰定后妃，本是瞞頭瞞腳，所以州官前未聞知。嗣探得燕帖木兒來到，慌忙穿好衣冠，前來拜謁。經燕帖木兒出見後，自有一番酬應。州官見了王爺，曲意逢迎，不勞細說。

待州官別後，燕帖木兒入內，酒肴已安排妥當。當由燕帖木兒吩咐移入內廳，以便細敘。

入席後，泰定后斟了一杯，算是敬客的禮儀，自己因避著嫌疑，退至別座，不與同席。燕帖木兒立著道：「舉酒獨酌，有何趣味？既承后妃優待，何妨一同暢飲，彼此並非外人，同席何妨。」

泰定后還是怕羞，躊躇多時，又經燕帖木兒催逼，乃命二妃入席陪飲。燕帖木兒道：「妃子同席，皇后向隅，這事如何使得？」說著，竟行至泰定后前，欲親手來挈后衣。

泰定后料知難卻，乃讓過燕帖木兒，繞行入席，揀了一個主席，即欲坐下。燕帖木兒還是不肯，請后上坐。泰定后道：「王爺不必再謙了。」於是燕帖木兒坐在客位，泰定后坐在主位，兩旁站立二妃。

燕帖木兒道：「二妃如何不坐？」二妃方道了歉，就左右坐下。於是淺斟低酌，逸興遄飛。起初尚是若離若合，不脫不黏，後來各有酒意，未免放縱起來。燕帖木兒既瞧那泰定后，復瞧著二妃，一個是淡妝如菊，秀色可餐；二個是濃豔似桃，芳姿相亞，不禁眉飛色舞，目逗神挑。

那二妃卻亦解意，殷勤勸酌，脈脈含情。泰定后到此，亦覺情不自持，勉強鎮定心猿，裝出正經模樣。燕帖木兒卻滿酌一觥，捧遞泰定后道：「主人情重，理應回敬一樽。」

泰定后不好直接，只待燕帖木兒置在席上。偏燕帖木兒雙手捧著，定要泰定后就飲。惹得泰定后兩頰微紅，沒奈何喝了一喝。燕帖木兒方放下酒杯，顧著泰定后道：「區區有一言相告，未知肯容納否？」

泰定后道：「但說何妨。」

燕帖木兒道：「皇后寄居此地，寂寂寡歡，原是可憫；二妃正值青春，也隨著同住，好好韶光，怎忍辜負？」

泰定后聽到此語，暗暗傷心；二妃更忍耐不住，幾乎流下淚來。

燕帖木兒又道：「人生如朝露，何必拘拘小節？但教目前快意，便是樂境。」

敢問皇后二妃，何故自尋煩惱？」

泰定后道：「我將老了，還想什麼樂趣？只兩位妃子隨我受苦，煞是可憐呢！」

燕帖木兒笑道：「皇后雖近中年，丰韻卻似二十許人，若肯稍稍屈尊，我卻要……」說到要字，將下半語銜住。

泰定后不便再詰，那二妃卻已拭乾了淚，齊聲問道：「王爺要什麼？」

燕帖木兒竟涎著臉道：「要皇后作王妃哩。」

泰定后卻嫣然一笑道：「王爺的說話欠尊重了，無論我不便嫁與王爺，就便嫁了，要我這老嫗何用？」

燕帖木兒道：「何嘗老哩，如蒙俯允，明日就當迎娶哩。」

泰定后道：「這請王爺不必費心，倒不如與二妃商量罷。」

燕帖木兒道：「有禍同當，有福同享。皇后若肯降尊，二妃自當同去。」說著，見二妃起身離席，竟避了出去。那時侍女人等，亦早已出外，只剩泰定皇后兀自坐著。他竟立將起來，走近泰定后身旁，悄悄地牽動衣袖。

泰定后慌忙讓開，抽身脫走，冉冉地向臥室而去。燕帖木兒竟躡跡追上，隨

入臥室，大著膽抱住纖腰，移近榻前。泰定后回首作嗔道：「王爺太屬討厭，不怕先皇帝動惱麼？」

燕帖木兒道：「先皇有靈，也不忍皇后孤棲，今夕總要皇后開恩哩！」看官，你想泰定后是個久曠婦人，遇著這情魔，哪得不令她心醉。當下半推半就，一任燕帖木兒所為，羅襦代解，薌澤猶存；檀口微開，丁香半吐；脂香滿滿，人面田田，諧成意外姻緣，了卻生前宿孽。

正在雲行雨施的時候，那兩妃亦突然進來，泰定后幾無地自容。燕帖木兒卻餘勇可賈，完了正本，另行開場。二妃本已歡迎，自然次第買春，綢繆永夕。自此以後，四人同心，又盤桓了好幾天，燕帖木兒方才回京。臨行時，與泰定后及二妃道：「我一入京師，便當飭著妥役，奉輿來迎，你三人須一同啟身，休得有誤。」三人同聲答應，頗有戀戀不捨之意。

燕帖木兒道：「相別不過數日，此後便可同住一家，永不分離，安享後半生的福氣了。」三人連連點頭，送至門前，又再三叮嚀，沿途小心謹慎，不可感冒風寒，致傷玉體。

燕帖木兒唯唯答應，辭別而行。到了京中，不遑問旁的事情，便亟亟地派了衛兵與幹役，赴東安州迎娶泰定后及二妃。一面在那新賜的大廈裡面陳設佈置，作為藏嬌的金屋。不上幾日，新人早已迎到京師，送入新第。京內的官員和諸王大臣還沒有知道內中的情由，但知太平王續娶王妃，大家都陸續送禮致賀，一傳十，十傳百，宮廷內外都聞得太平王續娶王妃，傳入文宗耳內，還不知所娶何人。及至問到太保伯顏，方才明白。

好在蒙古風俗，本來不講什麼名節，一個已經退位的故后，再醮不再醮，完全沒有什麼關係，所以文宗問明底細，特命太常禮儀使，賚了許多珍寶，賜給燕帖木兒作為賀禮。

到了擇定的吉日，燕帖木兒先至新第，備了一乘鳳輿，兩乘繡幰，前去迎娶。八不罕、必罕、速哥答里三人，早已裝飾得如同天仙一般，一同上輿，沿路之上，笙簫迭奏，鼓樂齊鳴，到了新第，下輿登堂，與燕帖木兒行過夫婦之禮。

大家知得新人便是八不罕皇后，和必罕、速哥答里兩個妃子，都要看她們的相貌如何。及至看那八不罕時，覺得並不見老，反倒增添許多風韻。必罕姊妹更是如花如玉，格外的嬌豔動人。因此，一眾賓朋都暗中羨慕燕帖木兒豔福非輕。

行禮既畢，又與察吉兒公主見禮。八不罕本來熟識，此時只好低垂粉頸，斂

祖拜見，必罕姊妹相隨在後，行過大禮，方才送入新房。

燕帖木兒因有許多賓客在家，自然要出外相陪。大家入席飲酒，直至天色已晚，酒酣飯飽，方始相率散去。燕帖木兒送去眾賓，步入洞房，八不罕少不得起身相迎。

燕帖木兒趨前一步，執定八不罕的纖手道：「自從上都一見芳姿，便念念在心，時刻不忘，早就要設法迎娶，以了夙願。偏遇國家多故，遲至今日，方才名花有主，寶帳重春。雖然由於夫人屈尊相就，但是夫人的性命也到今日下嫁於我，才得保全。」

八不罕聽了這話，非但吃了一驚，而且十分詫異，忙向燕帖木兒追問道：「何以今日嫁了你，才能保全性命呢？」

第七十回　兩小無猜

燕帖木兒經八不罕追問何以嫁了之後，方得保全性命，不禁微笑答道：「你是個極聰明的人，如何竟會糊塗起來，試想明宗皇后尚且被鴆酒毒死，你居住在東安州，當今怎樣會忘記呢？我為了這事，很費了不少的周折。皇上屢次要想加害，皆由我設法阻止。現在做了我的王妃，面子上雖然覺得委屈一些，但是性命可以無憂了。」

八不罕聽得這話，自然格外感激，忙向燕帖木兒致謝道：「王爺的一片深情，使我終身銘感，決不敢忘。」

燕帖木兒道：「我和你既為夫婦，便是一體，保全你乃是我的門分，何用感激道謝。」說著，又回顧必罕姊妹道：「你兩個各有臥房，今夕且請早些安息，明夜我當前來奉陪。」兩人聞言，雙頰紅暈，向燕帖木兒與八不罕告退自去。

燕帖木兒俟必罕等去後，也與八不罕同入羅幃，共殿鴛衾，自有一番歡娛。到了次日夜間，即往必罕房中，三日夜間，又往速哥答里臥室。從此以後，燕帖木兒後房佳麗計算起來已有二三十人，左擁右抱，夜以繼日，快樂異常。

但女色雖足怡情，也最足蠱人。尋常一夫一妻，還宜節欲方得保身，何況有數十個妻妾，日夜尋歡取樂，豈有能夠持久之理？燕帖木兒自娶了八不罕以後，縱情取樂，絕不愛惜精神，以致日漸羸瘦。他還不知收斂，好色心腸愈加熾張，得隴望蜀，厭故喜新，倘若聞得哪裡有美人，定要攫取到手，無論王親國戚，閨女孀姝，但教太平王一言，只可親送上門，由他戲弄。

自從至順元年以及三年，這三年之間，除所賜公主宗女，及納取泰定后妃外，復占奪了數十人，或有交札三日，即便遣歸。大眾忍氣吞聲，背地裡都祈他速死。他尚恃勢橫行，毫不知改，甚至後房充斥，不能盡識。天作孽猶可違，自作孽不可活，殘喘雖尚苟延，死期已不遠了。

話分兩頭，且說文宗登位以後，第一個寵臣是燕帖木兒，第二個就是伯顏。至順元年，改任伯顏知樞密院事，文宗以未足酬庸，覆命尚世祖子闊出女孫，名叫伯顏的斤，作為伯顏妻室，並賜虎士三百名，隸左右宿衛。嗣復給黃金雙龍符，鐫文曰廣宣忠義正節振武佐運功臣，組以寶帶，世為證券。又命凡宴飲視宗王體。至順二年，晉封浚寧王，加授侍正府侍正，追封其先三世為王。尋又加封昭功宣萬戶忠翊侍衛都指揮使，三年拜太傅，加徽政使。

是時燕帖木兒深居簡出，每日與妻妾尋歡，不暇問及國事，因此朝政一切，多由伯顏主持。伯顏的權力，也不亞燕帖木兒。於是一班趨勢的官兒，前日迎合太平王，此日迎合浚寧王，朝秦暮楚，昏夜乞憐。但蒙浚寧王允許，平白地亦可升官。就使遇著親喪，不過休假數日，即可縗絰供職，且以美名，稱為奪情起復。

監察御史陳思謙目擊時艱，痛心銓法，因上言內外各官，若非文武全才、關係天下安危，盡可令他終喪，不許無端起復。文宗雖優詔允從，奈暗中有伯顏把持，總教賄賂到手，無人不可設法。

陳思謙又抗詞上奏道：「臣觀近日銓衡之弊，約有四端：入仕之門太多，黜

陟之法太簡，州郡之任太淹，朝省之除太速。欲救四弊，計有三策：一曰使元三十年以後，增設衙門，冗濫不急者從實減併，其外有選法者，併入中書。二曰宜參酌古制，設闢舉之科，令三品以下，各舉所知，得材則受賞，失賞則受罰。三曰古者刺史入為三公，郎官出宰百里，蓋使外職識朝廷治體，內官知民間利病，今後歷縣尹有能聲善政者，授郎官御史，歷郡守有奇才異績者，任憲使尚書；其餘各驗資品通遷」云云。

這疏上後，河北廉訪副使僧家奴，亦上一疏，乞御史臺臣代奏。其疏亦甚剴切詳明，御史臺臣不便隱匿，自然代為入陳。文宗將僧家奴的奏章與陳思謙摺子一併發落，著中書省、禮部、刑部、翰林集賢兩院，詳加省議，再行上聞。各官奉了此旨，極其為難。明知所奏甚為允當，但關礙伯顏的面子，不便從直省議。只得模稜兩可，含糊覆奏。

哪知陳思謙的奏章未能挽回時弊，偏有個有意逢君的司徒香山，進陳符讖道：「從前陶弘景《胡笳曲》，有『負扆飛天歷，終是甲辰君』二語，與皇上的生辰年號相合，足為受命的瑞徵，乞錄付史館，昭告中外。」

文宗覽疏，又詔翰林、集賢兩院與禮部會議。嗣經翰林諸臣會議道：「唐開元間，太子賓客薛讓，進武后鼎銘云：上玄降鑒，方建隆基，隱為玄宗受命的慶兆。姚崇表賀，請宣示史官，頒告中外。至宋儒司馬光，斥為強詞牽合，以為符瑞。小臣貢諛，宰相證成，實是侮弄君上。今弘景遺曲，雖於生辰年號，似相符合，但陛下應天順人，紹隆正統，於今四年，薄海內外，無不歸心，何待旁引曲說，作為符命？若從香山之言，恐啟讖緯曲說，反足以亂民志，淆政體，請毋庸議。」文宗始將此事擱置不提。

其時災祲迭見，江浙大水，壞民田十八萬八千七百三十八頃，逾年江西饑，湖廣又饑，雲南又大饑，熒惑犯東井，白虹並日出，長竟天，京師及隴西地震，天鼓鳴於東北。文宗一面賑恤，一面飭修佛事。

到了秋天，文宗忽患一種奇症，終日昏昏，譫言囈語，沒有已時。皇后卜答失里在床前侍疾，聽得文宗口內所說，俱是向日陰謀，有時還大聲呼痛，好似有人捶打一般，醫官診視，皆不能辨其是何症候，所開的藥方，自然都是無關痛癢，毫無效驗可言。

一天夜間，皇后卜答失里正在床前侍立，文宗忽然躍起，執了皇后的手，大呼道：「哥哥，嫂嫂，恕我！」直嚇得卜答失里毛骨悚然，又只得跪在地上，苦

苦哀求！求了一會，才見文宗神志稍清，急忙上前問其所苦，文宗禁不住長嘆道：「孽由自作，更有何言。朕病恐無起色，自思此生造孽非淺，如今懺悔，已是無及，唯朕病歿之後，帝位務必傳於鄜王，千萬不可爽約。」

卜答失里道：「傳位皇侄，皇子怎樣呢？」

文宗道：「你還要顧到皇子麼？你自己的性命也不知怎樣哩！」

卜答失里道：「此事且召太平王商議。」

文宗道：「太平王麼？我的家事完全為其所誤，他的性命也就只在目前了，哪裡還能與你商議大事。」

卜答失里聽了文宗的話，雖然不便當面違背，心內甚不謂然，便暗命太監去召燕帖木兒。哪知燕帖木兒果然抱病在床，不能應召前來。卜答失里只得改召伯顏進宮商議。

伯顏奉召而至。卜答失里將文宗的病榻的言語告知，問他如何辦法。伯顏道：「皇子的年齡與鄜王相仿，何必另立皇侄？」

卜答失里以手指床，似乎說是文宗的意思要這樣辦。伯顏不待明言，早已領悟，便悄悄地向卜答失里道：「皇上此時抱病在床，神志不清，故有此語，俟聖躬稍健，再行定議，也不為晚。」

伯顏此言尚未說畢，文宗在床早已大聲道：「你不是伯顏麼？朕雖抱病在床，神志極為清爽，並非是亂命。你可知先皇即位，不過數月。我在位已經數年，倘有不諱，理應將帝位授與皇侄。況且朕得罪先帝先后，朕歿之後，傳位鄜王，尚可見先帝先后於地下。你們須要遵朕之命而行，不可再生異議。」

伯顏還要奏請，文宗又向卜答失里道：「朕意已決，此後如有改議，非但先帝先后不肯甘休，就是朕躬歿後，也不能瞑目於九泉了。」

伯顏又啟奏道：「聖上春秋正盛，此事似可稍緩再議。」

文宗搖首道：「朕病已無轉機了。少年時候，爭強好勝，到得此時悔之已晚。太平王亦應遭劫，將來國家大事，仗卿主持，卿須遷善改過。竭盡忠誠，切莫效太平王的行為。」

伯顏聽得此言，也覺心頭栗栗，只得告退出宮。

這日夜間，文宗大叫一聲，遽爾崩逝，共計在位五年，享壽二十九歲。

燕帖木兒聞得此耗，只得勉強起床，踉蹌入宮，其時皇子燕帖古思，早已召回宮禁。燕帖木兒見了卜答失里，便大聲說道：「皇上大行，應由皇子嗣位，請

皇后從速頒詔，傳位皇子，最為緊要。」

卜答失里聞了此語，並不回言，反而號咷大哭起來。燕帖木兒見此情形，很覺驚詫，只得婉言勸慰。

卜答失里哀聲稍止，方將傳位的問題重行提議道：「皇上臨歿，曾有遺囑，命鄜王繼統。」

燕帖木兒不待言畢，早已頓足道：「皇上自有嫡子，如何傳位鄜王？此事臣不敢奉詔。」

卜答失里道：「這事是大行皇帝臨終遺囑，太傅伯顏曾與其議。太平王可去問他，自然明白。」燕帖木兒不便再說什麼，默然退出。

當時帝位雖已決定傳於鄜王，但鄜王年只七歲，不能親自聽政，遂由太平王召集諸王會於京師，凡中書百司庶務，皆要稟命中宮，方得決行。當即議定，尊皇后卜答失里為皇太后，敷造玉冊玉寶，又由太后傳旨，命作兩宮幄殿車乘供帳，一面告祭南郊，及社稷宗廟。待到太后的冊寶造成，敬奉如儀。太后且升興聖殿，受百官朝賀，大小臣工皆賞賚有差。

可最怪的是七歲的皇帝，居然立起一位中宮皇后。這皇后名叫也忒迷失，亦

係弘吉剌氏，與幼主年紀相仿。皇帝皇后同處宮中，兩小無猜，總算是元代歷史上的一件奇聞異事。

是時天已隆冬，轉眼便是新年，遂召群臣會議改元，並先皇的號廟神主和升祔武宗皇后等事。不料議還未定，幼主忽又患了重病，不上數日，竟爾崩駕。

諸王大臣皆驚疑不已。獨有燕帖木兒說道：「我意本欲立皇子燕帖古思為君，不知先帝何意，必欲傳位鄘王？太后又定要遵守遺囑，不肯更易先皇之議。誰知鄘王無福，即位僅有六七十日，又已病逝。現在總應該要立皇子燕帖古思為君了。」遂即入宮，朝見太后，先勸慰一番，然後議及繼統問題。

太后道：「國家不幸，才立嗣君，又復崩逝，令人不勝悲嘆！」

燕帖木兒道：「這是命運使然，往事也不必再提。現在最要之事，是國家一日不可無君，今日正該繼立皇弟了。」

太后道：「卿言若此，莫非要立我子燕帖古思麼？」

燕帖木兒應聲稱是。

太后道：「燕帖古思年紀尚幼，不應繼位為君，還應另議。」

燕帖木兒道：「前日傳位鄘王，乃係遵奉先帝遺囑，如今鄘王既崩，自然當

立皇子，此外更有何人可以繼統？」

太后道：「明宗長子妥歡帖睦爾，現居靜江，今年已經十三歲了，可以即立為君。」

燕帖木兒道：「先帝在日，曾有明詔，說那妥歡帖睦爾，並非明宗之子，所以前徙高麗，後徙靜江，如何可以迎立呢？」

太后道：「此時且立了他再說，待他百年後，再立我子亦未晚。」

燕帖木兒道：「人心哪裡可以預料，太后此時優待皇侄，安知皇侄日後能夠報答太后呢？」

太后答道：「此事也只好憑他的良心，我傳位於他，總可以對得住明宗帝后了。」燕帖木兒還是搖首，不以為然。

太后道：「太平王，你難道忘記了王忽都察那件事情麼？先皇為著這事，終身不安於心，我為了此事，也嚇得夠了。大皇子因此夭逝，現在只剩了一個五六歲的次子，要希望他多活幾年，所以願意傳位皇侄，不論妥歡帖睦爾是不是明宗的親生之子，我決意立他為君。明宗帝后在九泉之下，倘若有知，總可以不怨我了。」

燕帖木兒道：「太后這樣膽怯，也未免太懦弱了。皇次子自出宮之後由臣侍奉，並不曾有何鬼祟，卻怕什麼呢？」

太后道：「太平王，你莫要恃著自己的膽力，不信鬼神。先帝臨終的時候，曾經說及你也在刼數之中，恐怕不能長久了。」

燕帖木兒本來勇赳赳，氣昂昂，拿定主張，非立燕帖古思不可，忽然聽得太后這般一說，也不免暗吃一驚，只得兜轉口風道：「太后已決定主意麼？」

太后道：「我意久已決定，勸你不必另生異議罷。」

燕帖木兒道：「這傳位的一個問題，原是太后家事，太后主意既然決定，為臣者怎敢另生異議，拘執不從？」一面說著，辭別太后，嘆息而出。太后遂命中書右丞闊里吉思，速速馳驛赴廣西靜江縣，迎接妥歡帖睦爾來京即位。

那闊里吉思迎接妥歡帖睦爾，道路遙遠，一時未能即至。光陰迅速，早已過了殘年，又到元旦。因為嗣君尚未就位，只得仍稱至順四年。過了幾日，由闊里吉思遣使馳報，嗣皇將至京師。太后即命太常禮儀使整備鹵簿，偕文武百官前往迎接。哪知燕帖木兒因與嗣皇帝一言不合，又弄起權來，使妥歡帖睦爾一時不能即位。

第七十一回　末代皇帝

太后接報，知道妥歡帖睦爾已到京師，便命太常禮儀使備了鹵簿，偕同文武百官前往迎接。

燕帖木兒病已痊癒，也乘馬同行。既抵良鄉，已接著御駕，各官都在道旁俯伏，只燕帖木兒自恃功高，不過下馬立著。

妥歡帖睦爾年才成童，前時曾見過燕帖木兒的威儀，至此又復晤著，容貌雖憔悴了許多，但餘威尚在，未免可怕，竟爾掉頭不顧。嗣經闊里吉思在旁密啟道：「太平王在此迎駕，陛下應念老臣，格外敬禮。」

妥歡帖睦爾聞言，無可奈何，下馬與燕帖木兒相見。燕帖木兒屈膝請安。妥歡帖睦爾也答了一揖。闊里吉思復宣諭百官免禮。於是百官皆起。

妥歡帖睦爾遂即上馬，燕帖木兒也上馬從行。既而兩馬並馳，不先不後，燕帖木兒揚著馬鞭，向妥歡帖睦爾道：「嗣皇此來，亦知迎立的意思始自何人？」

妥歡帖睦爾默然不答。

燕帖木兒道：「這是太后的意旨。從前扎牙篤皇帝遇疾大漸，遺命捨子立侄，傳位鄜王，不幸即位未幾，遽爾崩殂。太后承扎牙篤皇帝餘意，以弟歿兄存，所以遣使迎駕，願嗣皇鑒察。」

妥歡帖睦爾仍是無言。

燕帖木兒道：「老臣歷事三朝，感承厚遇，每思扎牙篤皇帝大公無我，很是敬佩。所以命立鄜王，老臣不敢違命。此次迎立嗣王，老臣亦很是贊同。」語至此，眼睜睜地瞧著妥歡帖睦爾，不意妥歡帖睦爾仍然不答。

燕帖木兒不覺動惱，勉強忍住，復語道：「嗣皇此番入京，須要孝敬太后。自古聖王皆以孝治天下，況太后明明有子，乃甘心讓位，授與嗣皇，太后可謂至慈。嗣皇可不盡孝麼？」說至盡孝兩字，不由地聲色俱厲。那妥歡帖睦爾總是一言不發，好似木偶一般。

燕帖木兒暗嘆道：「看他並不是傀儡，如何寂不一言？莫非明宗暴崩，他已曉得我等密謀？看來此人居心很不可測。我在朝一日，總不令他得志，免得自尋苦惱呢。」乃不復再言，唯與妥歡帖睦爾並駕入都。

至妥歡帖睦爾入見太后以後，燕帖木兒又復入宮，將途次所陳的言語詳述一遍，復向太后道：「臣看嗣皇為人年齡雖稚，意見頗深，若使專政，必有一番舉動，恐於太后不利。」

太后道：「既已迎立，事難中止，凡事只由天命罷。」

燕帖木兒道：「先事防維，亦是要著。此刻且留養宮中，看他動靜如何，再行區處。且太后預政有日，廷臣並無間言，現在不如依舊辦理。但說嗣皇尚幼，朝政仍取決太后，哪個敢來反抗呢？」

太后猶豫未決。

燕帖木兒道：「老臣並非懷私，實為太后計，為天下計，總要慎重方好。」

太后淡淡地應了一聲，燕帖木兒告退。

越日，由太史密奏太后，略言迎立嗣皇，實不應立，立則天下必亂。太后似信非信，召太史面詰，答稱憑諸卜筮，於是太后亦遲疑不決。自正月至三月，國事皆由燕帖木兒主持，表面上總算稟命太后，妥歡帖睦爾留居宮中，名目上是後補皇帝，其實如沒有一般，因此神器虛懸，大位無主。燕帖木兒心尚未慊，總想擠去了他方得安心。奈一時無從發難，不得已遷延過去。

前平章政事趙世延平時與燕帖木兒很是親暱，燕帖木兒嘗以心腹相待，日相過從，至此見燕帖木兒愁眉不展，也嘗替他擔憂，因當時無法可施，只好借著花酒，為他解悶。

一日，邀燕帖木兒宴飲，並將他家眷也招了數人，一同列席。又命妻妾等亦出來相陪，男女雜遝，履舄交錯，開瓊筵以坐花，飛羽觴而醉月，任你燕帖木兒如何憂愁，至此也不覺酒入歡腸，目動神逸。四面一瞧，婦女卻也不少，有幾個是本邸眷屬，不必仔細端詳；有幾個是趙宅後房，前時也曾見過，姿貌不過中人，就使年值妙齡，畢竟無可悅目。

忽見客座右首有一麗姝，豆蔻年華，豐神獨逸，桃花面貌，色態俱佳。當醉眼模糊的時候，襯著這美色，越覺眼花繚亂，心癢難搔，便顧著趙世延道：「座偶所坐的美婦係是何人？」

世延向座右一瞧，又指語燕帖木兒道：「是否此婦？」燕帖木兒點首稱是。世延不禁微笑道：「此婦與王爺夙有關係，難道王爺未曾認識麼？」這語一出，座隅婦人已經聽著嗤嗤地笑將起來，就是列坐的賓主曉得此婦的來歷，大都為之解頤，頓時哄堂一笑。

燕帖木兒尚摸不著頭腦，徐問世延道：「你等笑我何為？」世延忍著笑道：「王爺若愛此婦，盡可送與王爺。」燕帖木兒道：「承君美意，但不知此女究竟是誰？」世延道：「王爺可瞧得仔細麼？這明明是王爺寵姬，理應朝夕相見，如何轉不認識？」

燕帖木兒聞言，復抽身高座，至少婦旁詳視一番，自己也不覺粲然，便向世延道：「我今日貪飲數杯，連小妾鴛鴦都不相識，難怪座客取笑呢。」世延道：「王爺請勿動氣，婦人小子哪裡曉得王爺苦衷。王爺為國為民，日夕勤勞，雖有姬妾多人，不過後房補數，所以到了她處，轉似未曾相識哩。」燕帖木兒也相對一笑，盡歡而罷。便挈了鴛鴦同輿，循路而歸，是夕留鴛鴦

侍寢，自在意中，毋庸細說。

只燕帖木兒憂喜交集，憂的是嗣皇即位或要追究前愆，喜的是佳麗充庭且圖眼前快樂。每日召集妃妾，列坐宴飲，到了酒酣興至，不管什麼嫌疑，就在大眾面前，隨選一婦，裸體交歡，夜間又須數人共寢。巫山十二，任他遍歷。

看官，你想酒中含毒，色上藏刀，人非金石，怎禁得這般剝削？況且殺生害命，造孽多端，相傳太平王廚內，一宴或宰十二馬，如此窮奢極欲，能夠長久享受麼？俗語說得好，銅山也有崩倒的日子，燕帖木兒權力雖隆，究竟敵不過銅山，荒淫了一二個月，漸漸身子尪瘠，老病復發，雖有參苓，也難收效。運退金失色，時衰鬼來欺。燕帖木兒從不信鬼，至此也膽小如鼠，日夜令人環侍，尚覺鬼物滿前。

一日，方扶杖出庭，徐徐散步，忽大叫一聲，暈倒地上。左右連忙扶起，舁入床中，他卻不省人事，滿口裡胡言譫語，旁人側耳細聽，皆是自陳罪狀，悔泣不休。忙從太醫使中延請了數位名手，共同診治，大眾都是搖首，勉勉強強地公擬一方，且囑王府家人道：「此方照飲，亦只可少延數日，看來精神耗盡，脈象垂絕，預備後事要緊。我等是無可為力了。」自王妃八不罕以下，俱惶急異常，俟進藥後，卻是有些應驗。

燕帖木兒溺了一次瘀血，稍覺神氣清醒，但見妃妾等環立兩旁，還有子女數人並立著，便喘吁吁地道：「我與你等要長別了。」

八不罕接著道：「王爺不要這般說。」

燕帖木兒道：「夫人，夫人，你負泰定帝，我負夫人，彼此咎由自取，尚復何言！」

八不罕不禁垂淚。燕帖木兒復道：「人生總有一死，不過我自問生平許多抱歉，近報在身，遠報在子孫。這是不易至理，悔我前未覺悟哩！」

正在訴別的時候，外面已有無數官員皆來問疾。燕帖木兒傳命請入，談了幾句，問及太傅伯顏，卻沒有來。燕帖木兒不禁嘆息道：「一生一死，乃見交情。我當初待伯顏何等的熱心，現在我病已絕望，他竟視同陌路，可見生死之交，是不容易的。」

大眾聽了無言可答，只得略略寬慰數語，辭別而出。

燕帖木兒又召其弟撒敦，兒子唐其勢、塔剌海來至病榻之前，囑咐了後事。又復長嘆道：「炎炎者滅，隆隆者絕。」說到這裡，忽然痰已壅上不能再說，剎

那之間面色驟變，雙目俱睜，口中喃喃地道：「先帝先后恕臣，臣去，臣去。」言畢而歿。

遠遠地聽得一片呼喝慘號之聲，甚是可怕，而且陰氣森森，令人毛骨竦然，不寒而慄。八不罕等一齊放聲大哭，掛孝治喪，自不用說。

那妥歡帖睦爾從靜江入京，已留宮三月之久，現在燕帖木兒既逝，無人作對，便由太后與大臣定議，奉他為君，且約定千秋萬歲之後，須傳位於燕帖古思，如武宗、仁宗的故事。諸王大臣都一齊贊成。遂於至順四年六月，赴上都即位，頒詔大赦天下，這便是元朝末了的一代皇帝。

後來明兵入京，元主棄了中原，向北遁去。明太祖以其能順天命，避位而去，特加號曰順帝。在下書中，也便依著故例，稱他為順帝了。

順帝即位之後，有了最親信的寵臣，名叫阿魯輝帖木兒，對順帝說道：「昔堯舜任四岳，成湯任伊尹，文武任太公，天下之事，皆委任宰相，才有專責，可以成功。若由皇上親自聽斷，恐負惡名。」

順帝聽了這番言詞，信為真言，乃命伯顏為太師、中書右丞相，監修國史，兼奎章閣大學士，領學士院、太史院、回回漢人司天監事。復置左丞相，命撒敦充任，且加號太傅。唐其勢為御史大夫。

燕帖木兒有個女兒，名喚答納失里。太后因燕帖木兒在日功績茂著，遂命順帝將答納失里冊立為皇后。順帝此時尚在太后權力之下，自然不敢違逆，只得奉命而行。

冊后之日，一切儀注，悉循故例。又因皇后之故，加恩母族，封撒敦為榮王，食邑盧州。唐其勢襲太平王爵位，進階金紫光祿大夫。又封伯顏為秦王，命與榮王左丞相撒敦總理百官，統治庶政。一面命大臣定議改元，以至順四年為元統元年，上扎牙篤皇帝尊謚為聖明元孝皇帝，廟號文宗。鄜王尊謚為沖聖嗣孝皇帝，廟號寧宗。唯升祔武宗皇后一事，議久未決。

武宗正后真哥沒有子嗣，明宗母亦乞烈氏，文宗母唐兀氏雖皆追尊為后，但推本窮源，總是武宗的妃嬪。太師右丞相伯顏也不能決斷此事，遂詢問群臣。

太常博士逯魯曾答道：「先朝以真哥皇后無子，不為立主，此事大謬！須知真哥皇后在武宗朝，早膺寶冊，名分久定，非文宗、明宗兩母之比。文宗、明宗兩母位列妃嬪，真哥皇后位正母儀。若以真哥皇后無子之故，將其廢黜，而以妃嬪為正，這是為人臣的敢廢先君的嫡后，為人子的私尊先君的妾媵。何以正名，

何以定分，更何以傳之後世？」

伯顏聽了此言，連連點首。

正在議論之間，恰巧集賢學士陳顥與逯魯曾意見不洽，他聽逯魯曾的議論，便出來獻議道：「唐太宗時嘗冊曹王明母為后，是古時亦有二后之制。況文宗、明宗兩母，各產英君，母以子貴，有何不可升祔呢？」

逯魯曾正色言道：「堯母慶都，為帝嚳之妃，堯未嘗以之配嚳，如今不取法於堯舜，偏要取法於唐太宗？實不可解。」

伯顏笑道：「博士之言甚當！我即以此議上聞便了。」議既定，乃以真哥皇后配享武宗，立主升祔。其時左丞相撒敦，以病辭職，順帝因眷念后族，命唐其勢代其職，凡遇中書省事，仍命撒敦會議。

唐其勢就職數日，因和伯顏會議常多不合，奏請罷職。順帝慰留再四，唐其勢堅執不允，只得仍命撒敦復任。且追贈燕帖木兒為公忠開濟弘謨同德翊運佐命功臣，儀同三司，太師中書右丞相，加封德王，諡曰忠武。其餘朝右諸臣亦加封賞。獨有奎章閣待制虞集，謝病乞休。順帝因當年赴上都時，虞集相隨而往，頗為相得，故加意慰留。無奈虞集力乞休致，只得多加賞賚。其後虞集卒於里第，順帝念著舊日情分，賜諡文靖，學者稱為邵庵先生。這是閒言，不必細表。

單說順帝元統三年，左丞相撒敦病歿，伯顏獨秉朝權，唐其勢心甚不平，嘗語其友道：「天下本是我家的天下，伯顏是何等人物，爵位竟出我上！」

此言傳入伯顏耳中，心內很不快，遂上疏請以右丞相之職讓於唐其勢。奉詔不許，只命唐其勢為左丞相，唐其勢仍是怏怏缺望。

撒敦之弟答里，曾封句容郡王，與諸王晃火帖木兒數相往來。唐其勢貽書答里，極言伯顏跋扈專權，順帝昏庸無能，應入清君側，以行廢立故事。答里得了此書，即與晃火帖木兒商酌。

晃火帖木兒本來心懷怨望，久蓄異謀，乘此機會，竟勸答里舉兵入京。答里遂覆書唐其勢，約他為內應。唐其勢得了覆書，決計發難。

郯王徹徹禿伺得逆謀，首先告密。有詔召答里入朝，答里延不遵旨。順帝密與伯顏商議，嚴為防備。到了六月晦日，唐其勢伏兵東郊，自己率領勇士突進宮門。哪知早有防備，唐其勢方入禁城，伯顏已領著完者帖木兒等，大刀闊斧掩殺過來。

唐其勢本欲出其不意，猛然襲擊，忽見有了防備，心內早就著慌；再加四面

八方俱有兵殺來，慌了手腳，匆匆地戰了數合，如何抵敵得住，手下的勇士漸漸死亡。

伯顏又下令道：「生擒唐其勢者，賞以萬金，立即升官。」衛士們得了此令，爭先立功，把唐其勢圍住。唐其勢見無路可走，只得拼命死鬥。無如手下已喪亡殆盡，剩了一人，雙拳不敵四手，竟被衛士從馬上打落下來，拴入宮中。

伯顏肅清了叛眾，引兵馳赴東郊。唐其勢之弟塔剌海，尚未知其兄被拴，領了伏兵前來迎敵。怎奈伏兵不多，被伯顏一陣廝殺，早已四散奔潰。塔剌海見勢不佳，正要逃走，被衛士一箭射下馬來，生擒活捉而去。

伯顏擒了唐其勢兄弟，入宮報告，請順帝登殿審問。順帝道：「逆謀已著，何用再問，卿可照律辦理。」伯顏即令衛士動手，將唐其勢兄弟牽出。

唐其勢攀住殿檻，朗聲說道：「陛下曾有明詔，宥臣父子孫九死，今日因何食言？」

順帝怒罵道：「誰人叫你謀逆，興兵犯闕，尚欲保全首領麼？」

衛士都來併力牽扯，唐其勢不肯放手，竟致攀折殿檻，方才牽出，斬首示眾。

塔剌海年少膽怯，竟躲避在皇后座下。皇后此時情關手足，心內不忍，率裾

遮蔽。伯顏喝令衛士從皇后座下曳了出來，親自拔劍，一揮兩段，一股鮮血直濺皇后衣裾，嚇得皇后答納失里戰戰兢兢縮做一團。

伯顏又啟奏道：「唐其勢兄弟謀逆，皇后亦應有罪，況袒蔽塔剌海，顯係黨惡，請陛下割愛正法，為後來之戒。」

順帝尚未答言，伯顏已飭衛士，扯皇后出宮。衛士不敢動手，伯顏大怒，竟走至皇后前，揪住皇后頭髮，拖落地下。皇后號泣道：「陛下救我！」

順帝至此，只嗚咽道：「汝兄弟為逆，朕也不能相救。」言猶未已，伯顏已將皇后扯出，交於衛士擁之出宮，到了開平民舍，暫令居住。

伯顏不肯甘休，令人持了鴆酒，逼勒皇后飲下而亡。逆黨敗奔答里，答里舉兵抗命。順帝遣使臣哈兒哈倫阿魯灰，賫詔招撫。答里不從，反將使臣縛住，用以祭旗。順帝又命阿弼往諭，又被殺死，乃命搠思監火兒灰、哈剌那海等領兵進討，答里只率其黨和尚剌剌等迎敵。

兩軍相遇，大戰一場，和尚剌剌等不能抵擋，相率敗走，答里亦遁，意欲往投晃火帖木兒。不料行到半路，忽然閃出一彪人馬，主將名喚阿里渾察，奉了上都差遣，前來夾攻答里。答里猝不及防，被阿里渾察一槍刺下馬來，活捉過去，

押送上都，一刀了事。

晃火帖木兒聞得內外黨羽俱已盡喪，驚得手足無措，忽報元將孛羅晃火兒不花引兵殺來，只得徵集民兵數千人，出去迎敵。無奈倉猝召集的民兵未經訓練，遇見敵人未曾交鋒先已逃走。晃火帖木兒見不是頭路，自知難免，遂服毒而亡。

其時逆黨盡平，順帝復將燕帖木兒及唐其勢引用的人員一齊黜逐。自此朝中政柄盡歸秦王伯顏一人之手。順帝遂命他獨任中書右丞相，竟與當日的燕帖木兒一般無二。

伯顏得勢之後，也就作威作福，賄賂公行，拔擢他的私人，江浙平章徹里帖木兒入為中書平章政事。這徹里帖木兒一入中書，政事一件也未舉行，居然創議停廢科舉。

第七十二回　禍事不遠

江浙平章徹里帖木兒入為中書平章政事，善政一樁也沒有施行，便首先創議停廢科舉，將學校莊田改給衛士衣糧。

你道徹里帖木兒為什麼要創議停廢科舉呢？原來他做江浙平章的時候，恰值科試之期，地方對於試官，供張甚盛，徹里帖木兒見試官如此威風，自己做了全省的主腦，領袖群僚，反沒有典試官的尊嚴，心內甚為不平，因此，一入中書，便要廢除一代的典章，以洩他的私憤。

當有御史呂恩誠等，群起非難，合疏糾彈，奏上不報，反謫呂恩誠為廣西僉

事。其餘諸人憤憤不平，一齊辭職歸休。

參政許有壬對於此舉也深為扼腕，聞得停止科舉的詔書已經繕好，不過尚未蓋璽，他忍耐不住，便至秦王伯顏邸中請謁。

伯顏接見之下，有壬遂即問道：「太師主持政柄，作育人才，奈何對於停止科舉這樣大事，也不竭力挽回？」

伯顏本與徹里帖木兒結為私黨，聽了有壬的話，不禁怒道：「科舉有何用處？臺臣前日奏劾徹里帖木兒，已行遷謫，你難道還要蹈他們的覆轍麼？」

有壬聞言，朗聲答道：「有壬受國厚恩，備位參政，但知此事有利於國，或有害於國，若無利於國，而反有害之事，雖鼎鑊在前，亦必極言無隱，不知什麼叫做覆轍！」

伯顏仍復怒言道：「前次御史三十人，參劾徹里帖木兒，想必是你授意的了。」

有壬道：「太師擢徹里帖木兒入任中書，御史三十人不畏太師，乃聽有壬指使，難道有王的權力比太師還大麼？」

伯顏聞得此言，方掀髯微笑，似乎怒意稍解。

有王又道：「科舉若罷，天下才人定多缺望。」

伯顏道：「歷來舉子多以贓敗，朝廷羅縻許多金錢，反好了一班貪官污吏，我的意思甚不為然。」

有王道：「當初科舉未行的時候，台中贓罰無數，並非盡出舉子，太師何得因噎廢食？」

伯顏道：「據我看來，舉子甚多，可以任用的人才，只有參政一人。」

有王道：「近時若張夢臣、馬伯庸等人皆可委以大任。就以擅長文字的歐陽元而論，亦非他人所及，如何說無人可以委任呢？」

伯顏道：「科舉雖停，士子欲求豐衣美食，亦能向學，何必定行科舉？」

有王道：「有志之士，其志不在溫飽。不過有了科舉，便可以此為階梯，他日立朝議政，報國抒才，皆可由此進行了。」

伯顏沉思了一會兒道：「科舉取士，實在有礙選法。以自不得不廢。」

有王道：「今通事、知印等，天下凡三千三百餘名，今歲自四月至九月，白身補官，受宣入仕，計有七十三人。若科舉定例，每歲只有三十餘人。據此復計，選法與科舉並沒有什麼妨害。況科舉之制已奉行了數十年，祖宗成法，非有

弊無利，確有證據者，不可任意廢除，還請太師明察。」

伯顏道：「箭在弦上，不得不發。此事已有定議，如何還可撤銷？參政也應原諒我的苦衷。」

有王聞得此言，無話可以再說，只得起身告辭。

伯顏送出有王，暗中想道：這個人深為可惱！他膽敢與我反對，我定要在大庭廣眾之地折辱他一番，使之知我厲害。當下默默地籌畫了一會兒，即於次日入朝面帝，請順帝將停止科舉的詔書蓋了御寶，遂將詔書帶了出來，宣召百官，提名指定許有王，要他列為班首，恭讀詔書。

有王此時尚未知是何詔書，奉了命令，便從伯顏手中接過詔敕。及至一看，卻是一道停辦科舉的詔書，其時欲讀不可，欲不讀又不能，只得勉勉強強地誦讀了一遍，始將此詔發落。

治書侍御史普化，俟其讀畢，卻望著他一笑，把個許有王羞慚得無地自容。及至退班，普化又向有王說道：「參政可謂過河拆橋了。」

有王滿面紅暈，一言不發，回至寓中稱疾不出。

你道有王為何如此慚愧？只因他與普化本是要好的朋友，當停廢科舉之議發生，曾對普化說，定要爭回此事。普化勸他道：如今伯顏當權，無可容喙，不如見機而作，做個仗馬寒蟬，免得自討苦吃。有王因一時氣憤，不以其言為然，即與普化交誓，決意要力爭此舉。現在弄到如此結果，面子上怎樣得下？因此引為奇恥大辱，只得稱疾不出了。

科舉既然停廢，伯顏又敕所在的行學貢士莊田之租，一律改給宿衛衣糧。衛士得了這一項進款，自然十分感激伯顏；唯有一班士子，不勝怨恨，但此時朝權盡在伯顏掌握，無可如何，也只得飲恨吞聲罷了。

那時天象迭呈變異，忽報熒惑犯南斗，忽報辰星犯房宿，忽報太陰犯太微垣。其餘如太白晝現，太白經天等各種變異，幾乎沒有一月沒有。順帝倒也很是關心，便召伯顏商議，如何就可消滅災異。伯顏奏道：「星象告變，與人事並無關係，陛下何用憂慮！」

順帝道：「自從我朝入主中原，壽祚延長，莫如世祖。世祖的年號乃是至元，朕思繼承祖統，現應效法世祖。現批從本年起，將年號只改為至元元年，卿意以為如何？」

伯顏道：「陛下身為天下之主，要如何便如何，區區年號，改與不改，毫無

關係，何勞垂詢。」順帝聞言，遂決意改本年為至元元年。

這事傳入諫官耳內，又不免交頭接耳，互相議論。監察御史李好文便欲上疏諫止，正在執筆起草，忽然家人報告，改元的詔書已下。好文即至御史台省索取詔書，回家觀看。只見上面寫道：

朕祇紹天明，入纂丕緒，於今三年，夙夜寅畏，罔敢怠荒。茲者，年穀順成，海宇清謐，朕方增修厥德，日以敬天恤民為務。屬太史上言：星文告儆，將朕德菲薄，有所未逮歟？天心仁愛，俾予以治，有所告戒歟？弭災有道，善政為先，更號紀元，實唯舊典。唯世祖皇帝，在位長久，天人協和，諸福咸至，祖述之志，良切朕懷，今特改元統三年，仍為至元元年。遹遵成典，誕布寬條，庶格禎祥，永綏景祚，可赦天下。

好文看罷這道詔書，禁不住啞然失笑。再回頭一看，見自己的奏稿仍在案上。墨蹟初乾，硯凹猶濕，便隨手提起筆來，寫出時弊十餘條，言比世祖時代的得失相去甚遠。結束之處，卻說陛下有志祖述，應速去時弊，方可仰承祖統，以綿久遠。

屬稿既成，又從頭至尾讀了一遍，自覺語語中肯，絕無剩義，心內十分得意，立即端楷謄寫，入呈御覽。待了數日，音響全無，大約又擱置起來了。好文愈加覺得心內氣悶，只得出去消遣一會，以去悶懷。

他和參政許有壬本是知交，遂乘著此時前去拜訪。其時有壬舊恨已經消滅，久已銷假視事，見了好文，兩下裡談起國事。

好文道：「如今改元的詔敕已下，仍舊襲用至元二字，真是從古至今未曾見過的奇事。我在數日之前，曾經拜表入呈御覽，至今未見批答，難道又留中不發了麼？」

許有壬道：「現在的朝政也太糟糕了。改元的事情還是小事哩。」

好文道：「除了這事以外，難道還有旁的事情麼？」

許有壬道：「目今又尊為崇太后，你難道還未聽見麼？」

好文道：「不錯！前次下詔，命臺臣特議尊崇之禮，我亦與議一二次。據我看來，不過加幾個為崇的字面，也就罷了，還有什麼大不了的事情呢？」

許有壬道：「有人獻議請尊皇太后為太皇太后，你難道沒有聽見麼？」

好文笑道：「這樣無稽之言如何得能邀准，只有付之一笑，任他說去，何必過問呢？」

許有壬道：「你說他是無稽之言，不能邀准，哪裡知道，宮中聞得這話很覺動聽，竟要實行哩。」

好文不禁笑道：「太皇太后乃歷代尊崇祖母的徽號，現在的太后乃是皇上的嬸母，怎麼加得上呢？」

許有壬道：「這個道理，誰不知道，無如皇上以為可行，皇太后也心喜這個稱號，自然就要見於事實了。」

好文勃然道：「這樣背理的稱謂，倘若見諸實行，豈不貽譏千古。如不諫阻，朝廷要我們臺諫有何用處？就是我們自己，也有何顏見人呢？」

許有壬道：「我也是如此設想，曾邀集臺諫商進諫議，無奈他們因諫停科舉一事，受了飭責，所以不敢再蹈覆轍，你推我諉，尚無定見。」

好文道：「公職任參政，盡可獨上一本，諫阻此舉，何必邀集臺諫呢？」

許有壬道：「我雖有此意，但恐言之無益，反招訕笑。」

好文不待言畢，已朗聲道：「俗語說得好，做一日和尚撞一日鐘，既為臣子，自應竭盡心力，若怕旁人訕笑，做了仗馬寒蟬，不但有負君上，並且有負自己了。」

有王點頭道：「君言自是有理！昨天監察御史泰不華也是如此說法，他已邀了同志數十人，合詞進諫。我也打算獨上一疏，正在屬稿，恰值臺諫光降，因此中輟。」

好文道：「這樣說來，我倒做了催租吏了。但是奏稿想已擬了不少，可以先給我瞧瞧，一開眼界麼？」

許有王道：「奏稿已經差不多了，君既要看，有何不可。」遂即起身，取出奏稿遞給好文。

好文接過細看一遍，內中有幾句警語道：

皇上與太后，母子也；若加太皇太后，則為孫矣。且今制封贈祖父母，降父母一等；蓋推恩之法，近重而遠輕。今尊皇太后為太皇太后，是推而遠之，乃反輕矣。

好文看了，連連點頭道：「這樣的奏章，原不要多說什麼，只要正名定分，使上頭明白這個道理就是了。你這幾句說得明白曉暢，遞將進去，總不致沒有挽回。」遂說遂立起身道：「我且告辭，讓你繕寫了，快快進呈。」

許有壬也不挽留，送了好文之後，即將奏疏端楷寫好，於次日拜發。監察御史泰不華果然也約了同列上章，說是祖母的徽號不當加之於嬸母。兩疏一同進去，總以為上頭必有批答，哪知停了幾日，仍如石沉大海，毫無消息。有壬至此，也只有咨嗟嘆息，無可如何。

泰不華卻頻頻地刺探消息，十分注意。這一天，正在台省辦公，忽見一個同僚匆匆而來，報告消息道：「你們還這樣安詳辦事麼？可知禍事已不遠了。」

泰不華道：「敢是為了太皇太后那一道奏章麼？」

那人道：「聞得皇太后閱了這疏，勃然大怒，意欲加罪。明天恐有旨意下來了。」

此言一出，全台譁然。與泰不華聯銜入奏的人，不免惶急起來。有幾個膽子小的，竟嚇得戰戰兢兢，都來請教泰不華，如何就可以免禍。

泰不華卻從容不迫地安慰他們道：「諸君不用惶急！此事從我而起，皇太后如果降罪，自有我一人承當，決不有累諸君。」

大家聽了這話，也就無可再說，只得惴惴不寧地聽候發落。

哪知等了一天，非但沒有罪責，內廷倒反發出金帛，分賜泰不華等一班言官。泰不華等無意中得了賞賜，倒未免驚疑起來，暗中向宮監們打聽，方知皇太后初時見了奏章，好生動怒，即欲加罪言官。到了昨日，怒氣已平，反說諫宮中有此直言敢諫之臣，恰也難得，所以發出金帛獎賞他們的。

泰不華等知道了原由，免不得拜表謝恩。但是言官雖沒有獲罪，那皇太后為太皇太后這件事情，卻如金科玉律一般，任憑如何也挽回不來。

當下由太常禮儀使草定儀制，交由禮部核定，呈入內廷。一面敕制太皇太后的玉寶玉冊，等到玉寶玉冊製成，遂恭上太皇太后尊號，稱為贊天開聖徽懿宣昭貞文慈佑儲善衍慶福元太皇太后，並詔告中外道：

欽唯太皇太后承九廟之託，啟兩朝之業，親以大寶，付之眇躬，尚依擁佑之慈，恪遵仁讓之訓，爰極尊崇之典，以昭報本之忱，用上徽稱，宣告中外。

詔旨頒發之後，太皇太后即御興聖殿，受諸王百官朝賀。

自元代開國以來，所有母后，除順宗后弘吉剌氏外，要算這一回是第二次盛舉了。太皇太后固然喜出望外，就是宮廷內外，也沒一個不踴躍歡呼，大家稱慶。慶賀既畢，特由內庫發出金銀鈔幣，分賞諸王百官，連各大臣的家眷，也都特頒賞賜。

獨有那撒里帖木兒異想天開，他竟趁了這個機會，將弟妻阿魯渾沙兒認作自己之女，冒請珠袍等物。一班御史台官得到這個證據，自然要上疏參彈，並且敘述撒里帖木兒平日嘗指斥武宗為那壁。

看官，你道「那壁」這兩個字是如何講法？原來蒙古語，「那壁」二字就是文言裡面「彼」字的意思。順帝見了這道奏章，又少不得召伯顏入內，詢問應該如何辦理。

伯顏此時因撒里帖木兒進了中書之後，不甚趨奉自己，心內很是不快，早已要驅逐他。得了這個機會，如何還肯放手，遂即奏道：「撒里帖木兒以弟妻為女兒，冒領恩賞，已犯詐欺取財之罪。平日指斥武宗，更是目無君父。兩罪俱罰，理應賜死，姑念身為大臣，加恩遠謫罷。」順帝聽了伯顏之言，遂將撒里帖木兒削職，謫罷南安。

撒里帖木兒貶謫之後，朝權盡歸伯顏一人掌握。順帝又十分寵信，隨時賞賜金寶及田地戶產，甚至累朝御服亦作為特賜的物品。伯顏也不推辭，居然拜領服用。唯奏請追尊順帝生母，算是報效順帝的忠忱。

順帝生母邁來迪出身微賤，前卷書中已經表過。這次伯顏奏請，正中順帝之懷，遂命禮部議定徽稱，追尊生母邁來迪為貞裕徽聖皇后。伯顏迎合順帝意旨，因此格外寵任，復將塔剌罕的美名賜他世襲，又敕封其弟馬扎爾台為王。

馬扎爾台前事武宗，後事仁宗，素性恭謹，與乃兄伯顏大不相同，此時已官至知樞密院事。聞得封王的恩命，連忙入朝固辭。順帝問他何意辭讓，馬扎爾台道：「臣兄已封秦王，臣不宜再受王爵，太平王故事，可為殷鑒，請陛下收回成命！」

順帝道：「卿真可謂小心翼翼了！」馬扎爾台叩謝而退。

順帝因馬扎爾台未受王爵，心內仍覺不安，又命他為太保，分樞密院徑鎮北方。馬扎爾台至此，無可再辭，只得遵旨出都。蒞任之後，輕徭薄賦，甚得

民心。

唯有伯顏怙惡不悛，馬扎爾台屢次函勸，非但置若罔聞，倒反任性橫行，變亂國法，朝野士民，莫不怨恨。廣東朱光卿與其黨石昆山、鍾大明等聚眾造反，稱大金國，改元赤苻。惠州民聶秀卿等亦舉兵相應。河南盜棒胡，又聚眾作亂，中州大震。元廷命河南左丞慶章率兵往剿，獲得旗幟宣敕金印，遣使上獻。伯顏聞報入朝，命來使呈上旗幟宣敕等物。

順帝見了問道：「他們要這些東西，意欲何為？」

伯顏奏道：「這都是漢人所為，請陛下詢問漢官。」

參政許有王正在朝班，聽得伯顏所奏之言，料他不懷好意，忙出班跪奏道：「此輩反狀昭著，陛下何必垂詢，只命前敵大臣，出力痛剿便了。」

順帝道：「卿言甚是！漢人作亂，須要漢人留意誅捕。卿是漢官，可傳朕旨，命所有漢官人等，講求誅捕的法子，切實奏呈，朕當酌行。」許有王只得口稱領旨。順帝遂即退朝。

伯顏未能進言，心內甚是不快。你道伯顏是何主意？他料定漢官必然諱言漢賊，可以從此詰責，興起大獄，以逞其意。不料此計被許有王識破，輕輕一語，直認不諱，反使他不能再說什麼，因此失意而退。

其時又有四川合州人韓法師，亦擁眾稱尊，自號南朝越王。邊境謀叛的急報日有所聞，元廷只得嚴飭諸路督捕，才得漸漸蕩平。各路連章奏捷，並報明誅獲叛民的姓氏。伯顏有意與漢人作對，便將所報叛民的姓氏，一一檢查。查得各路所報誅獲的叛民，以張王劉李趙五姓之人為最多，他又借此為由，興風作浪，竟奏請朝廷道：

「臣查得叛民姓氏，以張王劉李趙五姓之人最居多數，料必這五姓之人，都是生成叛逆之性，梟獍之心，唯有下旨，命各路大臣搜集五姓之人，盡行誅戮，免貽遺孽，而杜後患。」

這言一出，在廷之臣無不驚詫。

第七十三回　大義滅親

伯顏檢查各路所報叛民姓氏，以張王劉李趙五姓最居多數。他欲趁此機會殺戮漢人，遂奏請順帝，將這五姓之人不論老幼良賤，一概誅戮，以免後患。

在廷諸臣聞得此言，人人驚詫，明知他借此為由殺戮漢人，但懼他威勢，不敢多言。況且在廷大臣如許有王，諫官如李好文等，又因身為漢族，欲避嫌疑，更加不敢開口。其餘諸王大臣皆是蒙族，巴不得將漢人斬盡殺絕，方才快意，誰肯出頭諫阻？所以伯顏這個主意很是歹毒。

不料天心偏偏眷顧漢族，不肯使無辜之人橫遭屠殺。那終日昏昏的順帝，居

然會明白起來，聞得伯顏奏請，搖頭說道：「卿言未免太覺過分，那張王劉李趙五姓之人，亦有良莠，安見五姓之中盡是叛逆呢？如何可以一概誅戮！」於是伯顏之計又不能行，只得負氣而退。

時光迅速，一轉眼已是至元四年，順帝駕幸上都，剛至八里塘，天色驟變，忽然雨雹，大者似拳，且具種種怪狀，有如人形的，有如環玦的，有如獅、象的，官民人等不勝驚異，謠諑紛紜。沒有多時，障州的李志甫，袁州的周子旺，相繼作亂，騷擾了好幾個月。元廷動了許多兵馬，耗了無數錢糧，相力剿捕，總算平靖，謠言始得略息。

順帝又歸功於伯顏，命在涿州、汴梁兩地建立生祠，晉封大丞相，加元德上輔功臣的美號，賜七寶玉書龍虎金符。伯顏受了寵命，愈加驕横，收集諸衛精兵，命私黨燕者不花為統領，每事必須稟命伯顏。伯顏偶出，侍從無數，街衢為滿，順帝的儀衛倒反日見零落。因此天下只知有伯顏，不知有順帝。

順帝見他如此恣肆，心內雖然不悅，但因朝政兵權盡在他一人掌握，滿朝臣子都是他的羽黨，所以把寵眷的心思，漸漸變做畏懼了。

又值伯顏因郯王徹徹禿深得順帝信任，遇事常和自己反對，遂恨之入骨，竟誣奏徹徹禿隱蓄異圖，請加誅戮。順帝暗想道：「從前唐其勢等謀逆，徹徹禿首先舉發，那時尚不與逆黨勾接，此時豈有謀逆之理？莫非伯顏和他不睦，捏詞誣奏麼？」遂將原奏留中不發。

伯顏不見批答，次日又入朝當面呈奏，請順帝降旨，收捕郯王。順帝淡淡地答道：「事關謀逆，必須有確實證據，始可降罷，否則何以服人？」伯顏便捕風捉影，捏造出許多證據來。

順帝只是默然不答，伯顏忿忿而出。順帝以為他掃興回去，便不再加注意。哪知伯顏退朝，竟密令羽黨假傳聖旨，至郯王府中，把郯王徹徹禿捆綁出來，即行斬首。又詐傳帝令，令宣讓王、威順王兩人即日出都，不准停留。

及至順帝聞得信息，殺的已是殺了，去的已是去了，不由得心中發起火來，要想加罪伯顏，立正典刑。無如順帝此時毫無勢力，竟成孤立，欲思發作，又恐萬一有變，帝位亦不能保，只得暫時容忍，徐圖對付。

順帝正在欲發不能，欲忍不得，進退兩難之時，卻驚動了一位大人物，要秉著赤膽忠心，扶助順帝，掃除權奸。

你道此人是誰？便是伯顏的侄兒，名喚脫脫。

這脫脫乃是馬扎爾台的長子，當唐其勢作亂，脫脫曾躬與討逆，以功進官，累升至金紫光祿大夫。伯顏欲使之入備宿衛，偵伺順帝的起居動作。嗣恐專用私親，致於物議，乃以知樞密院汪家奴、翰林院承旨沙剌班和脫脫同入宿衛。

脫脫初時每有所聞必報伯顏，後來見伯顏所為，竟是權奸的舉動，心下不免憂慮起來。其時馬扎爾台還沒出鎮，脫脫密稟道：「伯父攬權自恣，驕縱日甚，萬一干了天子之怒，猝加重譴，吾族就不能保全了，豈不危險麼？」

馬扎爾台道：「我也深以此事為慮！但是屢次進諫，均不見從，如何是好？」

脫脫道：「凡事總要預先防備，方有退步。伯父如此行為，我們難道和他同盡麼？」

馬扎爾台點頭稱是。

及至馬扎爾台奉旨北行，脫脫見伯顏更加驕橫，心內不勝惶急，暗暗想道：「外面的人，不是伯父的仇家，便是伯父的私黨，沒有可以商議大事的。只有幼年的業師吳直方和我氣誼相投，為人也甚是剛正，何不去同他一商呢？」當下密造師門。

直方接見之下，脫脫將自己的事情密密稟告，求他指教。直方慨然言道：

「古人有言，大義滅親。你只宜為國盡忠，不可顧及私親。」

脫脫聞了這兩句話，心思方定，便拜謝道：「願奉師命，不敢有貳。」遂即辭歸。

一日，侍立順帝左右，見帝愁眉不展，遂自陳忘家報國的志願。順帝因其為伯顏胞侄，不敢遽信，便令阿魯、世傑班兩個心腹之臣，暗偵脫脫的為人。兩人奉了帝命，常常的和脫脫混在一處，故作知交，互相往來。每每的談及忠義之事和報答國家的厚恩、今上的知遇，脫脫總是披肝瀝膽，直言無隱，甚至涕泣唏吁，甚願亡身殉國，決不顧及私親，說得兩人不勝欽佩，便密報順帝，說脫脫的為人甚有忠心，竟可倚仗他誅滅權奸。

到了郯王被殺，宣讓、威順二王被逐，順帝欲思發作，又不敢冒昧從事，只有日坐內廷，仰天長嘆。此時早驚動了脫脫，他便跪伏帝前，請為分憂。

順帝嘆息道：「卿雖秉著一片忠忱，但此事不便使卿預聞。」

脫脫道：「臣入侍陛下，此身已經非自己所有，何況其他。陛下如有差遣，雖粉骨碎身，亦所不辭。」

順帝道：「此事關乎卿之家庭，卿能為朕效力麼？」

脫脫道：「臣幼讀詩書，頗知大義，毀家謀國，臣何敢辭！」

順帝聞言，遂把伯顏跋扈的情形帶泣帶說地述了一遍。脫脫聽了，也禁不住代為泣下，遂啟奏道：「臣當竭力設法，以報國恩。」順帝欣然點首。

脫脫出宮，又往吳直方處稟告此事，請其指教。直方道：「此事關係非輕，宗社安危，全在於斯，你奏對的時候，可有他人在旁？」

脫脫道：「只有兩人，一個是阿魯，一個是脫脫木兒，皆是皇上的心腹，諒必不致洩漏秘密。」

直方道：「你伯父權勢薰天，滿朝中皆其私黨。這兩人若圖富貴，洩了秘密，不但你性命難保，恐怕皇上也有不測之禍了。」

脫脫聞言，不免露出惶急之狀。

直方道：「幸而時候未久，想還不致洩漏。我現有一計，可以挽回。」脫脫大喜，急問計將安出。

直方附耳說道：「你可如此如此。」

脫脫得了妙計，欣然而出，匆匆地邀請阿魯、脫脫木兒兩人來到家中，治酒張樂，殷勤款待，自晝至夜，不令出外，自己卻設詞離座，去找到了世傑班，議定伏甲朝門，等候伯顏入朝，便將他拿下問罪。當下密戒衛士，嚴稽出入，俟曉而發。

脫脫佈置歸來，天尚未明，伯顏已命人來召，脫脫不敢不去。見面之下，伯顏已嚴詰道：「宮門內外何故驟然加兵？」

脫脫聞言，心內大驚，忙鎮定神思，徐徐答道：「宮廷乃天子所居，稍有玩忽，關係甚大，不得不小心防衛。況現在盜賊四起，難保不潛入京城，所以預為戒備。」

伯顏又斥道：「你何故不先報我？」

脫脫惶恐謝罪，退將出來，逆料事難速成，又去通知世傑班，叫他從緩。果然伯顏動了疑心，次日入朝，帶了許多衛卒排列朝門，作為保衛，及至退朝，又上章請順帝出獵柳林。

其時脫脫回至家中，已和阿魯、脫脫木兒結為兄弟，誓必協力報國，禍福相共。結盟剛罷，宮中有內侍前來宣召。脫脫便與兩人一同進宮。順帝將伯顏的奏章遞與觀看。

脫脫奏道：「陛下不宜出獵，此奏還是留中不發的好。」

順帝道：「朕意亦復與卿相同，但伯顏圖朕之心日益彰著，卿等應為朕設法嚴防。」正在說著，內侍又送上伯顏催請聖駕出獵的奏章。

順帝看了，便向脫脫道：「伯顏又來催促了，如何是好？」

脫脫道：「陛下何不假稱有疾，命太子代行呢？」

順帝道：「此言甚是！卿可為朕草詔，明晨頒旨。」

脫脫奉命草罷詔書，呈與順帝看了，蓋過御寶，次日發出。

脫脫等三人，這夜住在宮中，與順帝密密商議除卻伯顏的計策。伯顏次日接到詔書，暗自想道：命太子代行，事甚可疑，莫非暗中有什麼詭計麼？但詔書中命大丞相保護，又不便違旨不去，遂默默地籌思半晌，竟想出一計，道：「我何不乘著出獵的機會，挾了太子，號召各路兵馬入關，廢了今上，擁立太子呢？」

主張既定，點齊了衛士，請太子啟行，簇擁而去。

看官，這太子又是何人？原來就是文宗次子燕帖古思，當順帝即位之時，奉了太后懿旨，他日要傳位於燕帖古思，所以立為太子。

這邊伯顏奉太子出都，那邊脫脫等昨夜已商議定妥，聽得伯顏率眾出城，即吊取京城鑰鎖，派親信的人布列五門，貪夜奉順帝居玉德殿，召省院大臣先後入見，令至城外待命。一面遣都指揮月可察兒授以秘計，率領三十騎，至柳林取太子還都，又召翰林院楊瑀、范匯入宮草詔，詳敘伯顏罪狀，貶為河南行省左丞相，命平章政事只兒瓦歹賫往柳林。脫脫戎裝佩劍，率領衛士巡城。

等到諸人出京，便關了城門，登陴以俟。說時遲，那時快，不到多時，月可察兒已奉太子回京，傳著暗號，脫脫遂開城放入，仍將城門關閉。

那柳林離京不過數十里路，只須半日即可往返，月可察兒自二更啟程，疾馳至柳林，還在夜半。太子的左右早由脫脫派定心腹之人作為內應，所以與月可察兒見面，不待詳言，即領他入內，攙了太子一同進京。

伯顏此時還在睡夢之中，哪裡得知。到得五更已過，伯顏一覺睡醒，方有侍衛來報，太子已奏召還都，急得不住頓足。

正在這個當兒，只兒瓦歹又復到來，宣讀詔書。伯顏還仗著勢力，竟不奉詔，帶了衛士出帳上馬，一口氣趕至京城。其時天色已明，門猶未啟，只見脫脫戎裝佩劍，從容不迫端坐城上。遂即厲聲喝令開門。

脫脫起身答道：「皇上有旨，只黜丞相一人，其餘從官一概無罪，可各歸本衛，不得有違，自取罪戾。」

伯顏道：「我即便有罪，奉旨黜逐，也須陛辭，為何竟不放入城呢？」

脫脫道：「聖命如此，不敢違逆，請即自便。」

伯顏道：「你不是我侄兒脫脫麼？幼年時候我把你視同己子，今日因何這樣忘恩負義？」

脫脫道：「為宗社計，只能遵守大義，不能顧及私親；況伯父此行正可以保全宗族，不至和太平王一樣禍遭滅門，已是萬幸了。」

伯顏尚欲有言，不意脫脫已下城而去，返顧隨從，早散去了大半。此時已是無法可施，只得策馬南行。道經真定，人民見了，都指著他說道：「這是大丞相伯顏也有今日的下場麼？可謂皇天有眼了。」

有幾個誠厚純樸的老人，見他十分狼狽，反將怨恨之意易為憐憫之心，奉壺觴以解饑渴。

伯顏溫言撫慰，詢問他們道：「你們曾聽得有逆子害父的事情麼？」

老人答道：「小民等生長鄉間，僻處一隅，只聞得逆臣逼君，並不聞逆子害父。」

伯顏被他們這一駁，不免良心發現，俯首懷慚，遂與眾老人告別南行。途中又接到廷寄，說是伯顏罪重罰輕，應即安置於南恩州陽春縣。那南恩州遠在嶺表，煙瘴薰蒸，伯顏是養尊處優的人，哪裡禁得住這樣苦楚。他也明知是條死路，但又不甘自盡，只得今日挨，明日宕，行到江西隆興驛，得了一病，臥在土炕上面，不得動彈。那驛官又是個勢利小人，見他病到如此模樣，非但不加憐恤，反倒冷嘲熱諷，時時奚落，把個伯顏活活氣死。

伯顏貶死之後，順帝即召馬扎爾台入京，命為太師右丞相，脫脫知樞密院事，其餘如阿魯、世傑班、脫脫木兒等，俱加封賞。復加封馬扎爾台為忠王，賜號答剌罕。馬扎爾台堅辭不拜，且稱疾乞休。御史奏請宣示天下，以勸廉讓，得旨允從。遂下詔命馬扎爾台以太師就第，授脫脫為右丞相，錄軍國重事。

脫脫入相，悉更伯顏舊政，復科舉取士之法，昭雪郯王徹徹禿冤枉，召還宣讓、威順二王，使居舊邸。又弛馬禁，減鹽額，捐宿逋，益續開經筵，慎選儒臣進講，中外翕然，稱為賢相。

但是順帝是個優柔寡斷的君主，每喜偏聽近侍的言語。當伯顏專政的時候，順帝無權，內廷侍候諸臣唯知趨奉伯顏，每日在順帝駕前，陳說伯顏的忠誠，因此順帝深信伯顏，專任不疑。及至伯顏貶死，近侍諸人又改變了舉動，專門逢迎

順帝。恰值太子燕帖古思不服順帝的教訓，順帝心內未免不悅，近臣即乘隙而入，都說燕帖古思的壞話，且奏稱燕帖古思為今上之弟，不應立為太子。

順帝因礙著太皇太后的面子，不便貿然廢儲，所以猶疑不定。誰知近臣們搖唇鼓舌，朝夕慫恿，並且把太皇太后已過之事，及文宗在日的情形，也一箍腦兒搬將出來，還加上了許多捕風捉影之言，說得順帝不由不信。

但順帝雖然信了近臣的言語，終因太皇太后內外保護，方得嗣位，意欲宣召脫脫與他解決這重大問題。

近臣恐怕脫脫入宮，打破他們已成之舉，便啟奏道：「此乃陛下家事，須由宸衷獨斷，何用相臣參議？況太皇太后離間骨肉，罪惡尤為重大。便是這太皇太后的徽號，也是從古及今所罕有的，名分具在，豈有以嬸母為祖母的道理。陛下若不明正其罪，天下後世將以陛下為何主？」

順帝被這一激，遂不加思索，立命近臣繕詔，突行頒發，削除太皇太后的徽號，安置東安州。燕帖古思姑念當日年幼無知，放逐高麗。

這詔書頒發下來，廷臣大嘩，公推脫脫入朝，請順帝取消成命。脫脫馳入內廷，當面諫阻。順帝道：「你為國家而逐伯父，朕也為國家而逐嬸母，伯父可逐，嬸母難道就不可逐麼？」

這兩句話說得脫脫張口結舌，無詞可答，只得將太皇太后的私恩提出陳奏。無奈順帝置之不理，脫脫無法，只得退出。

眾大臣見脫脫諫阻也不見聽，他人更不待言了，只得將一腔熱忱比作冰冷。那太皇太后卜答失里又沒有什麼勢力，好似廟中的泥像一般，任人如何搬弄。當下由順帝的左右，口稱奉了旨意，逼著出宮。太皇太后束手無策，只有對著燕帖古思，母子二人失聲痛哭。

那些趨炎附勢的小人，見了這般模樣，非但沒有憐恤之心，倒反惡言催逼。太皇太后由悲生怨，一面哭泣，一面說道：「我不立自己的兒子，讓他為君，今日之下他反如此待我，天理何在？良心何在？我沒有別法，只有到朝堂上面，當著眾大臣，評一評這個道理，然後觸階自盡，使這昏君蒙個千古不孝之名。」說著，便向外面奔去。

第七十四回　千秋遺恨

太皇太后被逼不過，不覺由悲生忿，竟欲奔向朝堂，對著眾大臣哭訴順帝的罪惡。那些奉命而來的近臣，如何肯由她前去，當即一擁而上，硬生生地把太皇太后和燕帖古思拖入預備下的車子，推出宮來，任他母子如何哭喊，也不理睬。及至出了宮門，又硬生生地扯開他母子，逼著兩人分道而行。那種淒慘的情形，真是目不忍睹。

恰值御史崔敬由此經過，見了這般形狀，大為不忍，急急趨入台署，索取紙筆，繕疏入諫，這疏遞入仍舊沒有批答。太皇太后母子遂無法挽回，只得悲

啼就道。

太后到了東安州，滿目淒涼，舊日侍女也大半散去，只有老嫗兩三人在旁侍候，還是呼應不靈，直把個太后氣得肝膽俱裂，遂即氣成一病。臨歿時，哭著說道：「我不聽太平王之言，弄到如此結果，悔已遲了！」說到這裡，又倚定床欄，向東呼道：「我兒！我已死了，你被譴東去，從此以後，母子再無見面之日了。」說到這裡，已痰喘交作，不能出聲。遷延了一會，雙腳一頓，遽爾長逝。

太后死後，自有東安州的官吏呈報元廷，這且不去提他。

單說燕帖古思被押解官押著東行，那押解官名叫月闊察兒，乃是個極蠻橫兇暴的人物。燕帖古思年紀尚幼，離開了母親，已經哭得半死。月闊察兒聞得啼聲，便加威嚇。

兒童的性情，最喜的是撫慰，最怕的是罵詈，當他啼哭之際，你若好言勸慰，自可止住啼哭。倘若加以打罵，他便哭得格外厲害。燕帖古思更比常人不同，他自幼便做太子，嬌養已慣，說一句話，做一件事，從來無人敢違拗他。如今遇到月闊察兒不是痛詈，便是毒打，如何禁受得住？因此不多幾時，已被月闊察兒折磨而死。

燕帖古思既死，月闊察兒將他的屍體瘞在道旁，遣人進京報告，說是燕帖古思染病身亡。順帝本來巴望他早日亡故，得了此報，正中下懷，只說：「知道了」三字，也不去追究他染的什麼疾病以致身死。從此文宗圖帖睦爾的後嗣已無孑遺了。

順帝既逼死了太后母子，餘怒猶是未平，又命帖帖木兒將文宗的神主撤出宗廟。當文宗在日所置的官屬，如太禧、宗禋等院，及奎章閣、藝文監，也一齊革除。翰林學士承旨巎巎，見順帝遷怒至此，便上章諫道：「人民積產千金，尚設家塾以訓子弟，豈堂堂天朝，並一學房亦不能容，未免貽譏中外。」

順帝覽奏，只得將奎章閣改為宣文閣，藝文監改為崇文監，其餘悉行裁撤。一面追尊明宗為順天立道睿文智武大聖孝皇帝。

到了年底，又要除舊佈新，下詔改元，即由百官會議，將至元年號改作至正，以至元七年為至正元年。自此以後，順帝乾綱獨奮，內無母后監察，外無權臣專擅，所有政務皆可以為所欲為。初時倒還知道勵精圖治，興學任賢，重用脫脫，大修文治，特詔修遼、金、宋三史，以脫脫為都總裁官，中書平章政事鐵木塔識、中書右丞太平、御史中丞張起岩、翰林學士歐陽玄、侍御史呂思誠、翰林

侍講學士揭傒斯為總裁官。

當初世祖的時候，曾經設立國史院，命王鶚修遼、金二史，宋亡之後，又命史臣通修三史。到了仁宗、文宗時候，也屢次下詔修輯，均無成績。此時脫脫既奉旨意，便督率各官搜集遺書，披閱討論，日夜不息。又以歐陽玄擅長文藝，所有的發凡起例、論贊表奏等類，都歸他一人屬稿。先修遼史、後修宋、金二史，三史成後，中外均無異言。

脫脫又請修至正條格，頒示天下，亦得旨允行。順帝常常駕臨宣文閣，脫脫奏請道：「陛下臨御以來，天下無事，宜留心聖學，近聞左右暗中諫阻，難道經史果然不足觀麼？如不足觀，當初世祖在日，何必以是教裕皇呢？」

順帝聞言，連聲稱善。脫脫即在秘書監中，取出裕宗所受書籍，進呈大內。又保舉處士完者、圖執理哈琅、杜本、董立、李孝光、張樞等人。有旨宣召完者、圖執理哈琅、董立、李孝光奉召至闕。遂以完者、圖執理哈琅為翰林待制，董立為修撰，李孝光為著作郎。唯杜本隱居清江，張樞隱居金華，固辭不就。

順帝聞得二人不肯就徵，極為讚嘆。未幾，罷右丞相帖木兒不花，改任別兒怯不花。與脫脫不和，遇事互相反對，相持年餘。

脫脫因患羸疾，上疏辭職。順帝不允，脫脫堅辭，上疏至十七次。順帝遂召見脫脫，問他退休之後，何人可以繼位。脫脫推舉阿魯圖。

那阿魯圖乃是世祖時功臣博爾朮的第四世孫，曾知樞密院事，襲封廣平王，食邑安豐，賞賚巨萬，皆辭不受，因此頗著清名。脫脫退休，阿魯圖就職，任右丞相。順帝念脫脫之功，加封鄭王，歸第養疾。但是遼、金、宋三史尚未告竣，阿魯圖又因未曾讀書，不肯任總裁官之職。順帝只得仍命脫脫扶病與聞纂修史事，所以遼、金、宋三史賴以告成。

到了至正五年，阿魯圖等以三史告成，進呈御覽。順帝道：「史即成書，關係甚重，前代君主的善惡，無不備錄。行善的君主，朕當取法；作惡的君主，朕當鑒戒。這乃朕所應為的事情。但書史亦不止儆勸人君，其間兼錄入臣之所行所為，忠奸賢否，莫不畢載。卿等亦宜擇善而從。倘朕有所未及，卿等不妨直言，毋得隱蔽。」

阿魯圖等頓首奉命，口稱領旨而出。

時翰林學士承旨巙巙卒於京師，順帝聞訃，諮嗟不已。巙巙幼入國學，博及群書，曾受業於許衡，備聞正心誠意、治國修身的要義。順帝初即位的時候，曾

充經筵講官，常勸順帝就學。帝欲以師禮事之，固辭不敢。

一日，順帝欲觀圖畫，乘機以比干剖心圖進，並詳述商紂無道，以致亡國的原因。順帝聽了，很為動心。又一日，順帝偶玩宋徽宗圖畫，極口稱揚，巙進言道：「徽宗多能，只有一事不能。」

順帝問是何事，答道：「不能為君。陛下試思，徽宗若能為君，何致國亡家破，為虜於金。可見人君身居九五之尊，第一要能盡君道，圖畫末節，何必精擅。所以除了君道以外，不必留意。」

順帝聽了，為之竦然。

到了至正四年，出任江浙平章政事。過了一年，又以翰林承旨召還。其時適值中書平章缺員，近臣有所保薦。順帝道：「平章之缺，已得賢人，不日即可抵京任事矣。」近臣聞言，知帝意在巙，遂不敢瀆請。

哪裡知道，巙到京即構熱疾，不過七日便歿，身後景況蕭條，竟至無以為殮。順帝特賜賻銀五錠，得方藉以購備衣衾棺木，草草入殮。順帝聞得他如此清寒，乃命有司取出罪布，代償所負官錢，並予諡文忠。這且不必表他。

單說左丞相別兒怯不花因與脫脫有隙，一意要想誣害。雖然脫脫已經辭職家居，他還不肯就此甘休，因思自己與右丞相阿魯圖同秉國鈞，若欲加害脫脫，必須先將阿魯圖打通，兩人串連一氣，方可下手，因此竭意交歡。萬事均順其意，彼此往來，極其親暱，有時隨駕出幸，兩人亦復同車而行。朝野之人見了如此情形，都額手相慶，以為二相和洽無間，可望承平。

哪知別兒怯不花的交結阿魯圖，完全要想陷害脫脫。及至相處既久，以為阿魯圖已入牢籠，少不得把自己的意思吐露出來，請阿魯圖幫忙。

不料阿魯圖一聞其言，大不為然，即正色言道：「誰人為官沒有退休的時候，何苦如此傾軋？」

這一句話說得別兒怯不花面紅耳赤，無言而散。當即示意臺諫，教他們彈劾阿魯圖。

阿魯圖聞得臺諫彈劾，立即上疏辭職，連夜出城，以示決心。親友們聞信挽留，阿魯圖笑道：「我蒙國恩，王爵尚得世襲不替，區區相位，何足貪戀？前次就職，因主上之命不敢有回。現在臺諫既不能容，正可借此退休。況御史台乃世祖所設立，我若抗御史，即是抗世祖，如何使得？」

他的主張這樣決絕，就是順帝也挽回不來，只得准其乞退。遂擢別兒怯不花

為右丞相，所遺左丞相一缺，任用了鐵木兒塔識。

別兒怯不花做了右丞相，大權到手，便一意與脫脫作對，屢次獨入內廷陳說脫脫的過失。順帝初時尚疑信參半。別兒怯不花又說脫脫之父馬扎爾台佯稱歸第養病，暗中結黨營私。因此順帝為他所動，遂下詔安置馬扎爾台於西寧州。

馬扎爾台奉到詔書，立即登程。脫脫不忍老父暮年，犯此萬里風霜，但是君要臣死，不敢不死，何況區區遣謫呢，只得上疏哀求與父同行，以便沿途侍奉，得旨允行，乃與馬扎爾台收拾動身。

那馬扎爾台年已衰邁，龍鍾不堪，連行路也需人扶持。幸得脫脫隨行，左右扶持，寸步不離，方能安抵西寧。

哪知別兒怯不花聞得脫脫父子安抵西寧，途中甚是平穩，他心內還不如意，又暗令台省各官上書告變，說馬扎爾台父子謀為不軌。順帝此時已經昏迷，也不問事情確實與否，即下詔徙馬扎爾台於西域撒思地方。那撒思乃是著名的寒苦之地，謫往那裡的人，十無一返。馬扎爾台父子奉到詔命，又不敢有違，只得遵旨登程，幸而行至中途，又有旨意召回甘州，免其遠戍。

看官，你道別兒怯不花立意要置脫父子於死地，因何又有恩命免其遠戍呢？

這不是做書的隨筆亂寫，出乎返乎麼？哪裡知道其中卻有個原因在內。是什麼原因呢？

只為別兒怯不花的官運很是不好，自他執政以後，河決地震的變異時時發生。河南、山東又復盜賊蜂起：江淮一帶地方，又有許多暴徒四出劫掠。湖廣的傜亂更是十分厲害。就有幾個剛正不阿的御史奏參宰相不得其人，因此天災迭至，禍亂頻仍。別兒怯不花屢經彈劾，雖然面皮甚厚，也有些不安於心，只得入朝辭職。順帝乃命他以太師就第。

御史大夫亦憐真班，趁著這個機會，奏稱脫脫有功於國，馬扎爾台亦謙退可風，奈何謫戍遠惡之地？順帝覽奏，亦稍稍覺悟，遂有召回甘州之命。但馬扎爾台年紀已老，冒了風霜，受了辛苦，及至甘州，已是病劇。脫脫衣不解帶，晝夜服侍，年邁之人如油盡之燈一般，哪裡還能挽回？不上幾天，已是一命嗚呼。

脫脫遭此大故，呼天搶地，深恨朝右佞臣，恨不得把這班小人一一處死，方出胸中之氣。恰值別兒怯不花又遭御史參劾，謫戍東海，患病而亡；左丞相鐵木兒塔識也歿於任所，順帝遂以朵兒只為右丞相，太平為左丞相。

朵兒只乃世祖時開國功臣木華黎六世孫，即故丞相拜住從弟。初時為御史大

夫，因鐵木兒塔識病歿，升任左丞相，調為右丞相。他為人性情寬簡，遇事頗識大體。那太平本來姓賀，名唯一，至正四年任中書平章政事，六年，超拜御史大夫。元朝制度，自世祖以來，即重蒙人而輕漢族，凡省院台三省正官，非國姓不得受任。唯一援例固辭，順帝不許，特賜國姓，改名太平。

太平和脫脫父子本來沒甚交誼，因聞馬扎爾台身死甘州，不得返葬，動了兔死狐悲之念，遂入內面奏道：「脫脫為國盡忠，大義滅親，今其父病歿不許歸喪，恐灰忠臣義士之心，望陛下念其從前微勳，特恩赦還，以作忠義之氣，而鼓為善者之心。」

順帝聞奏，尚在躊躇不決。太平遽然道：「陛下難道忘了雲州之事，忍令脫脫淪落在外，老死異鄉，永不使有還朝之日麼？」

順帝聞得此言，矍然答道：「非卿言，朕幾忘之！脫脫的行事，真是忠臣。卿可傳朕諭旨，詔令還朝。」太平謝恩而出。

看官，你道太平提及雲州一事，因何順帝便肯赦回脫脫？這雲州一事究竟是何故事，竟能動得順帝之心呢？不但看官們疑惑，就是著書的也覺過於疏忽了，怎麼突然提出這件事，令人疑心呢？

只因著書的只有一枝筆，說不來兩處話，雲州的事情，前書無暇敘述，以致看官們摸不著頭，現在既已提起，自然要補敘明白。

第七十五回　奇皇后

太平所說的雲州之事，乃是脫脫援救皇子的一段故事，所以能感動順帝之心，脫脫又怎樣在雲州援救皇子呢？

原來至元元年，順帝的皇后欽察氏荅納失里，因兄弟謀逆，被伯顏鴆死在民舍，順帝即改立弘吉剌氏為皇后，弘吉剌氏名伯顏忽都，乃真哥皇后之侄孫女，父名孛羅帖木兒，受封毓德王。

后既冊立，即生一子，旋即夭亡。初時徽政院使禿滿迭兒曾獻高麗女子奇氏入宮。那奇氏名叫完者忽都，生得品貌美麗，妖嬈動人。初入宮時專司飲料，因

此日侍順帝左右，更兼善伺帝意，一舉一動皆能承順無失。順帝見她秀外慧中，已合聖心，再加了奇氏的做作百般妖媚，見了順帝，便眉目傳情，暗中勾引，把順帝的欲念牽惹起來，竟在傳遞茶湯的當兒，成就了好事。

不料此事為皇后欽察氏所知，動了醋意，竟宣召奇氏，大加斥辱。及至欽察氏被鴆，順帝便欲立奇氏為后，恰因大丞相伯顏不贊成奇氏，硬行諫阻，只得改變宗旨，立弘吉剌氏為后，弘吉剌氏與欽察氏大不相同，秉性順善，度量寬宏，絕不與奇氏爭夕，因此奇氏仍得專寵。偏生時來福湊，洪運當道，居然生下一子，取名愛猷識理達臘。

奇氏生了皇子，更得順帝歡心，未免因寵生驕，因驕成妒，除了皇后弘吉剌氏度量寬宏，沒有什麼嫌怨，內廷如太皇太后母子，朝廷如大丞相伯顏，均視眼中之釘一般，常在順帝面前說長道短，講他們的壞話；所以太皇太后母子被逐，伯顏被黜，那些出於意外的事情，時常有得發生出來。

奇氏逐了太后母子，黜了伯顏，心願已遂，又慢慢地轉念到皇后身上。便與嬖臣沙剌班暗暗商議，意欲廢了皇后，自己正位中宮，卻因弘吉剌氏待自己很有恩德，不忍下此毒手，沙剌班想出一個計較道：「先代皇后，每朝均有數人，此時娘娘已生育皇子，援著舊例，奏請一本，乃是名正言順的事情，更有何人敢生異議？」

奇氏大喜，即依此言上奏，果然得了順帝的許可，以奇氏為第二皇后。當即詔下冊立，行禮之時，奇氏居然象服委佗，安居興聖西宮。

轉眼之間，皇子愛猷識理達臘已經漸漸長大，順帝愛母及子，常令隨侍左右，凡有巡幸，亦命皇子同行。

其時脫脫正為右丞相，順帝甚是信任，脫脫得以出入內廷，順帝曾令皇子拜之為師，脫脫受命之後，對於皇子的一舉一動，格外注意。有時皇子常駕臨脫脫家內，一住數日，遇著疾病，脫脫親為煎藥，先嘗後進。

一日，順帝攜了皇子駕幸上都，脫脫亦扈隨聖駕，逋出雲州，猝遇烈風暴雨，山水大至。車馬人畜，多被漂沒。順帝只顧逃命，哪裡還能照料皇子，急急地登山避水。脫脫見順帝棄了皇子自行脫身，慌忙涉水而行，來到御輦之旁，背負皇子，跣著雙足，奔上山來。

順帝待登山之後，方才憶及皇子，心內正在著急，深虞皇子為水所淹，必遭不測。忽見脫脫負了皇子涉水登山，好似半天上落下異寶一般，亟趨前抱下皇

子，並撫慰脫脫道：「卿為朕子，勤勞若此，朕必不忘今日之舉。」脫脫唯有頓首謝恩。

誰知過了兩年，順帝竟把此事完全忘卻，聽了別兒怯不花的讒言，將脫脫父子遣謫遠方，連馬扎爾台身歿之後也不得還葬。太平目睹此事，深覺不平，所以特在順帝駕前提出雲州之事。順帝被他一語，陡然憶及，也悔自己失言，所以命太平傳諭，令脫脫扶柩還朝。脫脫既還京師，安葬其父已畢，又復拜表謝恩。順帝命為太子太傅，綜理東宮事務。

脫脫奉命後，因思此次蒙恩赦還，必然有人在暗中保奏，不可不調查實在，密圖報答。恰值侍御史哈麻前來拜訪，脫脫接入，談及年餘闊別，並及此次還朝的事情。哈麻便將保奏的事情，平空攬在自己身上，說是在順帝面前如何營救，如何保奏，因此順帝方才心動，敕令還朝安葬父親。

看官，你道哈麻是何等人物？原來他乃寧宗乳母之子，父名圖嚕，受封冀國公。哈麻與母弟雪雪同入宿衛，深得順帝寵信。因哈麻的口才極為便捷，故比較雪雪尤為順帝所嬖幸，累次超遷，得任殿中侍御史。當脫脫任首相的時候，哈麻時相過從，極意趨奉。及脫脫隨父謫戍，哈麻雖略略在御前代他緩頰，並未十分出力。如今見了脫脫，竟將保奏的功勞攬在他一人身上，說得脫脫十分感激，誓必圖報。及至哈麻去後，脫脫還連聲稱讚，說他是當今第一個好人。獨有太平，暗中救了脫脫，卻絕口不提一字，所以脫脫全然不知。

適值太平因哈麻在宮引導順帝為淫樂之事，深不為然，遂與御史大夫韓嘉納商議，意欲驅逐哈麻。韓嘉納亦甚贊成此舉，便命監察御史沃呼海壽彈劾哈麻，歷訴罪狀。第一款是在御幄後僭設帳房，犯上不敬；第二款是出入明宗妃子脫忽思宮闈，越分無禮。還有私受饋遺，妄作威福等。種種條款均列入奏中，預備拜發。

哪知事機不密，已為哈麻先悉，他便探至順帝駕前哭訴，說是太平、韓嘉納有意誣陷，唆使沃呼海壽參彈自己，乞解臣職，以謝二人。順帝聞言絕不明瞭，只說並沒奏章參劾，你何用如此著急。哈麻道：「海壽已繕成奏章，明日就要上呈御覽了。」順帝本來寵任哈麻，見他含淚哭訴，口口聲聲要請罷職，只得溫言撫慰，令他休要著急，明日海壽如有奏章，決不批准。哈麻得了此言，方才叩首謝恩。

到得此日，海壽果然遞上奏疏，順帝還沒瞧畢，便擲在案上，悻悻退朝。海

壽碰了一鼻子灰，只得去與太平、韓嘉納商議。

太平不禁氣憤起來，道：「有太平，無哈麻；有哈麻，無太平。明日待我入朝面奏當今。」

次日太平陛見，當著御前歷數哈麻兄弟盤踞宫禁，權傾中外的罪狀。

順帝答道：「哈麻罪狀當不至此。」

太平道：「歷代以來的奸臣，若非顯行謀逆，必定獻媚貢諛，外面看去很愛君上，內中實是罔上欺君。齊桓公寵用三豎，以致亂國；宋徽宗信任六賊，遂以蒙塵；哈麻兄弟，不啻三豎六賊，望陛下勿為所惑，亟行黜逐，國家幸甚！宗社幸甚！」

順帝聽了，嘿然不答。

韓嘉納又出班奏道：「太平所請，關係國家興亡，幸陛下採納施行。」

順帝艴然道：「卿等如何量窄至此，竟不肯容哈麻兄弟！」

韓嘉納頓首道：「臣非為一身計，實為天下國家計。如哈麻兄弟的欺君罔上若不斥逐，將來必受其禍。陛下若立斥哈麻兄弟，臣亦甘心受罪，以謝哈麻。」

帝尚是不悅。

太平又復奏道：「陛下若用哈麻兄弟，臣願辭職歸田。」順帝道：「朕知道了，卿勿多言！」說罷，拂袖退朝。

哈麻此時已聞得消息，又入宮奏道：「太平、韓嘉納必不容臣兄弟在朝，還請陛下黜臣，以謝二人。」

順帝被他們兩下一鬧，不覺鬧上火來，決計將兩下裡一齊斥逐，便命侍臣擬了兩道詔書：一道是免哈麻兄弟官職，出居草地；一道是罷左丞相太平為翰林學士承旨，出御史大夫韓嘉納為江浙行省平章政章，沃呼海壽謫為陝西廉訪副使。

詔書既下，朵兒只也就不能安於其位，自乞退休。順帝見其所請，命他出鎮遼陽，仍任脫脫為右丞相，並管理端本堂事務。

這端本堂乃是皇子讀書之所，順帝曾命李好文充任諭德，歸暘為贊善，教導皇子，開堂授書。脫脫此時又復掌握大權，尊榮無比。

哈麻被黜之後，聞得脫脫復任相位，便故意前去辭行，並訴說太平攻擊自己的情形。脫脫聽了他一面之詞，也不勝代為扼腕，遂勸慰他道：「你雖暫時被黜，有我在朝，決不至永久羈滯。此時且出外居住數日，倘有機會，我當在御前保奏，請勿憂慮！」

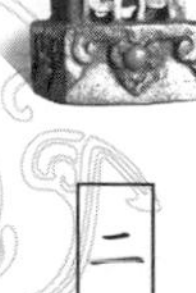

哈麻聞言，知道目的已達，遂即叩謝而去。

脫脫將當中書的官吏，一一加以考核，查得參政孔立等，均由太平薦拔，竟不問賢否，一一加以黜退，改用烏古、孫良楨、龔伯遂、汝中伯等為僚屬。汝中柏原任左司郎中，素與太平有隙，此時乘機進見脫脫，力言太平罪惡，並稱太平之子也先忽都僭娶宗女，勾結諸王，覬覦要職等情。脫脫信了讒言，遂即回邸，草疏參劾太平。

奏已草就，正待拜發，適為其母蘇國夫人所見，當即正色言道：「我聞太平甚賢，為相之日所行悉係善政，臣民無不感頌。免相以後，朝野均為呼冤，你奈何參彈賢人呢？」

脫脫道：「此是左司郎中汝中柏所言，想必調查確實，並無虛偽。」

蘇國夫人艴然道：「你如何聽信旁人之言遽爾彈劾？安知汝中柏非與太平有隙，捏造一番言語來欺誑你，以為借刀殺人之計麼？」

脫脫聞言，默默無語。

蘇國夫人又道：「無論此事是真是假，太平總是賢人，盡可由旁人去參他，你卻不可去做這事。況太平與你無怨無恨，你何必去加害於他？」

脫脫受了責備，還在遲疑不決。蘇國夫人不禁怒道：「你如不聽我言，從此以後莫再認為母子。」

脫脫本來甚孝其母，今見老母發怒，如何還敢有違，忙跪下連稱不敢。蘇國夫人遂即取過案上的奏稿，撕得粉碎。因此一場彈劾案，得以瓦解冰消。

不料太平、韓嘉納等晦氣當頭，脫脫雖沒有糾彈他們，朝廷又降嚴旨，削奪沃呼海壽官職，流韓嘉納於尼嚕罕，放太平歸里。太平奉了詔敕，絕不逗留，束裝起行。故吏田復，深恐朝廷還要降罪，勸他自盡，保全宗族。太平答道：「我本無罪，理應聽天由命，若無故自裁，反似畏罪而死，死亦蒙羞。」遂即仆被出都，徑回原籍。

韓嘉納生性耿直，受了誣屈，心內已經十分難過，又被仇人誣奏贓罪，加杖一百，然後謫戍。途中歷盡苦楚，棒瘡又復潰爛，未抵戍所，即便身死。

但是太平既未遭脫脫的彈劾，為何朝廷有這樣的嚴譴，並且牽連韓嘉納、沃呼海壽呢？原來此事的發生，完全出於脫忽思皇后。

這脫忽思皇后乃是明宗的妃子，順帝的庶母。順帝嗣位之後，推尊脫忽思為皇后。沃呼海壽糾劾哈麻，曾說他出入脫忽思宮闈，越分無禮。這一款被脫忽思皇后聞知，如何禁受得住？況自哈麻遣謫，撇下了脫忽思皇后獨自一人，孤孤淒淒耐盡了青燈長夜、風清月冷的滋味，更加懷恨無已，遂即入見順帝，說沃呼海壽受了太平、韓嘉納兩人的指使，平白地含血噴人，誣衊自己，若不加以洗雪，還有何顏可以見人。一面說著，一面哭著。順帝見她這般情形，深為可憐，即下嚴旨，治太平等罪，以致有這樣的事情發生出來。

太平既去，順帝仍復信用脫脫，授職為右丞相，其弟也先帖木兒亦升授御史大夫，兄弟兩人並居要津，顯赫無比，滿朝臣子無不前來迎合意旨。

其時中統至元等鈔幣流行日久，偽鈔甚多，小民受累，不堪言喻。脫脫目擊流弊，意欲改革舊制，更立新鈔。吏部尚書偰哲篤建議更造至正交鈔，以鈔為母，以錢為子。脫脫乃集台省兩院共議可否。諸人直唯唯諾諾，無所可否。

獨有國子祭酒呂思誠道：「錢為本，鈔為輔，母子並行，乃是定理。如何可以倒置？且人民皆喜藏錢，不喜藏鈔，若增新幣，必至鈔愈多，錢愈少，下之則病民，上之則病國，其弊何可勝言！」

偰哲篤辯駁道：「至元鈔，偽幣太多，人民受害無窮，更造新鈔，正所以便民，如何反說是病民呢？」

思誠道：「至元鈔何嘗是偽，乃是奸人牟利仿造，所以偽鈔日多。公試想舊鈔流行了如許時候，人民均已熟識，尚有偽鈔攙雜，一旦更行新鈔，人未及認識，無從辨別真假，偽鈔更易攙雜，豈非為奸人推廣作偽的途徑麼？」

偰哲篤道：「錢鈔並行，便可無此弊病了。」

思誠作色言道：「錢鈔並行，不論輕重，何者為母？何者為子？公不明財政，徒逞一己私意，搖唇鼓舌，取媚大臣，迎合宰執，如何使得？」

偰哲篤被他說著毛病，羞慚滿面，勉強轉問道：「你休出口傷人，任意誣衊。我且問你，既不贊成更造新鈔，卻有何法可以弭患？」

呂思誠道：「我無他法，只有三個大字。」

偰哲篤道：「是哪三個字？」

思誠大聲道：「行不得！行不得！」

脫脫見兩人爭執不已，便出為解勸，但說容待緩議，思誠方始退出。

脫脫之弟也先帖木兒道：「呂祭酒的議論，未嘗沒有是處。但在廟堂之上，厲聲疾色，太覺失體了。」

脫脫聞言，連連點頭。

那些臺諫最是善瞧顏色，他們見脫脫深善也先帖木兒的言語，又要借此迎合脫脫之意，遂於會議散後，連夜草成奏章，次日遞進，糾劾呂思誠狂妄任性，在廟堂會議之地厲聲疾色，全無大臣體制，應請明正其罪，以儆效尤，而維體制。

這疏上去，有旨遷思誠為湖廣行省左丞，竟用偰哲篤之議，更造至正新鈔，頒行天下。就這一來，鈔愈多，錢愈少，物價飛騰，昂至十倍，所在郡縣，皆以物品互相交易，公私所積的鈔幣，一律壅滯，幣制大壞，國用益困。

那鈔幣之害，已經使朝廷人民交受其困了，偏生還有大事發生出來，使元廷竟因此事的發生，以致亡國之禍。你道是什麼事情如此厲害？並非別事，就是人人知道的黃河。

其時黃河屢次決口，延及濟南、河間，大為民害。脫脫又召集群臣，會議治河之法。眾大臣紛紛議論，莫衷一是。

工部郎中賈魯方才授職都水監，探察河道，留意要害。他便建議道：「欲弭黃河之患，必須塞北疏南，使復故道。」

眾大臣對於水利都茫無頭緒，聽了賈魯的議論，不明瞭如何是塞北，如何是疏南，黃河的故道在於何處，應該要多大的工程，才能恢復從前的故道，所以你望著我，我望著你，一齊默默無言。

脫脫見眾大臣束手無策，只有賈魯一人滔滔汩汩，議論不窮，並且他新授了都水監，考察河道必有經驗，所說的話當可施行。遂令賈魯估算，約需若干經費，要興多大工程，才能塞北疏南，復歸故道。賈魯奉命，核算了回報道：「欲使河流合併淮水，從故道出海，工程甚為浩大。現在約略計算，至少需用兵民二十萬人，方可動工。興工之後，更須增加民伕，此時尚難預定，必至臨時，始能估計。」

脫脫聽得工程如此浩大，倒也不免吃驚。

第七十六回　白蓮教

脫脫聞賈魯估計治河的工程約需民伕二十萬人，心下不免吃驚。但脫脫的為人，頗有百折不回的毅力，他心內已贊成了賈魯的議論，雖然覺得工程浩大，也不肯因此中止，遂命工部尚書成遵、大司農禿魯先行視河，核實報聞。

成遵等奉命出京，南下山東，西入河南，沿途履勘，悉心規劃，所有地勢的高低，河道的曲折，水量的淺深，都一齊測量準確，探聽明白，然後繪圖列說，相偕回京。先至相府，謁見脫脫。脫脫正在懸心河工，聞得他們視河已返，立即延見，詢問視河情形。

成遵劈口便道：「黃河的故道，決不可復；賈郎中的議論，萬不可行。」脫脫問是何故，成遵即將圖說呈上。脫脫接過看了一遍，置於桌上，淡淡地說道：「你們沿途辛苦，且請回去休息，明日至中書省核議便了。」兩人起身辭去。

次日赴中書省，脫脫與賈魯已在那裡，其餘如台省兩院的大臣也先後到來。人已齊集，遂即開議。成遵與賈魯兩人意見不同，彼此互相辯論，不免爭執起來。

台省兩院的大臣，未曾身歷其境，平日又不留意於治河的事情，所以見兩人爭執不已，只好兩眼瞧著，兩耳聽著，不便多言。

自辰至午，賈魯和成遵兩人尚是爭議未決。便由各官解勸，散坐就膳。膳罷，又重行開議，仍是互相反對，格格不入。

脫脫遂向成遵道：「賈郎中的計畫，使黃河復行故道，可以一勞永逸，公何故如此反對？」

成遵答道：「黃河故道，可復興否，現今尚不暇議及。但就國計民生而言，府庫日虛，司農仰屋，倘若再興大工，財政益加支絀。即如山東一帶，連年荒歉，人民困苦，已達極點，大工一興，須調集二十萬民伕，如此騷擾，百姓怎樣支持得住？必致鋌而走險，禍變紛起，比較現今黃河之患，還恐加重了。」

脫脫聞言，勃然變色道：「你這番話說，不是疑惑人民要造反麼？」

成遵道：「如果必欲使黃河復行故道，興動大工，此等事情，唯恐難免。」

諸大臣見成遵一味執拗，語言之間竟與丞相鬥起嘴來，深恐互相爭執，有失體制，忙將成遵勸將開去。

脫脫餘怒未息，向眾官說道：「主上視民如傷，為大臣者，理應代主分憂。河流湍急，最不易治，若再遷延下去，將來為患更大。譬如人患疾病，不去延醫診治，一日一日地遷延下去，必致病入膏肓，不可救藥。黃河為中國的大病，我要將它治癒，偏生有人出頭硬行反對，不知是何居心？」

眾官齊聲答道：「丞相秉國鈞，無論何事應憑鈞裁，何用顧慮。」

脫脫道：「我看賈郎中才大心細，所言黃河復歸故道之策，目前雖覺工程浩大，但能辦理得法，河患即可永除，免得枝枝節節，時慮崩潰。我意任他治河，當可奏功。」

眾官齊聲贊成，賈魯卻上前固辭。脫脫道：「此事非君不辦，明日我當入朝奏聞主上。」說罷，起身回去，眾官亦陸續而散。

次日入朝，成遵亦至，有幾個參政大臣與成遵交誼密切，暗中關照他道：「丞相已決計用賈友恆治河，公可不必多言。」

原來賈魯，號叫友恆，這幾個參政，昨日也與會議，聽得脫脫曾言今日入朝奏聞順帝，保薦賈魯治河，深恐成遵又要出頭攔阻，所以秘密地關照他，免得觸怒脫脫，至招禍患。

成遵聽了他們的話，卻作色言道：「吾頭可斷，吾議不可更易。承蒙諸君關愛，我心甚為感激！」正在說著，順帝已經升座，隨班朝見。脫脫即奏言，賈魯才可大用，令其治河，必奏大功。順帝聞奏，便宣賈魯，賈魯奏對稱旨，便命退朝候旨，成遵此時不便多言，只得嘿嘿而退。

過了一日，上諭下來，罷成遵之職，出為河間監運使，升任賈魯為工部尚書，並充總治河防使，進秩二品，頒賜銀章，發大河南北兵民十七萬，令歸節制，聽憑便宜行事。

原來脫脫退朝之後，早已將賈魯的計畫秘密地奏知順帝，並言成遵執拗成性，才具短絀，遠不及賈魯的議論明暢，精擅工程之學。順帝聽了脫脫的密奏，所以有此詔敕。成遵奉了旨意，即將原職交卸，出京就任。

賈魯受職，對於治河一事，倒也盡心竭力，不敢稍懈。當日離京就道。到了山東，一面徵集工役，一面巡視堤防，規劃工程，某處派萬人修繕，某處派萬人增築，一律主張障塞，不令氾濫。從山東而入河南，由黃陵岡起，南連白茅，直至黃固哈只等口，見有淤塞的地方，便浚之使通，遇有曲折的地方，又導之使直，隨地派工，鍬錘並施。又自黃陵岡西至楊青村，在北加防，以行塞北河之策；在南開浚，以行開南河之議，共計修治的地段，有二百八十里有奇。

這位賈尚書，終日裡奔波跋涉，僕僕道途；到了夜間，還要估工考績，閱簿稽財，真個是耐勞耐苦，辛勤異常。朝中雖派了中書右丞玉樞虎兒吐華、知樞密院黑廝前來幫助，以分其勞，無如兩人毫不經心，一味袖手旁觀，絕不過問，一切事情，都要賈魯主持。

自至正十一年四月內起手動工，七月內疏鑿完竣，八月內決水故河，九月內可通舟楫，至十一月內諸堤一齊築成，黃河已復故道，南匯淮水，東流入海。當即以治河告竣入奏。順帝大為稱賞，一面遣使祭河，一面召賈魯還朝。賈魯奉召來京，順帝親加慰勞，升授集賢大學士。又因脫脫薦賢有功，賜號答剌罕，其餘

跟隨賈魯治河的官員，也一一升賞有差，又命翰林學士承旨歐陽玄製河平碑，稱揚脫脫與賈魯治河的勞績。

朝廷上面方才鋪張揚厲，頌功稱德，哪裡知道河流雖平，兵災已起，元朝的命脈，竟從此喪盡無遺。你道兵災自何而起？

原來竟在治河的一個小小謠言上發生起來，應了成遵恐有變故的言語，豈不奇怪！

在下說到這裡，便有看官詰問道：「是什麼謠言有如此力量，能使元朝一百數十年的江山，斷送在謠言上面？」

在下經此一問，微微笑道：看官莫要小覷了謠言，它的力量頗為巨大。當初陳勝的篝火狐鳴，竟可以一舉而亡秦呢；現在元代開河的謠言，論其內容，也和陳勝的篝火狐鳴一般作用，所以作起來，甚是厲害。

但是在下說那謠言，已經講了一大篇話，還沒說出那謠言的根由來，無怪看官們要詰問了。原在至正十年的時候，賈魯還沒有建議開河，河南、河北已有兩句童謠道：「石人一隻眼，挑動黃河天下反。」這兩句童謠在大河南北，沸沸揚揚，凡是小兒，莫不口中唱著。

當時的人聽了這兩句童謠，也不以為意。便是有幾個留心讖語的人，聞得這個謠言，心內雖然一動，但是黃河好端端的，風平浪靜，誰又來挑動呢？因此這兩句謠言，黃河南北的兒童雖是到處歌唱，竟沒有人能夠解說這兩句謠言的意義。

直到賈魯奉旨治河，塞北疏南，鍬鋤齊施，晝夜動工，方才有人明白「挑動黃河」四個字的意義。但是那「天下反」和上句的「石人一隻眼」，又是什麼意思呢？非但無人能夠解說，就是能解說的人，因為「天下反」三個字遭著當時的忌諱，也不敢去研究解釋。

哪知賈魯治河，疏浚到黃陵岡地方，有個工人一鋤下去，幾乎將手中所執的鐵鋤也碰飛了。這工人覺得很是奇怪，疑心下面有什麼珍寶在內，所以這片土地較他處尤為堅牢。當下兩臂攢勁，狠命發掘，竟掘出一個石人來。雕琢雖不精工，但是身體四肢一切俱全，獨有面上的眼睛只有一隻，好像在那裡啟視一般。

這工人掘了出來，不禁口中喊道：「石人！石人！一隻眼！一隻眼！」他這一喊，早驚動了旁的工人，一齊圍攏來觀看。便你言我語，說是謠言有「石人

一隻眼」的話說，現在果然掘了一隻眼的石人來，豈非怪事麼？

那工人頭兒因眾人紛紛議論，不敢隱瞞，只得去稟告賈魯。賈魯聞報，親來驗看，不覺也暗暗稱奇，只是絲毫不動聲色，吩咐工役舉起鍬鋤，擊得粉碎。在賈魯心內，以為石人雖然應著童謠，如今將它擊碎，滅了形跡，就可無事了。

他擊碎石人之後，便去趕他的工程，早把這件事情丟在九霄雲外，連做夢也想不起來。不料眾工人自從掘出石人之後，大家以為奇事，早已你講我說，一傳十，十傳百，黃河南北竟沒有一人不知道這件事了。

偏生潁州地方發生了一件勒逼充工的事來，竟借著謠言鼓動人心，大起兵禍。

原來賈魯奉命治河，上諭有發大河南北兵民十七萬，歸其節制的命令。這十七萬兵民一時如何齊集得起來。又因工程緊急，不能略延，賈魯著令地方官限期召募。地方官奉到命令，便遣胥役四出召集。

這修黃河乃是極辛苦的事情，誰人肯來應募做工？況兼山東、河南連年荒歉，老弱之人已填溝壑。強壯之人早已流徙在外，如何召集得起？地方官沒有法想，只得行起輸丁之法，命胥役挨戶輸派，不論貧富貴賤，依照他家中的人丁派遣工役。

胥役們奉到這個命令，真是發財的機會到了，便揀有錢的人家，捏報進去。譬如這家是有錢的，因怕派去充工，少不得花了錢財，運動胥吏。胥吏得了費用，他家中明明的有三丁，或是四丁，也只填一丁兩丁。沒有用錢的人家，其實只有三四個丁口，他偏報稱有七個丁口，或是八個丁口。地方官都是昏昏懂懂，不肯留心細查的人居多；因此胥吏們報了數目，就照數派遣，直弄得那些富戶們叫苦連天，只得想了法子，去運動胥吏，避免工役。

其時潁州地方，有個富戶姓韓，名喚山童，本是欒城人氏，他的父親和祖父都是白蓮會的領袖，借著燒香惑眾，畫符治病，到處開堂授徒，斂取錢財。傳到山童，已經三代，所以家中的錢糧穀帛堆積如山，要算潁州地方數一數二的大富豪。

到了山童手裡，他的手段更滑，志願更大，將白蓮會的會字，改為教字，範圍愈加擴大，勢力格外雄厚，便在山東、直隸等省，分設白蓮教，各派心腹頭目去充任教主，收取徒眾。河南、河北殆由山童自己親任教主，作為總教。

他手下最信任的頭目名叫劉福通，其餘次一等的，又是杜遵道、羅文素、盛文郁、王顯忠、韓咬兒等，都是年方強壯，富有膂力的人物。山童招聚了這些亡

命之徒，本意要想驚天動地的做一番事業，所以在各省分立白蓮教，專門迷惑那些愚民。

劉福通又出了個主意，叫韓山童詭造一部《白蓮經》，說是天下將要大亂，山童乃是彌勒佛降世，下凡來救護人民的，無論男女，只要信仰白蓮教，就可免卻水火刀兵之厄。那些無知愚民，居然被他哄動，爭先入教。山童見人民大家信仰，久想起事，無奈沒有機會，只得暫時忍耐。

這日聞得元廷命賈魯治河，要塞北疏南，使黃河復返故道，竟有發大河南北兵民十七萬的上諭下來，山童不禁拊髀嘆道：「天下從此多事了！」

過了幾時，又聞得有照丁派工之命，不覺暗中喜道：我欲舉事，正愁沒有機會，現在有這樣的事情，必然逼得百姓們人人嗟嘆，個個怨恨！我正可利用此時收拾人心，發動起來，但是機會雖至，我卻如何下手呢？

正在獨自沉吟，沒有計較，恰巧劉福通從山東趕來，一見山童便道：「總教的機緣來了，如何還不趕速進行呢？」

山童道：「我想大舉，又想不出大舉的法兒來，因此尚在遲疑。」

劉福通附著山童之耳說道：「大河南北不是有兩句童謠，說是『石人一隻眼，挑動黃河天下反』麼？當初解說不出這個意義，哪知卻應在此時！我們何不如此如此，做作一番，效那陳勝亡秦的故智呢！」

山童聞言大喜道：「此計甚妙！想必天欲亡元，所以在數年之前，便發生了這個童謠，原來還是替我做機會的。」當下商議既定，便派了幾個心腹教友，前去秘密進行。

不到幾日，便沸沸揚揚地各處傳說道：「賈尚書開河，開至黃陵岡，忽然掘出一個石人，只有一隻眼，果然應了從前的童謠，天下想必要反了。」

這話一傳揚出去，便有那些受了胥吏勒逼，損失了錢財的富戶，和那怕去充當工人的貧民，一齊附和說道：「朝廷這樣地無道，官吏這樣地貪污，小民被逼不過，也只有謀反的一條路，可以救護自己的身家性命。可惜沒有英雄豪傑，像漢高祖、唐太宗這樣的人！如果有這樣的人，我們就跟他造反，又有何妨呢？」

山童聽得百姓們有這般話說，遂又進行他的第二步計畫，命各處的教友四下揚言，說總教韓山童是宋徽宗的後裔，當為中國之主，胡元佔據了我們漢族的江山，已有一百年了，其數運將終，仍要宋朝的後裔出來，方能救民於水火之中，

而登之祚席之上。

這一席話傳揚開去，又觸動了百姓思念故宋之心，都盼望宋朝的後裔早些出頭，好使天下太平，共用幸福。山童默察人心，知道時機已熟，使暗中部勒教下，將平日積聚的盔甲、兵器、錢糧一一取出，頒發於各教友，頓時豎起紅旗，乘夜撲入潁州。

那潁州的官吏一些消息也沒有，還在睡夢之中，早被山童部下的亡命之徒一擁入署，糊裡糊塗地送了性命。山童得了潁州，遂即以劉福通為平北大元帥，羅文素為左丞相，盛文郁為右丞相，杜遵道、王顯忠、韓咬兒等為將軍，乘勝而進，將河南地方攻陷了十餘處，聲勢大振。

不料山童在河南一經起事，那徐州的李二，蘄水的徐壽輝，也就乘機響應，頓時覺得天下大勢，岌岌可危。

你道這李二、徐壽輝又是何等人物，如何跟隨山童接踵而起呢？

原來李二綽號芝麻李，本是個無賴子弟，平時專以燒香焚符，愚惑眾民，也和韓山童一樣的舉動，聯結了私黨趙均用、彭早住等，暗謀不軌。山童舉事之後，有信去約他起事，好使元廷照顧不來。李二便乘機而起，攻陷徐州，作為巢穴。

那徐壽輝乃羅田人氏，本來經營商業，生得狀貌魁梧，異於常人。一日販賣布匹經過黃州，適遇一個和尚，名叫瑩玉，善能相面，他碰見壽輝，便說是大貴之相，將來必為九五之尊。壽輝聞言，心上大動，遂暗中結納江湖豪傑，如鄒普勝、倪文俊等一班人，欲圖大舉，聞得韓山童在潁州造反，遂與黨人攻取蘄水、黃州，所有部下皆以紅巾抹額，當時稱為紅巾賊。這三處叛亂一時並起，把個順帝弄得手足無措。

第七十七回　演揲兒法

順帝接到三處叛變的報告，急得手足無措，忙召脫脫入朝，商議平定亂事之策。脫脫奏道：「中州乃全國腹心，現在紅巾賊擾亂恰在中州，真乃心腹之患，必須先發大兵，剿滅寇盜，肅清心腹之患，然後依次討平餘寇。」

順帝道：「各處皆來告急，豈能應付中州一處，其餘都置之不問麼？」

脫脫答道：「各地本來皆有守將，陛下何不降敕，命他們分道赴援，俟中州平定之後，其餘的寇盜，自然冰消瓦解，不足為患了。」

順帝道：「依卿之議，中州一路，誰人可為統帥呢？」

脫脫道：「擇帥任將，理宜出自聖裁，臣何敢妄自奏請。」

順帝道：「朕聞卿弟也先帖木兒頗有才名，何不命他前去討賊呢？」

脫脫道：「陛下欲命臣弟前往，安敢有違，但須添一臂助，始可放心。」

順帝道：「命衛王寬徹哥與卿弟偕往，如何？」

脫脫道：「聖上睿鑒，定必不謬。」當下計議已定，遂命御史大夫也先帖木兒知樞密院事，與衛王寬徹哥率領諸衛兵十餘萬，往討河南寇盜。一面頒下詔書，命各路守將分頭就近剿撫。

也先帖木兒奉了旨意，立即會同了衛王寬徹哥調齊人馬，即行出都。這也先帖木兒本來是個矜才使氣的人物，現在做了元帥，掌了大權，更加趾高氣揚，看得那些寇盜，不過是小丑跳樑，只要自己的人馬一到，不難立刻削平。當時率領兵馬到了上蔡，城池已被賊將韓咬兒所佔據。也先帖木兒便命三軍在城下紮營，準備器具，連夜攻城。

韓咬兒見元兵來攻，慌忙守禦，哪知元兵似蜂蟻一般紛紛而來。韓咬兒一時未曾防備，那上蔡城又復城卑池淺，寇眾又只有千餘人，自然抵敵不過元兵，只得開了城門，落荒逃走。元兵一鼓擁入城內，上蔡城池居然唾手而得。也先帖木兒見得了城池，心中大喜，連夜報捷。順帝得報，降旨獎賞，頒賜鈔幣數千錠。

也先帖木兒得此功勞，更加驕傲，非但虐待部下兵將，就是同來的衛王寬徹哥，他也不放在眼內，看他同傀儡一般，諸事都不和他商議。所以大營裡面，自衛王起以至小卒，並沒一人敬服他。只因奉了朝廷敕命，一時不便解散，無可如何，隨著他前進。

那劉福通得了韓咬兒的敗報，連忙分派死黨，嚴守要隘，阻住元兵。也先帖木兒部下雖有十餘萬人馬，一齊離心離德，任憑也先帖木兒怎樣嚴厲，盡皆觀望不前，不肯出力。

也先帖木兒無可如何，只得逗留不進。哪知劉福通見也先帖木兒如此無用，他一面阻住元兵，一面卻派遣黨羽，四出騷擾，甚是猖獗。就是芝麻李等也相率橫行，莫可如何。

其中最厲害的要推徐壽輝，他佔據蘄水之後，居然自稱皇帝，僭號天完國，改元治平，以鄒普勝為太師，出江西，攻陷饒州、信州，另遣部將丁普郎溯江而上，連奪漢陽、興國、武昌諸城。威順王寬徹普化與湖廣平章政事和尚，棄城而逃。賊兵轉陷沔陽，推官俞述祖被擒，罵賊殉難。又陷安陸府，知府丑驢陣亡。

徐壽輝又命別將歐祥等，寇九江，沿江之兵聞風宵遁。江州總管李黼，傳檄兵民與賊兵血戰數次，水陸獲勝，旋因附近城堡多被陷落，寇眾四集城下，平章禿堅不花又縋城潛逃，中外援絕，城已垂破，李黼猶力捍數日，及至賊已攻入東門，尚復手刃數十人，與從子秉昭一同死節。江州失守，袁州、瑞州等處相繼被陷，警報如雪片一般飛報元廷。

順帝又召集廷臣，商議平寇方略，脫脫與廷臣議定，責成各路統帥率兵恢復，以觀後效。共發出六路大軍，一齊進取。哪知分派才定，方國珍兄弟既降之後，又復叛亂，浙東道宣慰使都元帥泰不華竟至戰歿，只得命江浙左丞答車納失里前往征討。

原來國珍入海攻掠沿海州郡，官兵皆不戰自潰。元廷派大司農達什帖木兒南下黃岩，招令投降，國珍居然奉命，攜二萬眾及其兩弟羅拜道旁，達什帖木兒大喜過望，即授以官職，國珍兄弟謝恩歡躍而去。

浙東宣慰使泰不華逆料國珍狡詐，夜訪達什帖木兒，遽令壯士襲殺國珍。達什帖木兒非但不從其議，且斥泰不華違詔喜功，其計遂不果行。等到達什帖木兒回都覆命，國珍果然重率羽黨入海剽掠。泰不華命義士王大用往諭，被國珍所羈，另遣戚黨陳仲達報聞，如約願降。

泰不華遂率部下數十人，偕仲達乘舟，張受降旗。乘潮前進，舟觸沙不能行，忽國珍飛舟而來，回視仲達，目動氣索。泰不華知有異謀，即手誅仲達，與國珍搏戰。國珍船中伏兵齊起，泰不華奪刃亂斫，揮殺四五人，賊眾攢槊前刺，泰不華身受數十創，鮮血直噴，兀立不仆。事聞於朝，追封魏國公，謚忠介。命左丞答納失里率兵進討，又下詔命各路統帥便宜行事。

哪知詔書才下，也先帖木兒所統的人馬，以統禦無方，忽然潰散，幾不成軍，也先帖木兒從沙河退駐朱仙鎮。

急報到來，元廷不勝驚惶。西台御史范文聯合劉希曾等十二人，彈劾也先帖木兒喪師辱國，請申國法。中台御史周伯琦，反劾范文等越俎言事，釣名沽譽。順帝居然納了伯琦之奏，斥責范文等十二人，各降職為郡判官。又加罪西台御史大夫朵爾只班，說他授意屬官，好為傾軋，外徙為湖廣平章政事。

朵爾只班經此一氣，遂嘔血而亡。因此盈廷人士都相視以目，不敢開言。脫脫也知自己所為不合人望，默念各路叛賊均有重兵進討，唯徐州李二聲勢浩大，決意親自出征，遂入朝面陳。順帝下詔，命以答剌罕太傅右丞相，總制各路軍

馬，爵賞誅戮，悉聽便宜行事。並命知樞密院事咬咬，中書平章政事搠思監，也可札魯忽赤福壽，相隨脫脫出師。

脫脫臨行，薦舉哈麻兄弟可以召用。順帝自然准奏，立召哈麻為中書右丞，雪雪為同知樞密院事，兩人奉了詔命，星夜入京往相府拜謝脫脫。脫脫以國事相托，叫二人盡職效忠。兩人唯唯應命。

脫脫率領大軍渡河而南。那些群盜如何是他的對手，聞得脫脫丞相親征，早已股栗，一經接仗，便紛紛潰逃。脫脫克復徐州，芝麻李帶了黨羽，殺條血路，逃奔濠州而去。捷報進京，順帝大悅，立遣平章政事普化，頒賞至軍，加封脫脫為太師，賞給上等珠衣白玉寶鞍。

脫脫因徐州雖定，東南地方盜起如毛，漕運困難，因請朝廷設立大司農，自領大司農事，分巡各屬，西至西山，東至遷民鎮，南至保定河間，北至檀順州，引導水利，立法耕種。不過半年，居然黍稷芃芃，積滿京倉，不憂匱乏。

順帝見中州已平，糧儲充足，不免起了驕盈之念，便將脫脫召回京師，將一切國政委他處理，自己日居宮中，恣意酒色。

哈麻兄弟乘此機會獻媚貢諛，竟至無所不為。原來哈麻兄弟自得脫脫保薦，起復重用，適值順帝厭煩國事、尋樂解憂之時，哈麻便引進一個番僧，日侍左右。這個番僧，生得碧眼虬髯，相貌魁梧，據他自言，曾在西番受過歡喜佛之戒，傳受得這一演揲兒法，真乃災靈非凡，人若傳受了這個秘術，可以長生不老，一夜之間能夠御女數十，採陰補陽，超凡入聖。所以把這演揲兒譯成華言，乃是「大歡喜」三個字。

但「大歡喜」三字，形容那演揲兒的秘術，還覺得不大明瞭，推究他的實際，竟是一個運氣的房中術。順帝正要研究此道，忽得哈麻引進番僧，如同得了至寶，便將番僧視若聖師，受職司徒，命他在宮講授。

那番僧偏有許多做作，說是欲受大法，必先建築歡喜佛的行宮，塑成歡喜佛像，在佛前建設無遮大會，方能有效。

順帝此時已經著迷，番僧所言如何敢違，立刻降旨，命哈麻為建造歡喜佛行宮正使，雪雪為副使，番僧總督工程，指揮一切，起動京師人夫十萬餘人，連夜趕造。

哈麻奉了旨意，派令手下四出搜巡壯丁前來工作。那靠近京城的鄉民聞得此信，誰肯拋棄了田地，不去耕種，反去充當工役？有錢的人，少不得前來運動哈

麻弟兄免充工役。單剩了窮苦百姓，被哈麻驅遣了來，如牛馬一般晝夜趕工。

人生貧富雖然不同，血肉之軀是一樣的，怎禁得鞭打撲責，晝夜不休呢？因此不上幾時，十萬人夫已死了一半。哈麻見工人不敷，又頒下命令，重行召集人伕。這一次的召集，因為貧窮的人前次已經搜索了來，只得向有錢的人家去徵召，任你有多少運動，也是無用了。所以騷擾得京師一帶地方的人家，男女流離，壯丁逃亡，素昔繁盛之區，連人煙都沒有了。

臺臣也曾聯名上章，奏請停止工程，無如奏疏上去，好似石沉大海一般，不見批答出來，那工程更加來得要緊，急如星火。這座歡喜佛的行宮，直造了半年有餘，方才告成，哈麻陳報上去，請順帝御駕降臨，拜佛拈香。

順帝擇了吉日，率領侍臣，排開鑾駕，親至歡喜行宮。哈麻、雪雪、番僧等三人帶領職事人員，俯伏在門前迎駕。順帝降輿，舉目觀看。

只見這座行宮造得金碧輝煌，畫棟雕樑，十分齊整。第一座是正門，進去便是一進大殿，殿上塑著許多歡喜佛像，都在神龕裡面，張著純黃綢的帳幔，也看不出是怎樣的歡喜佛像。順帝傳旨，將帳幔揭起，御目一看，心內也覺吃驚。

你道神龕裡面塑的是什麼東西？原來有的是人首獸身，有的是獸頭人體，都是雌雄成對，互相偎抱，作交媾之狀，並且做出種種姿勢，令人看了目眩心迷。神龕上面懸著一塊金字匾額，上寫「歡喜佛」三個大字。順帝見了，方知歡喜佛原來是這般景象，看玩了一會，便由番僧恭請御駕，降幸後殿禪室。

那後殿建築得尤為精緻巧妙，處處都是文窗繡軒，琉璃鑲嵌，晶光搖目。四壁俱用文楠木做成板壁，隔為小室，內中几榻全備，陳設富麗。

最奇怪的乃是各室隔間的板壁，在正中的壁上，設著機關，只須用手一撥，機關動處，各室的板壁自能完全折疊起來，許多小禪室便變成一座極大極大的大房間。如要變成小禪室，只須再將機關一撥，四面的板壁仍舊恢復原狀，成為小小的房間。

順帝見了，龍心大悅，極口稱揚哈麻兄弟和番僧辦事能幹，傳旨頒發許多鈔錠緞匹，以獎其功。當由順帝與番僧商議，行宮既成，便要實行練習演揲兒法，即在三宮六院，許多妃嬪之內，挑選了美貌的，撥入行宮，實行演揲兒法。順帝自得番僧傳授，果然覺得甚有效驗，龍心很為喜慰，每日在歡喜行宮晝夜嬲戰，居然不想回宮。

哪知哈麻引誘順帝沉迷色界，大得寵幸，暗中卻惹了一個人大為妒忌。看

官，你道這人是誰？

原來是哈麻的妹婿，名叫禿魯帖木兒，官拜集賢院學士，向得順帝寵幸，出入宮禁，毫無忌憚。現在見哈麻引進番僧，竟使順帝沉迷不返，深恐自己的寵幸一旦被奪，便覓了一個機會，密奏順帝道：「陛下雖貴為天子，富有四海，其實不過保存現在罷了。臣聞黃帝以御女成仙，彭祖以採陰致壽，陛下所習的演揲兒法，不過是細小法術，樂取一時。若能研究大道，溫柔鄉裡樂趣無窮，並且可以上升仙界，延年益壽，永無窮期，豈不很好麼？」

順帝道：「哈麻說演揲兒法練習成功也可飛升仙界，超凡入聖。你如何說是細小法術？若說演揲兒法是細小法術，難道還有比演揲兒法高妙的麼？」

禿魯帖木兒道：「演揲兒法僅屬男子一方面的，不足為奇，臣故稱之為細小法術。除了演揲兒以外，尚有一個男女雙修法，陛下倘能練習雙修之法，其妙處比較演揲兒要高過萬倍了。陛下試想房中行樂，陽盛陰衰，上行下不交，那還有何趣味？」

順帝聞言喜道：「卿既精擅此術，何不早言。」

禿魯帖木兒道：「臣實未諳此法，現有西僧珈璘真，深明此法。陛下如欲試行，竟可召來垂詢。」

順帝道：「既有此法，豈可錯過，卿速為朕宣召，朕當拜他為師。」禿魯帖木兒奉了旨意，哪肯怠慢，匆匆出外，宣召珈璘真見駕。順帝接見之下，敬禮有加，命他傳授秘術。

珈璘真道：「臣的法術，非同小可，須要龍鳳交修，方能完美。」

順帝道：「中宮皇后素性迂拘，執守禮法，不便學習。其他后妃，或可勉強令習，但一時之間，也恐為難，如何是好？」

珈璘真道：「陛下欲習此法，何必定要宮中的后妃，臣有一策，可使陛下隨心所欲，並不要勞動后妃，以致為難。」

順帝大喜道：「卿有何妙計，可以不用宮中的后妃，何不從速言來，朕當如命而行。」

珈璘真從容不迫，疊著兩指，慢慢地說出一番話來。這幾句話一說出來，又不知要坑陷幾多良家婦女了。

第七十八回　潛龍出水

珈璘真獻策於順帝道：「陛下欲習雙修法，何用勞動中宮的后妃。從來說『普天之下，莫非皇土；率土之濱，莫非皇臣。』陛下只要下道上諭，挑選良家女子入宮演習就是了。」

這兩句話輕輕一出口，那京師的良家女子，又受了無窮的禍患。順帝依了他的言語，立刻降旨，挑選年輕的良家女子三十名，入宮演習。那些奉旨出外挑選的內監，都是狐借虎威一般，到了民間，不論官宦平民，只要打聽得人家有年輕的女子，即行入冊。京城裡面有女兒之家，都弄得哭哭啼啼，甚

至有懸樑投井自盡而亡，以免入宮受辱的。

內監們騷擾了數日，早把三十名年輕女子挑選滿額，送入宮內。順帝大喜，遂授珈璘真為大元國師，命他入宮親授秘術。

那珈璘真為人一團和氣，藹然可親。入宮數日，宮娥彩女無不歡迎，便是前次傳授演揲兒法的番僧，見珈璘真深得帝寵，也來籠絡他，和他十分莫逆，聯為知交。順帝又各賜宮女三四人，以供服役。兩個禿驢互相聯絡，日授秘法，夜參歡喜，把個六宮禁地弄成了無遮大會，肉身布施的場所。每日裡無拘無束，逍遙自在。

兩人還覺得不稱意，又想出主意來尋歡作樂，那番僧想的法兒，名為天魔舞。他的舞法是集合宮女十六人為一隊，令各宮宮女垂髮結辮，頭戴象牙佛冠，身披纓絡大紅銷金長裙，雲肩鶴袖，錦帶鳳鞋，手執各種樂器，且舞且敲，逸韻悠揚，彷佛月宮雅奏；霓裳飄蕩，揲如天女散花。臨時還要先宣佛號，舞畢後又要曼聲唱歌。把個順帝樂得心花怒放，一時高起興來，便擁著美女來到密室，試演那雙修法和演揲兒法。

珈璘真見番僧想出大魔舞來，他也想出個慘毒的玩意，博取順帝的歡喜。他的法兒，名為人獸鬥，乃是造成一種藥酒，其名叫做「瘋魔大力酒」，將這酒令人服下，不上一刻，其人便如著了瘋一般，頓時將身上的衣服完全脫去，精赤條條，尋人廝打，而且力大無窮，任是怎樣有本領的人，也敵他不過。

珈璘真造成這酒，便挑了十六名宮人，令她們挨次飲酒，驅入虎圈，和猛虎相鬥。那宮女服酒之後，居然如瘋魔一般，毫無懼怯，赤身露體地和猛虎力搏。到了後來，人力究竟不及獸類，被猛虎搏噬得血肉橫飛。一人既死，又派一人，如此的繼續不斷，鬥至四五人之後，虎力亦覺疲乏，竟被宮女打斃。

順帝瞧了，高興非凡，不禁哈哈大笑。又命宮女裸體相逐，看得發起興來，便與番僧珈璘真等親自下場，左擁右抱，肉身說法。

又有一個親王，名叫八郎，乃是順帝的兄弟行，趁著機會，也來竊玉偷香。禿魯帖木兒又聯結了許多少年無恥的官僚，入宮侍候，往往地在大庭廣眾的地方，便一對一對裸抱起來，以為笑樂。

順帝還賜他們一個美號，叫做倚納。連八郎在內，共有十人，可以任意出入秘密室中。這秘密室的別名，叫做色濟克烏格。色濟克烏格譯成華文，乃是事事無礙的意義。一入秘密室中，便可任意恣肆，不論君臣上下，聚在一處宣淫，男

女裸體，公然相對，豔語淫聲，直達戶外。番僧與珈璘真又招引許多徒侶，同入禁中。除了正宮皇后以外，莫不和在裡面，鬧得一塌糊塗。

順帝又下敕建造清寧殿、前山子月宮等殿宇，命宦官留守也速迭兒、都水少監陳阿木哥監督工程，晝夜趕築，窮極奢華。工程告竣，又在內苑增造龍舟，皆由順帝自製圖樣，自首至尾，長一百二十尺，闊二十尺。舟上共有五殿，龍身與殿宇，皆用五彩金裝，水手二十四人，俱衣金紫，從前宮至後宮，及山下海子內，往來遊戲，蜿蜒不絕。那龍舟的製造，靈動異常，舟一移碇，龍首及口眼爪尾，莫不俱動，栩栩如生。

又製造一座宮漏，高六七尺，寬三四尺，以木為匱，藏壺於中運水上下，匱之上面，設西方三聖殿。匱腰有玉女，捧牌刻籌，時至輒浮水上升。左右有金甲神人二，一懸鉦，一懸鐘，夜間由神人司更，自能按更而擊，不爽毫釐。鳴鐘擊鉦之時，左獅右鳳，自能回翔飛舞，匱之東西，又有日月宮，設飛仙六人，排立宮前，每遇子午二時，自能偶進，度仙橋，達三聖殿，逾時復退立如前。真是窮極工巧，異想天開。

皇子愛猷識理達臘日漸長成，見順帝在宮這樣荒淫，恨不能手刃這班奸僧淫賊，以洩心頭之憤，無如時尚未至，手無權柄，只得悶悶在心。

一日潛出東宮，往訪太師脫脫。卻值脫脫由保定方面回京，接見之下，敘畢寒暄，皇子談起宮闈近情。

脫脫嘆道：「臣為屯田足食起見，往來督察，已無暇晷。且近日寇氛方張，汝、潁、江、淮之間，遍地萑苻，警報飛來，每日調兵遣將，分駐各處，尚虞不守，直弄得日夕焦灼，五衷如焚，哪裡還有工夫問及宮禁事情。」

皇子道：「未知現在亂事如何？」

脫脫對道：「劉福通出沒汝、潁，徐壽輝雄據江、淮，方國珍擾亂溫、台，張士誠剽掠高郵，劇賊如毛，剿撫兩難。近日又有急報，池州、太平諸城又為賊黨趙普勝所攻陷，江西平章星吉兵敗身亡，臣正擬請旨，再出督師，無如宮禁中鬧到如此地步。那哈麻是我薦拔起來，托以內事的，如何竟不規諫呢？」

皇子冷笑道：「太師，你還提那哈麻麼？可知宮中的事情，多是他引導的。」

脫脫聞言，頗為驚詫，忙問哈麻怎樣引導。皇子便將哈麻如何薦引番僧，致使順帝荒淫無度的話述了一番。脫脫怒道：「哈麻如此胡為，不特有負皇上，並且有負臣的薦拔，臣當即日進諫。」

皇子道：「全仗太師匡救。」

脫脫道：「食君之祿，理應忠君之事，殿下，盡請放心。」皇子聞言，謝別而去。

脫脫未免懷疑，便去詢問汝中柏，汝中柏極陳哈麻罪惡。此時惱動了脫脫，立即命駕入朝，盛氣來至殿門，下了輿，大踏步趨入內廷。不料司閽的宦官，突然上前阻住，不放入內。

脫脫怒道：「我有要事面奏皇上。」

司閽道：「皇上有旨，外人不得擅入。」

脫脫道：「我非外人，何妨入內。」宦官再欲有言，已被脫脫捽開，搶步而入。

此時順帝正在秘密室中追歡取樂，忽見禿魯帖木兒匆匆入內道：「不好了！脫脫丞相闖將來了。」

順帝大驚，喘息著說道：「司閽何在？何不阻止？任他入內。」

禿魯帖木兒道：「他乃當朝首相，權勢熏天，誰敢阻止。」

順帝道：「罷了！罷了！我即出外，你且令他在外略待。」說著，穿好了衣服，慢騰騰地來至外面。只見脫脫怒目而立，所有禿魯帖木兒等都垂頭喪氣，不敢出聲，想是已受脫脫責斥。

順帝便問道：「丞相何事到此？」

脫脫方收了怒容，上前叩謁，順帝傳命起立而談。

脫脫謝恩起立，奏道：「乞陛下傳旨，革哈麻兄弟之職，並驅逐番僧與禿魯帖木兒等。」

順帝道：「哈麻等並無罪咎，何用驅逐？」

脫脫道：「古時暴君，莫如桀、紂，桀寵妹喜，禍始趙梁；紂寵妲己，禍肇費仲。今哈麻等導主為非，何得無罪？陛下如果不加誅逐，後世將以陛下為桀、紂了。」

順帝道：「哈麻係卿所薦，如何又來參劾？」

脫脫道：「臣誤薦非人，亦請陛下加罪。」

順帝道：「這可不必，朕思人生如電光石火一般，瞬息即滅，何妨及時行樂。況軍國重務，有卿擔承，朕可放心，卿且讓朕一樂罷。」

脫脫道：「變異迭興，寇氛日張，非陛下行樂之時。陛下急宜開張聖聽，任

賢去邪。始可撥亂為治，返危為安，否則禍患即在目前了。」

順帝道：「卿且暫退，待朕細思。」脫脫乃告辭而退。

過了數日，並不見有甚旨意，各路寇報飛遞而來。又接平章政事祿壽告急，張士誠進寇揚州，殺敗達什帖木兒。脫脫只得自請出師，又上疏再劾宮中嬖倖。順帝卻不過情面，左遷哈麻為宣政使，餘人悉置不問。一面下詔，命脫脫總督各路軍馬，克日南征。

脫脫會齊各路大軍，進討張士誠。試想張士誠哪裡抵擋得脫脫，不上幾陣，已被脫脫殺得亡魂喪膽，逃往高郵，閉門不出。

脫脫正擬奮力攻城，忽然京中有旨意下來，命河南行省左丞相太不花、中書平章政事月闊察兒、知樞密院事雪雪，代統脫脫所部。脫脫聞言，不勝驚異，帳外早已報來，說是聖旨下。

軍中部將知道此詔必然加罪脫脫，一齊說道：「將在外君命有所不受，丞相只管討賊，不必開詔。」

脫脫道：「天子有詔，我如不從，便是抗命，後世將謂我為何如人？」遂不從部下之言，延詔使入帳，俯伏聽宣。

詔中說丞相脫脫勞師費財，不勝重任，著即削職，安置淮安。將吏聞詔皆驚，脫脫面不改色，頓首謝道：「臣本至愚，荷天子寵任，委以軍國重務，日夜惶懼，唯恐不克負荷。今得釋此重擔，真是出於殊恩了。」拜謝而起，送過詔使，召集將士，命他們各率所部，聽候後任節制。又命出兵甲名馬三千，分賜諸將。諸將垂淚叩謝。

客省副使哈剌答奮然而起道：「丞相若去，我輩必死他人手中，寧死在相公之前，以報知遇之恩。」說未畢，已拔劍在手，向頸一橫。脫脫慌忙出座攔阻，已是不及，頸血四濺，陳屍地上，脫脫撫屍大哭。

諸將一齊悲傷起來，哭聲如雷。脫脫哭罷，即命從厚殯葬，並將兵符封固，送交太不花，自率數十騎徑赴淮安。哪知方到淮安，又有嚴旨下來，命徙甘肅行省亦集乃路。脫脫奉詔，方才啟程，復有詔旨到來，命他轉徙雲南，並將其弟也先帖木兒由寧夏移徙四川，將脫脫長子哈剌章充戍肅州，次子三寶奴充戍蘭州，所有家產盡行籍沒。

脫脫聞知，嘆口氣道：「多是我不能識人，誤薦哈麻，以至反遭其害。」

原來哈麻左遷之後深恨脫脫，誓報此仇，一面囑託台官上疏，陷害脫脫全

家，一面結納寵后奇氏，內外交構。順帝此時沉迷酒色，哪裡還辨什麼是非，聽信了讒言，所以嚴旨迭下。

那脫脫奉命前往雲南，行至大理騰越，有知府高惠，殷勤款待，特設盛筵，請脫脫上坐。酒過數巡，忽見屏後有個年輕少女，生得杏臉桃腮，甚是美貌，行至高惠座側站立。高惠命她即席拜見。脫脫驚問何人，高惠道：「此係小女，因公為非常之人，故願望見顏色。」

脫脫聞言，心下驚疑不定，口中連稱不敢。高惠命退其女，因向脫脫道：「公此行未攜眷屬，諸事不便，小女願奉巾櫛，尚希弗嫌貌陋，收住下陳，今夕便是吉期，即可合巹。」

脫脫驚道：「某乃負罪之人，何敢有屈名姝。」說畢，不肯久坐，立即起身欲行。高惠再三挽留，脫脫只是不從，捽脫高惠，逕自登程。哪知因此觸怒高惠，竟派鐵甲軍監察行蹤。方抵阿輕乞地方，一聲吶喊，便將驛舍圍住。

脫脫已將死生置之度外，雖然被困，並不驚慌。不料兵還未退，都中又有密詔，特賜鴆酒一樽，令其自盡。脫脫奉詔，也不去辨別真偽，遂向北謝恩，接過酒來，一飲而盡，須臾毒發身亡，年僅四十二歲。

脫脫儀表雄偉，器宇深沉，輕財好士，不伐不矜，始終不失臣節，可稱忠盡。唯為群小所惑，急於報復私怨，致為所陷，流離而死，都中人士莫不嘆息。

直至至正十二年，御史張沖代為訟冤，始詔復脫脫官爵，賜還家產，並召其二子哈剌章、三寶奴還朝。到了至正二十六年，台官又上言奸人構陷大臣，臨敵易將，以至兵勢從此不振，盜賊縱橫。若使脫脫尚在，何至大亂若斯？乞加封功臣後嗣，並追賜爵謚。此時天下荒亂，兵鋒四迫，順帝也覺十分追悔，立授脫脫二子官職，並命廷臣擬謚。事尚未行，明師已至，如何還顧得及此等事情，所以脫脫的謚法沒有著落。

閒話休提，單說軍中自脫脫去後，所有的將帥，如太不花等都是膽小如鼠，一遇敵兵，就要逃走的人，如何還進討賊寇？因此亂勢愈甚。河南的劉福通，居然奉韓林兒為小明王，僭號皇帝，建都亳州，國號大宋，改元龍鳳。福通自為丞相，分兵四出，攻掠河南郡縣，大為民害。

福通還恐勢力太孤，馳檄遠近，勾結各路梟雄，以作犄角。因此潛龍起蟄，鳴鳳朝陽，竟在濠州地方出了一位不文不武，半僧半俗的皇帝，居然能撥亂反正，剿滅群雄，驅逐胡元，統一天下。

你道這位皇帝是誰？便是大明太祖朱元璋，先世居住沛縣，徙居泗州，其父世珍，又徙居濠州。元璋年方十七，父母相繼而亡，孤苦無依，乃入皇覺寺為僧，遊食四方，後又重還寺中。適值郭子興起兵濠州，民間不得安居，各自逃難。元璋亦思他去，便在神前占卜，去留皆屬不吉。元璋不禁戲笑道：「去留兩途，既皆不吉，莫非要我做皇帝麼？」

言下占卜，竟得大吉之兆，遂決意還俗投軍，徑往濠州，投奔郭子興。子興奇其貌，留為親兵。會元將徹里不花引兵來攻，元璋隨子興出戰，奮勇突陣，竟將元兵殺敗。

子興大喜，署為鎮撫，且以養女馬氏妻之。其時芝麻李餘黨趙均用、彭早住往投子興。所部橫暴，幾至喧賓奪主，子興不能制。元璋見子興懦弱，知非共事之人，遂率里人湯和、徐達等，別為一軍，南下略地。這一來有分教：

潛龍出水風雲會，猛虎下山神鬼驚。

第七十九回　外患內憂

朱元璋離開郭子興，率領徐達、湯和別為一軍，南下略地，行抵定遠，計降驢牌寨民三千。又東行襲張知院於橫岡，收得降卒三萬人。道遇定遠人李善長，與語大悅，用為謀士，進拔滁州。旋聞子興為趙均用所困，以計救免，迎子興入滁，另遣將張天祐，攻下和州。忽聞懷遠人常遇春來降，元璋忙令延入。見他生得燕頸豹頷，虎頭環眼，相貌堂堂，儼若天神，立擢為帳下總兵。

接著又有巢湖渠帥，願率水師千艘，前來投誠。元璋大喜道：「我正慮渡江無舟，今巢湖帥廖永忠、俞通海等來投，此真天助我也！」當即率兵至巢湖，與

廖、俞等相見。推誠接待，彼此大悅。

休息三日，揚帆出發。至銅城牐，遇元中丞蠻子海牙，舟不得前。會天雨水漲，得從小港繞出，襲擊元兵，一鼓退敵，直抵牛渚。牛渚南岸有采石磯，向稱要隘，兩岸皆有元兵紮駐，刀槍森列，壁壘謹嚴。元璋看了形勢，下令先攻牛渚。眾將應聲齊出，爭搶牛渚。

元兵吶喊來迎，禁不住元璋這裡將勇兵強，早已渡了牛渚，殺死元兵不計其數，其餘的一律逃去。牛渚既下，進攻采石。常遇春率兵充作前鋒，吶喊而進。那采石磬高出水面約有一丈有餘，眾將士艤舟前進，都為矢石擊退。常遇春目睹情形，不覺大怒，左手持盾，右手執矛，一躍而登，刺死守磯頭目老星卜喇，單身直入。眾兵將見遇春登磯，也都奮勇而上，一剎那頃，攻破了采石磯，遂乘勝進拔太平。元總管靳義赴水而亡。

眾將迎元璋入城，乃置太平興國翼元帥府，自領元帥事，召當塗人陶安，參議戎幕，以耆儒李習為知府，揭榜安民，嚴申軍律，民心大悅。休息數日，又進兵攻元集慶，連破元將大營，直逼城下。

其時元將福壽為江南行台御史大夫，奉命守集慶路，督兵出戰，屢次敗退，向元廷乞救，又不見應，直困得裡無糧餉，外無援兵。福壽見城已將陷，百司皆逃，便高踞胡床而坐，遂為亂兵所殺。元璋入城，撫慰吏民，改集慶路為應天府，自稱吳國公。一面命將四出，分略郡縣，鎮江、廣德等處相繼而下。

此時的劉福通，勢焰亦日盛起來，命毛貴出山東，李武、崔德出陝西，關先生、破頭潘、馮長舅、沙劉二、王士誠出晉冀，白不信、大刀敖、李喜喜出秦隴，自居河南，調度各軍。

元朝的江山已經盡為群雄所佔據了。不料在這危急之時，竟有一個誓掃寇盜的人突然而起，替元朝盡力戰爭，幾將所失的土地克復了一半。

你道這人是誰？乃是潁州沈丘人，名叫察罕帖木兒，募集子弟兵，仗義討賊。他本是闊闊台的後裔，闊闊台收河南時，留家潁州，所以子孫相傳，世居於此，未尚他徙。適值潁州盜起，遂募集子弟兵數百人，與羅山人李思齊同設奇計，剿平寇眾，定了羅山。

報至元廷，授察罕帖木兒為汝寧府達魯花赤，李思齊知府事。於是所在義士相率來歸，集合萬餘人，自成一軍，轉戰而北，所向無敵。潁上群盜，莫不畏懼，因此威名大震。嗣以劉福通攻據陝州，知樞密院答失八都魯檄察罕帖木兒、

李思齊赴援。

察罕帖木兒聞命獨行，至陝州，見城池堅不可拔，思得一計，就營中焚著馬矢作炊煙狀，以為疑兵。自率軍夜集靈寶，靈寶與陝州唇齒相依，守城的賊將不作防備，被察罕帖木兒一攻而破。次日還攻陝州，陝州賊將聞風而逃，追殺數十里，斃敵無數，以功加河北行省樞密院。

賊將李武、崔德逼長安，察罕帖木兒往救，大破之，詔擢察罕帖木兒為陝西左丞，且許便宜行事。嗣因賊將毛貴犯京畿，命他入衛，即令部將關保等分屯關峽隘口，自引重兵東行。值賊關先生、破頭潘等，大掠塞外，滿載而歸，察罕帖木兒聞報，投袂而起，截破賊眾，盡獲所有。

這一次的戰爭，殺賊數萬，餘路遠遁，河東平定。順帝連得捷報，大加獎勉，升任陝西行省右丞，兼行台侍御史，扼守關峽晉冀，鎮撫漢沔襄陽，便宜行閫外事。察罕帖木兒有志收復中原，乃練兵訓農，休養了半年，大發秦晉人馬，直搗汴梁。其時韓林兒表面上雖然稱帝，卻事事受制於劉福通。那劉福通又不能統御在外諸將，因此上下離心，兵將解體。聞得察罕帖木兒大兵前來，紛紛逃潰，所以察罕帖木兒勢如破竹，直趨汴梁。

那汴梁剩了一座孤城，察罕帖木兒兵到，好似以石壓卵一般，如何能敵。劉福通見勢不妙，忙與偽主韓林兒逃向安豐而去。

汴梁既克，察罕帖木兒出榜安民，報捷元廷。詔進察罕帖木兒為河南平章，兼知樞密院事。

察罕帖木兒正要再接再厲掃平賊寇，忽地飛來急報，大同鎮將孛羅帖木兒自石嶺關進兵，前來攻取冀寧。察罕帖木兒道：「冀寧一帶地方，由我手定，何物孛羅帖木兒敢來掩取。」遂部署人馬，連夜往援。

看官，你道孛羅帖木兒又是何人？原來孛羅帖木兒乃答失八都魯的兒子，答失八都魯在河南統軍，屢戰屢敗，元廷下詔詰責。答失八都魯以憂死，其子孛羅帖木兒曾任四川左丞，隨父在軍，父歿，代領其部眾克復曹、濮諸州。察罕帖木兒移軍河南，孛羅帖木兒亦奉命移鎮山西，駐紮大同。他欲佔據晉、冀，擴充權力。察罕帖木兒怎肯退讓，當即調兵拒戰。元廷聞得兩帥失和，忙差參知政事也先不花前往調停，方才罷兵，各守藩地。

察罕帖木兒以宿怨已解，一意東征，自陝至洛，大會諸將，共議師期。並州兵出井陘，遼沁兵出邯鄲，澤潞兵出磁州，懷衛兵出白馬，汴洛兵出孟津，五路

並進，水陸俱下。當時山東群盜，自相攻殺，唯宋將田豐據守濟寧，王士誠據守東平，勢最強悍。

察罕帖木兒渡河而東，所向披靡，復冠州，降東昌，乘勝攻濟寧、東平。養子擴廓帖木兒率大軍攻東平，察罕帖木兒自率偏師搗濟寧。這擴廓帖木兒本姓王氏，名保保，乃察罕帖木兒的外甥。察罕帖木兒愛其勇悍，撫為己子。此時奉命前進，遇見敵眾，好似摧枯拉朽，直抵城下。王士誠連戰敗北，勢已窮迫，只得向濟寧告急。哪知田豐已投降察罕帖木兒，士誠孤立無援，也只好開城請降。

濟寧、東平既克，察罕帖木兒遂自將大軍直逼濟南。瀕海諸郡望風送款，獨有益都未下。元廷進察罕帖木兒為中書平章政事，餘職如故。察罕帖木兒乃移兵圍益都，寇眾悉力拒守，忽天空有白氣如索，長五百餘丈，自危宿起，直掃紫微垣。軍中相率驚異，唯察罕帖木兒毫不介意。

適值降將田豐來請閱營，諸將以天象示儆，爭來諫阻。察罕帖木兒慨然道：「吾推誠待人，人將自服，若變生意外，亦是命數使然，何能預防。」眾將又請多帶人馬，察罕帖木兒不許，只領十一騎赴田豐營。甫抵營門，伏甲齊起，一將挺槍，刺中察罕帖木兒之腹，察罕帖木兒大叫一聲，從馬上跌下而亡。

這行刺的究竟是何人？乃是降將王士誠。原來益都守將名叫陳猱須，見城圍已急，遂重賄王士誠、田豐，因此重又謀變。

察罕帖木兒既亡，全軍無主，遂由擴廓帖木兒代領其眾。正在發喪舉哀，京中詔使到來，說是天變恐應在山東，戒勿輕動。擴廓帖木兒奉詔大哭，即向京使申明原因。不上數日，又有聖旨到來，追封察罕帖木兒為穎川王，賜諡忠義，所有各軍令擴廓帖木兒代父統領。擴廓接詔，誓師報仇，攻城愈急。田豐、王士誠已入城協守，相持數月，仍不能下。擴廓帖木兒乃下密令募集死士，挖掘地道，直通城中，自率大軍從城外揉進。

守城賊兵只防外面，不意城中鑽出許多死士，縱起火來，頓時全城大亂，擴廓乘亂登城，分兵一半，在外兜拿逃賊。賊首陳猱須正要逃走，已被擴廓一把擒住，交付左右捆綁起來。田豐、王士誠見城已不守，越城而出，一聲鼓響，已被留在外面的兵將兜拿住了。擴廓掃盡餘寇，設起香案，供了察罕帖木兒的靈牌，將田豐、王士誠洗剝了，推至案前活祭，剖心上供。祭畢，復將陳猱須與所獲的餘黨檻送京中。然後派兵略定餘邑，山東悉平，遂率兵仍還河南。

但是山東雖然平定，那各處的盜賊仍復風起雲湧，十分厲害，順帝迭接警

報，習以為常，一任他天翻地覆，仍然昏迷如故，所任的左右丞相，不是諂佞，就是平庸，所以外患未平，內禍又起。

先是哈麻為相，其弟雪雪亦為御史大夫，國家大柄盡歸他兄弟掌握。哈麻忽以引進番僧為恥，對他父親圖魯道：「妹婿禿魯帖木兒在宮導淫，實為可恨！我兄弟位居宰相，理應除奸削佞，且主上沉迷酒色，不能治安天下，皇太子年長聰明，不若勸主上內禪，尚可撥亂反正，易危為安。」

圖魯聽了此言，也以為然。值其女歸寧，遂略述此意，並叫他轉告禿魯帖木兒，速速改過。禿魯帖木兒得了此信，暗中想道：「皇子為君，必致殺身。」忙去報告順帝道：「哈麻說陛下年老，應即內禪。」

順帝道：「朕頭尚未白，齒尚未脫，何得為老？還是哈麻另有異圖，卿當為朕效勞，除去哈麻。」

禿魯帖木兒奉命而出，授意御史大夫搠思監，令他劾奏哈麻。搠思監即於次日入內，痛陳哈麻兄弟罪惡。順帝故意道：「哈麻兄弟侍朕日久，且與朕弟寧宗同乳，姑行緩罰，令他出征自效。」

搠思監聽了此言，暗道：「此事壞了。」飛步退出，奔入右丞相第中。右丞相定住見他形色倉皇，忙問何事。搠思監道：「皇上欲除哈麻，命我劾奏，我即入內陳奏。皇上又諭令緩罰，倘為哈麻所知，豈不恨我！」

定住笑道：「你弄錯主意了，當面陳奏，沒有章疏，如何可以援案處罰？」搠思監道：「如此奈何？」定住附耳密談數語，搠思監喜悅而去。

定住遂與平章政事桑哥失里聯銜奏參哈麻兄弟。果然奏疏夕上，詔書朝降，將哈麻削職，充戍惠州，雪雪充戍肇州，兄弟二人被押出都，行到中途，被押解官活活杖死。順帝即拜搠監思為左丞相。

不上多時，定住免職，搠思監又為右丞相。左丞相一職，仍起用故相太平。其時皇子愛猷識理達臘早已正位東宮，見順帝荒淫更甚，深以為憂。前聞哈麻倡議內禪，心下極為贊成。

及哈麻貶死，內禪之議復輟，不禁轉喜為憂，密與生母奇氏商議，再謀內禪。奇氏恐太平不允，令宦官朴不花，先行諭意，太平不答。又召太平入宮，賜以美酒，重申前諭，無如太平堅執不允。奇氏由此生怨，遂令監察御史買住，誣劾太平所薦之左丞成遵、參知政事趙中受贓枉法，下獄杖死。太平知不可留，遂即上疏辭職。順帝下諭慰留。

第八十回　明定中原

太平上疏辭職，順帝下詔慰留，太平連上數疏，決意乞休。順帝命為太保，養疾都中。那皇后奇氏，自太平乞退，更加肆無忌憚，力謀內禪。宦官朴不花本與奇氏同里，及奇氏得寵，遂召入宮中，大加愛幸，如漆投膠，無惡不作。御史大夫老的沙為順帝母舅，深惡朴不花，屢次參彈。奇氏遂進讒言，順帝乃封之為雍王，遣令回國。

老的沙路經大同，將朝事告知孛羅帖木兒，勸他舉兵入清君側。孛羅遂舉兵入居庸關，各隘守將聞風而遁。皇太子聞報，率侍衛兵，出光熙門，前去擊截。

衛兵潰散，只得東奔興松。孛羅大軍直至清河列營，京師大震。

順帝命國師達達往諭。孛羅道：「我無他求，只要把奸相搠思監、宦官朴不花執赴軍前，我即退兵。」

達達還報，奇氏要保全性命，沒有法想，只得揮著痛淚，將兩人執送軍前。孛羅見了兩人，不由分說，砍成肉泥，然後率兵仍返大同。奇氏以為孛羅兵退，可以保全性命了。哪知內室之戈方退，大明之兵已至，徐達、常遇春率領大軍，直攻京城。

看官，你道明兵如何來得這等捷速？原來朱元璋自立為吳國公之後，搜集人材，招募兵士。武有徐達、常遇春、胡大海、李文忠等，文有李善長、劉基、宋濂等，先略浙東，次平江表，所經各地，秋毫無犯，民心大悅，望風歸向。

元廷曾命戶部尚書張昶至江東招降，授元璋為平章政事。元璋極陳元廷失政，只一席言語，反將張昶說動，留在元璋營中，效力戎幕。便是海上的方國珍，也慕他威名，命使奉書，願獻溫、台、慶元三郡。獨有陳友諒、張士誠互相勾結，與元璋抵抗。

張士誠遣將呂珍，攻入安豐，殺劉福通，拘韓林兒。元璋率徐達、常遇春兼程赴援，殺退呂珍，迎韓林兒居住滁州。陳友諒聞元璋往救韓林兒，便大興水師來攻洪都。

洪都係龍興改名，朱元璋從子文正與偏將鄧禹等協守。陳友諒兵來，一面守禦，一面飛報元璋。元璋親領大軍來救，師至湖口，陳友諒亦撤圍東行，渡鄱陽湖至康朗山與元璋軍遇。

元璋督兵死戰，縱火焚友諒舟，友諒大敗，中箭而亡。湖廣、江西諸郡縣次第蕩平，元璋遂還應天，自稱吳王，下令討伐張士誠。其時士誠至所據土地，南至紹興，北有通泰、高郵、淮安、濠泗，直達濟寧。

徐達、常遇春奉了命令，攻取淮安諸路，連敗士誠之軍，濠、徐、宿諸州，相繼攻下，又分兵循浙西，拔湖、嘉州與杭州，東入紹興。會韓林兒病歿，遂除去龍鳳年號，建國號曰吳，立宗廟社稷，又命徐達等進逼平江。

士誠固守數月，援盡力窮，城乃被陷，執士誠送往應天，自縊而亡。方國珍前降元璋，後又據地稱雄。朱元璋命湯和、廖永忠等水陸夾攻，國珍窮困乞降，湯和以國珍歸應天，未幾病死。由此取福州，拔永平，殺福建平章陳友定，進徇廣州，降廣東行省平章何真，誅海寇邵宗愚，各郡聞風納款，便是九真、日南、

朱崖、儋耳諸城，亦皆納印請吏，心悅誠服，南方大定。

吳相國李善長等連表勸進，奉吳王朱元璋為帝。乃於元順帝至正二十八年正月初四日，行即位禮，國號大明，建元洪武，一班開國勳臣，於是日辰刻，擁元璋出應天府城，先至南郊，祭告天地，由太史劉基袖出預先做好的祝文，於香煙繚繞之中，朗聲宣讀道：

維大明洪武元年歲次戊申，正月壬辰朔，越四月乙亥，皇帝朱元璋，敢昭告於皇天后土曰：

伏以上天生民，俾以司牧，是以聖賢相承，繼天立極，撫臨億兆，堯舜禪讓，湯武弔伐，行雖不同，受命則一。今胡元亂世，宇宙洪荒，四海有蜂蠆之憂，八方有蛇蠍之禍。群雄並起，使河山瓜分，寇盜齊生，致乾坤滅棄。臣生於淮河，起於濠梁，提三尺以聚英雄，統一旅而救困苦，托天之福，驅陸軍以破肆毒之東吳；仗天之威，連戰艦以誅梟雄之北漢。因蒼生無主，為群臣所推。臣承天之基，即帝之位，恭為天吏，以治萬民。今改元洪武，國號大明；仰仗明威，掃盡中原，肅清華夏，使乾坤一統，萬姓咸寧。沐浴虔誠，齋心仰告，專祈默佑，永荷洪庥。尚饗！

讀罷祝文，吳王朱元璋率群臣行禮。禮成，移就黃屋，南面稱尊，文武百官及都城父老，揚塵舞蹈，三呼萬歲。但見天朗氣清，風和景霽，現出一派昇平景象。從此吳王朱元璋，便成了明朝的太祖高皇帝了。即位之後，又還都升殿，受群臣朝賀，追尊列祖為皇帝，冊馬氏為皇后，世子標為皇太子，以李善長、徐達為左右丞相，諸功臣亦進爵有差。

越日，即下詔伐元，命徐達為征虜大將軍，常遇春為副將軍，率師二十五萬，克日北上。大軍由淮入河，直趨山東，勢如破竹，陷沂州，下嶧州、濟寧、萊州、濟南，東平諸路，亦相繼而下。轉旆入河南，進虎牢關，大破元將脫因帖木兒，乘勝攻陷汴梁。元將李思齊、張良弼皆為所敗。

順帝屢下手詔促令進兵，只是逗留觀望，直待明兵已入河南，李思齊、張良弼始駐兵潼關。哪知明兵勇猛非凡，潼關雖稱天險，不知如何一經明兵來攻，便已不守。思齊、良弼只得逃奔鳳翔。順帝接到敗報，忙命擴廓帖木兒引兵往禦明軍。

擴廓見明兵勢盛，亦不敢進。徐達已連下衛輝、彰德、廣平，進次臨清，大會諸將，分道北伐，至德州，合兵長驅而入，進陷通州，元廷大震。

順帝束手無策，聚集三宮六院及皇太子妃，同議避兵北行。左丞相失列門、知樞密院黑廝等哭諫道：「天下乃世祖之天下，陛下理宜死守，奈何輕出？臣願率軍民，背城拒戰，請陛下固守京城。」

順帝尚在沉吟，忽然急報又到，說是明兵將抵京城。順帝此時急得手慌腳亂，也顧不得什麼江山不江山，天下不天下，忙忙地同了三宮后妃太子等人出京北去。在半路上，下道手詔，命淮王帖木兒不花監國，以慶童為左丞相，同守京師。

到了至正二十八年八月二十日，明兵攻入京城，淮王帖木兒不花、左丞相慶童等一齊死難，元朝遂亡。

計自元太祖開國，至順帝北奔，共一百六十二年。自世祖統一中原，至順帝亡國，共八十九年。徐達督軍入城。安輯百姓，封府庫及圖籍寶物，報捷應天。從此大明一統天下，神器仍歸漢族。在下著書至此，便算告竣了。

（全書完）

新蒙元十四皇朝（三）黃沙殘夢 完

作者：許慕羲
發行人：陳曉林
出版所：風雲時代出版股份有限公司
地址：10576台北市民生東路五段178號7樓之3
電話：(02) 2756-0949
傳真：(02) 2765-3799
執行主編：朱墨菲
美術設計：吳宗潔
業務總監：張瑋鳳

出版日期：2024年6月
ISBN：978-626-7464-01-4

風雲書網：http://www.eastbooks.com.tw
官方部落格：http://eastbooks.pixnet.net/blog
Facebook：http://www.facebook.com/h7560949
E-mail：h7560949@ms15.hinet.net
劃撥帳號：12043291
戶名：風雲時代出版股份有限公司

風雲發行所：33373桃園市龜山區公西村2鄰復興街304巷96號
電話：(03) 318-1378
傳真：(03) 318-1378
法律顧問：永然法律事務所 李永然律師
北辰著作權事務所 蕭雄淋律師

行政院新聞局局版台業字第3595號 營利事業統一編號22759935

定價：380元

國家圖書館出版品預行編目資料

新蒙元十四皇朝 / 許慕羲著. -- 初版. -- 臺北市：風雲時代出版股份有限公司, 2024.05-　冊；　公分

ISBN 978-626-7464-01-4 (第3冊：平裝).

857.455　　113003183